ÍNDICE

MAGDALENE

LAS CRÓNICAS DE ADDLESTONE — DEL 23 DE AGOSTO DE 1936 AL 16 DE NOVIEMBRE DE 1936

DOUGLAS KUEHN

Magdalene: Las Crónicas de Addlestone - 23 de agosto de 1936 - 16 de noviembre de 1936

Primera edición, 2023

Segunda edición, 2024

Edición en español, 2025

ISBN (edición en rústica): 978-1-956122-79-4

ISBN (libro electrónico): 978-1-956122-80-0

theaddlestonechronicles.com

«Aprendemos de la historia que no aprendemos de la historia.»

Georg Wilhelm Friedrich Hegel, 1770–1831. Influyó en el marxismo y en el pragmatismo estadounidense.

Agradecimientos

Quisiera dar las gracias a Linda Holst Long por su constante ayuda en cada etapa de este proyecto. No solo ha sido una interlocutora paciente para mis ideas, también ha aportado sugerencias sobre cómo mejorar la trama. Por ejemplo, propuso un enfrentamiento en un museo de Dublín y sugirió incorporar la tecnología de la radio de onda corta para rescatar a la familia durante el ataque final a Woburn Hall. Soportó el tedio de la corrección de pruebas y por ello le estaré siempre agradecido. Me acompañó a Irlanda en el verano de 2022, donde pude hacerme una idea de Dublín y, en efecto, de la cercanía entre los lugares centrales del libro, como la proximidad del Merrion Hotel al Museo Nacional de Irlanda. Quisiera agradecer de forma especial a mi querida hermana, la Dra. Phyllis Kuehn, profesora de inglés jubilada, por su labor de corrección y edición de estilo. También deseo agradecer a David Raymond su ayuda en la revisión de una galerada posterior a la publicación.

INTRODUCCIÓN

Como en los dos libros anteriores, *Magdalene* es una obra de ficción histórica, por lo que se aplican las advertencias habituales. No pretendo ni deseo insinuar semejanza alguna entre los personajes de este relato y personas reales, vivas o muertas. Salvo los actores mencionados en la sección de Contexto histórico al final de la novela, todos los demás personajes con los que se encuentran las parejas del SIS en Irlanda son ficticios.

Dado que se trata de una continuación secuencial de las novelas anteriores, muchos de los mismos actores aparecen en las tres. He aquí breves biografías del *dramatis personae*.

James Harcourt-Heath: Con veinticuatro años y todavía estudiante universitario, estudió Matemáticas en King's College, Cambridge. Él y su hermana gemela, **Beatrice**, tienen una hermana mayor, **Marjorie**, casada con el comandante **Jonathan Lawrence**, oficial de la Royal Navy. James, Beatrice y Marjorie quedaron huérfanos en mayo de 1915 cuando sus padres viajaban en el *Lusitania*, torpedeado por un submarino alemán. James asistió como interno al Dulwich College, en el sur de Londres. En King's fue reclutado para el departamento de los Servicios Secretos MI5 por su tutor de Matemáticas, **Richard Chillingworth**.

Louise de la Béré: También fue huérfana. Sus padres viajaban en el *Titanic* cuando se hundió en abril de 1912. Ella aún no había cumplido un año y fue criada por una niñera contratada gracias a la considerable fortuna de sus padres. Según el testamento de estos, heredaría cuando cumpliera veinticinco años. Educada en Cheltenham Ladies' College, estudió Lenguas Modernas en Newnham College, Cambridge. En su segundo año, **Sybil Fergusson**, su tutora académica, la reclutó para el MI5. Ella y James iniciaron un noviazgo en Cambridge y se casaron en julio de 1935 en la parroquia de St Paul, en Addlestone, Surrey.

Beatrice Hutchinson: En el Libro II, Beatrice, la hermana de James, se casa con **Donald Hutchinson**, un experimentado agente del MI6. Bea fue educada en James Allen's Girls' School, en East Dulwich, Londres. Después, hizo voluntariado en el Orfanato de Addlestone para Niñas Expósitas y formó parte del Consejo de Dirección del Hogar de Madres y Bebés de Weybridge. A través de su marido, Bea fue reclutada como agente del MI6, especializada en códigos y cifrados.

Donald Hutchinson: Tiene 30 años y es graduado de Eton College y Magdalen College, Oxford, donde obtuvo un *First* en Lenguas Modernas y un *Blue* de boxeo. Como hijo mayor de **Lord Hutchinson of Whorlton**, un par hereditario, heredará el título en su momento.

Humphrey Harcourt-Heath: Es el abuelo de James, Bea y Marjorie, y está casado con **Dorothy**. Viven en Woburn Hall, una finca agrícola en Addlestone, Surrey. Coronel retirado, sirvió como oficial del Ejército británico durante los dos asedios de Mafeking, en el África austral. Tras la Gran Guerra estuvo al frente del cercano aeródromo de Brooklands, que acogió al equipo de diseño del caza Spitfire.

General de división Sir Nicholas Gavin-Wheeler: Es el padrino de reserva de James, Bea y Marjorie. Vive con su esposa, **Lady Helen**, en Dublín. Nicholas fue el superior de Humphrey en el África austral durante las guerras bóer. También estuvo destinado en el Territorio Británico de Ultramar de Gibraltar en la década de 1920. Acude regularmente a reuniones y asesora al Ministerio de Defensa británico y al *Foreign Office* en Londres.

Jarvis: Mayordomo jefe de Woburn. Sirvió en la Gran Guerra como sargento mayor de regimiento y fue gaseado en las trincheras durante la Batalla del Somme.

Peets: Antiguo interno de la Escuela de Reforma de Addlestone. Trabaja como lacayo y chófer en Woburn Hall.

Roake: Fue el mayordomo de los Gavin-Wheeler en Dublín.

Como se señaló en los dos primeros libros, la inspiración de estas novelas fue el *Bride's Book*, escrito por Dorothy Stote. Solo se publicó durante tres años, entre 1934 y 1936. Compré ese curioso volumen en la Westminster Antiquarian Book Fair a finales de la década de 1990. En 2014, en un momento de ocio, lo saqué de mi estantería y, por primera vez, advertí que las páginas finales, tituladas *Wedding Guests* y *Wedding Presents*, habían sido rellenadas con los detalles de una boda real. Aunque no se mencionaban apellidos, una búsqueda en Internet me permitió descubrir que quien completó el *Bride's Book* fue **Rose Betty Gregory**. Organizó su boda con **Humphrey Norman Paine**. Ambos vivían en Addlestone y, dado el tamaño de sus hogares, eran obviamente muy acaudalados. Norman Paine era director de una naviera londinense y Rose era, a efectos prácticos, una solterona, pues tenía 35 años cuando se casaron el 24 de julio de 1937. Como en las novelas anteriores, hago un guiño a Rose y Norman, que aparecen en la cena de bautizo y contribuyen económicamente a la Ireland Academy for Women. Más sobre ello más adelante.

Capítulo 1

Domingo, 23 de agosto de 1936, Iglesia de San Pablo, Addlestone

Se habían organizado cuatro bautizos en la iglesia parroquial de St Paul. Debido a la prominencia de la familia Harcourt-Heath, el prolongado oficio dominical fue una celebración que implicó a la mayor parte del pueblo de Addlestone. Los gemelos de James y Louise habían nacido el 23 de abril. Llamaron a su hijo James Humphrey Michael y a su hija Dorothy Helen Louisa. La hija de Donald y Bea nació el 14 de julio y sería bautizada como Eugenia Florence Juliette. La hija del señor y la señora Peets nació el 17 de mayo. La llamaron Helena Margaret Louise.

Ofició el reverendo Hugh Patterson. Comenzó dando la bienvenida a todos los presentes. Junto a la pila bautismal, instruyó a los padres para que sirvieran de ejemplo y animaran a sus hijos a desarrollar valores cristianos: ser amables y compasivos con los demás, ser generosos con los necesitados tanto con su tiempo como con su dinero y oponerse a los elementos del mundo que provocan injusticia y sufrimiento. James y Louise aceptaron ser padrinos de la hija de los Peets, Lena. Donald y Bea fueron elegidos como padrinos de los gemelos, y Marjorie, la hermana mayor de James y Bea, y su marido, el comandante Jonathan Lawrence, aceptaron ser los padrinos de Genie. El reverendo Patterson preguntó formalmente a los padrinos si apoyarían a sus ahijados a lo largo de toda su vida.

Cada uno, por turno, respondió:

—Lo haremos, con la ayuda de Dios.

La cena que siguió ocupó por completo la mesa del comedor de Woburn por primera vez desde la boda de Bea el pasado octubre. Se sirvieron colas de langosta como entrante, el asado de ternera de Woburn como plato principal y *lemon syllabub* como postre. Entre los invitados se contaban Margie y Jonathan Lawrence, la hermana mayor de James y Bea, y su marido; los padres de Donald, sir Gerald y lady Mary Hutchinson; el hermano de Donald, Walter, y su prometida, Maria Lefkowich; y la hermana de Donald, Florence. También estaban presentes el general de división sir Nicholas Gavin-Wheeler y su esposa, lady Helen, que habían viajado desde Dublín a principios de semana. Los buenos amigos de James y Bea, Rose Gregory y Norman Paine, también asistieron. Se brindó con champán por los bebés y sus padres.

Cuando las damas se retiraron a la biblioteca, el oporto se pasó hacia la izquierda. James le preguntó a Jonathan por su último mando.

—Me trasladan a Gibraltar. Con el estallido de la Guerra Civil española el mes pasado, el Ministerio de Defensa ha ordenado a la Royal Navy reforzar la defensa de esta entrada estratégica al Mediterráneo. Seguiré como comandante y mi buque será el nuevo destructor de la clase Tribal, el HMS Cossack. Me haré cargo del mando el primero de octubre.

Nicholas le preguntó a Humphrey:

—¿Te importa si Helen y yo nos quedamos otra semana más o menos? He aprovechado este intervalo para concertar reuniones con el Ministerio de Defensa y el Foreign Office. Tomaré el tren de cercanías a Waterloo mientras Helen se queda aquí, charla con Dorothy y se desvive por los bebés.

—Quedaos todo el tiempo que queráis. Sabéis que en Woburn siempre sois bienvenidos.

Volviéndose hacia el padre de Donald, Nicholas preguntó:

—Oiga, Gerald, ¿a qué se dedica su hija Florence estos días? He oído que ella y ese tal Cameron Smythe ya no están juntos. ¿Sigue él en el Foreign Office?

—Ni idea. Decidió que Smythe era superficial y bastante engreído. Ahora creo que sale con un hombre que es algo en la City. A diferencia de Walter, ella no está lista para sentar cabeza. Por cierto, confío en que tú y Humphrey asistiréis a la boda de Walter y Maria la próxima primavera. Ofreceremos la recepción en nuestra finca de Yorkshire. Así tendremos ocasión de mostrar a vuestras familias nuestra hospitalidad del norte de Inglaterra.

Nicholas dijo:

—No nos lo perderíamos por nada del mundo. Enviad la invitación, reservaremos la fecha y responderemos como es debido.

Humphrey añadió:

—Contad también con nosotros. Por cierto, nosotros también pensamos que Smythe era un tanto insoportable. Está muy bien librada de él.

Mientras las damas tomaban el té en la biblioteca, Helen le preguntó a Bea:

—Reconozco que algunos de los segundos nombres elegidos para los gemelos y para Eugenia son nombres de familia, pero ¿cómo se os ocurrió Juliette?

—Fue idea de Louise. Sugirió que podíamos hacer un guiño a la Revolución francesa.

—¿Cómo?

Louise dijo:

—En Francia, la fiesta de la Bastilla se celebra el 14 de *juillet*, así que nos pareció apropiado.

Capítulo 2

Martes, 25 de agosto, Edificio Gibbs, Cambridge

A la mañana siguiente, Jarvis, el mayordomo principal, llamó a James al teléfono. Al otro lado de la línea estaba Richard Chillingworth, su antiguo tutor de matemáticas y su enlace en el MI5.

—Mañana quiero una reunión cara a cara contigo y con Donald. Os espero en mis habitaciones a la hora de costumbre.

James condujo su Railton hasta Cambridge y aparcó frente al pub Mitre. Al entrar por la puerta de estilo neogótico del King's College, James se llevó la mano al sombrero para saludar a Powell, el portero jefe del King's. En el Gibbs' Building, ocuparon los sillones confortables del estudio de su antiguo tutor, que James conocía tan bien por sus tutorías semanales de matemáticas en su último año en Cambridge. Además de Richard, ya estaban sentados Sybil Fergusson, la enlace de Louise en el MI5, y el general de división Vernon Kell, jefe del MI5, que al parecer disfrutaban de té y pastas.

Richard empezó:

—Estoy seguro de que ambos sabéis que el domingo pasado comenzó lo que la prensa ya llama la Guerra Civil española. Los generales Emilio Mola y Francisco Franco han promovido un levantamiento nacionalista con la intención de derrocar al gobierno democráticamente elegido de España. El MI6 vigilará los acontecimientos durante los próximos meses. Y ahora, el motivo de esta reunión. Kell y yo queremos informaros de los resultados, o más bien de la falta de avances, en nuestra investigación sobre aquella célula descontrolada que infiltró varios departamentos clave del gobierno a principios de este año. La semana pasada interrogamos a los traidores que capturasteis. Su cabecilla,

William o Wilhelm Joseph, se mantiene completamente callado, después de contratar a un hábil abogado de Lincoln's Inn Fields Chambers. Su defensa intenta acogerse a las protecciones de la Convención de Ginebra para soldados capturados. Joseph ha admitido que es capitán de las SS y solo proporciona su nombre, graduación y número de alistamiento. Hemos recurrido tanto a amenazas como a promesas de clemencia, pero hasta ahora sin resultado. Como no llevaba uniforme, será juzgado como espía. Si lo declaran culpable, es muy probable que lo ahorquen. Max Kingsley-Paige es otro asunto. Como alto funcionario del MI6 que trabajaba con Joseph, expuso a varios de nuestros agentes en Alemania e Italia. Eso condujo directamente a su captura, tortura y muerte. Sin embargo, él está siendo algo más cooperativo. Parece que sus actos de traición se debieron a su lealtad al Socialismo Internacional. Es un idealista convencido y, a diferencia de Joseph, no apoyaba a los nazis para obtener dinero o poder. No obstante, sigue siendo un traidor que ha traicionado a su país. Junto con su compañera, Harriet Pennington, podrían haber causado un daño enorme filtrando información sensible a la Abwehr: él desde el MI6 y ella desde el Almirantazgo. Afortunadamente, cuando los capturasteis, conseguimos asegurar todos los documentos sustraídos. Si recordáis, además de la señorita Pennington había otros tres miembros de la célula. Dos murieron durante vuestro rescate en aquella casa de Bourne Way. Ambos trabajaban en Inmigración y Aduanas. Por desgracia, queda uno suelto. A pesar de presionar a los tres para que revelaran su nombre, se han negado a hacerlo. Es evidente que eso perjudicará su defensa en el juicio. Espero que Max y Harriet reciban largas penas de prisión. En estos momentos, nuestros esfuerzos se centran en identificar al último integrante superviviente de la célula. Donald, conoces a Kingsley-Paige como colega del MI6 desde hace siete años. Tanto tú como James pasasteis horas hablando con él mientras estabais presos. ¿Tenéis alguna sugerencia sobre cómo deberíamos proceder?

Donald dijo:

—No puedo ayudaros en eso. Mientras llevábamos las esposas puestas, intentó convencernos de que Hitler era un socialista que solo deseaba la paz y no tenía ambiciones territoriales.

—¿James?

—Se me ocurre una cosa. Hace dos semanas me reuní en Berlín con el Oberstleutnant Rudolf Bamler. Intentó reclutarme como espía nazi proponiéndome entrar en el MI5 a través de John Sheppard, nuestro King's Provost. Fui un poco atrevido y le pregunté con quién contaba ya en departamentos del gobierno británico, en particular en el MI6, el Almirantazgo, Inmigración y Aduanas y el Foreign Office. Su respuesta exacta fue: "De esos ya nos ocupamos". Kingsley-Paige era un alto controlador en el MI6 y Harriet Pennington era la asistente personal del Director of Naval Ordinance en el Comptroller's Department del Almirantazgo. Los dos hombres muertos en Bourne Way trabajaban en Inmigración y Aduanas. Eso deja solo el Foreign Office, donde Bamler afirmaba tener un agente de la Abwehr. Sé que el FO emplea a cientos de personas, así que no es de mucha ayuda. Pero ahí queda.

Kell tomó una nota en su agenda y prosiguió:

—Y ahora, el otro motivo de esta reunión. Donald, en los últimos meses has estado destinado temporalmente en el MI5. A partir de hoy, has sido ascendido a jefe de la sección de Alemania del MI6. Además de tus demás funciones, coordinarás la información que recibas de esos dos oficiales nazis a los que reclutaste en tu viaje a Berlín.

Donald dijo:

—Solo para que quede claro: no veo cómo podría volver jamás a la Alemania nazi. Tienen mi fotografía, y utilicé mi propio pasaporte en el viaje anterior a Múnich. Hace quince días, en los Juegos Olímpicos de verano de Berlín, usé el alias Gene Kincaid haciéndome pasar por entrenador de boxeo del equipo británico. Añadiría que James también utilizó su propio pasaporte mientras competía como remero.

James les mostró el volante que había recogido en el muelle de Bremerhaven. Donald le entregó un panfleto similar que James había sacado del abrigo de cuero que sustrajo cuando Donald recibió el disparo en Berlín. En ambos aparecían sus fotografías y descripciones, aunque en el caso de Donald figuraba con su alias, Gene Kincaid.

Donald dijo:

—Louise cree que esa aparente identificación errónea fue un ardid, dado que sabían perfectamente mi nombre y que yo era un agente del MI6. Si Louise tiene razón, y estoy seguro de que la tiene, eso explicaría por qué me dispararon nada más verme, sin detenerme ni interrogarme en aquel piso de Berlín.

James preguntó:

—¿Y cuál es mi próximo destino?

Kell respondió:

—Como sabes, la misión del MI5 es contrarrestar la actividad interna en Gran Bretaña. Desde hace años, John Sheppard viene desbaratando amenazas a la seguridad nacional proporcionando desinformación a los distintos grupos fascistas que operan abiertamente en el Reino Unido. James, como ahora formas parte del Comité Ejecutivo de la Nordic League, también tendrás contactos estrechos con miembros de varias organizaciones fascistas paralelas. Según tus informes escritos, estas incluyen la Anglo-German Fellowship, la Imperial Fascist League, el National Workers' Party y, lo más importante, la British Union of Fascists de sir Oswald Mosley. Queremos que cultives esos contactos, con el objetivo de informarnos sobre la BUF de Mosley y sus planes actuales.

—Contactaré con Jock Ramsay, que dirige la Nordic League. Comentó que Mosley había rechazado entrar en el Consejo Ejecutivo de la Nordic League. Aun así, estoy seguro de que se ven tanto social como estratégicamente.

Kell sonrió.

—James, eres único por el acceso del que dispones. Ya nos has proporcionado información extraordinaria, gracias a la cual hemos creado una sección específica dentro del MI5 para evaluar las implicaciones prácticas y políticas de estos grupos fascistas. A partir del relato que nos hiciste de tus reuniones previas de la Nordic League, hemos conseguido que un juez del Tribunal Superior autorice al MI5 a interceptar su correspondencia y vigilar sus llamadas telefónicas. Por desgracia, de esto ha salido muy poco. Es perfectamente posible que comprendan que sus vías normales de comunicación pueden no ser seguras.

James preguntó:

—¿Algún otro plan para mí este año? Richard ha sugerido que debería seguir ayudando a mi hermana Beatrice en su trabajo con *cybers* y códigos.

Kell dijo:

—Hazlo, faltaría más. Teniendo en cuenta que tanto tú como Donald tenéis ahora bebés de los que ocuparos, dudo que os pidamos viajar al extranjero en un futuro previsible.

CAPÍTULO 3

MIÉRCOLES, 26 DE AGOSTO, ARCHIBALD RAMSAY, DIPUTADO

En la cama, Louise preguntó:

—¿Qué tal fue tu reunión?

—Los recursos del SIS están centrados en encontrar al cuarto miembro de la célula. Richard no es especialmente optimista. Los traidores detenidos tras vuestra incursión bastante atrevida en la casa de Bourne Way se niegan a identificar al cómplice que sigue suelto.

—¿Algo más?

—Oh, sí. Han ascendido a Donald a jefe de departamento de la sección de Alemania del MI6 y tendrá un puesto de despacho en Broadway Buildings, en Westminster.

—¿Y tú, cariño?

—Me han encargado ayudar a Bea con su trabajo de creación de códigos.

—¿Ninguna sugerencia de viajes al extranjero?

—Al parecer, no.

—Entonces, ¿estamos jubilados del juego del espionaje?

—En realidad, Richard quiere que reavive mis vínculos con la Nordic League. Me ocuparé de eso por la mañana.

—Suena bastante seguro —añadió con una sonrisa—. Ahora mismo estoy dando de mamar a los gemelos cada dos horas, así que no podría acudir en tu rescate si te metieras en un buen lío.

Después del desayuno, James y Donald subieron al último piso para ver la recién creada nursery. William Gosden, su constructor, había unido dos de los antiguos dormitorios del servicio para crear una nursery lo bastante grande como para alojar a los cuatro niños durante los juegos y las siestas. Los bebés estaban al cuidado de una enfermera titulada temporal y de Tilly Evans, la joven procedente del orfanato contratada en abril para sustituir a Sprott como doncella de la señora.

Mientras los bebés dormían, las dos parejas se unieron a Humphrey y Dorothy para la comida del mediodía. Como estaban al corriente del trabajo de James y Louise para el MI5 y del de Donald y Bea para el MI6, James les dio detalles de su reunión en Cambridge y de sus planes de asistir a las reuniones de la Nordic League.

Humphrey dijo:

—Hijo mío, hablé con ese amigo tuyo, el miembro del Parlamento, en tu boda. ¿Cómo se llama?

—Archibald Ramsay. Le gusta que le llamen Jock, ya que representa la circunscripción escocesa de Peebles and Southern Midlothian. Por lo visto es un orador público inspirador, pero, a pesar de eso, no ha avanzado en el Partido Conservador debido a sus descarados discursos antisemitas. Hasta la fecha, su cargo más alto es el de representante tory en el Potato Marketing Board.

Humphrey continuó:

—No puedo decir que me impresionaran mucho sus opiniones. Parece ambicioso y, como la mayoría de los políticos, con una moral que se dobla según sople el viento. Su único objetivo parecía ser mantenerse en el poder.

Dorothy añadió:

—Charlé brevemente con su esposa, Esmay. Al final me disculpé. No pude soportar sus comentarios antisemitas.

Después de comer, Louise y Bea regresaron a la nursery. James fue al teléfono del vestíbulo y llamó a Jock Ramsay. El mayordomo le respondió y le dijo que el capitán Ramsay esperaba regresar a casa a última hora de la tarde.

Aquella noche, Jarvis entró en la biblioteca e informó a James de que Archibald Ramsay estaba al teléfono y deseaba hablar con él.

—Jock, gracias por devolver mi llamada. Los Juegos Olímpicos terminaron hace diez días. Ya estoy de vuelta en Inglaterra y libre para ayudar a la Nordic League con algunas de las cuestiones que hablamos.

—Tu timing es excelente. El Comité Ejecutivo se reúne en mi casa este sábado. Como miembro, supongo que querrás asistir. ¿Siete y media para las ocho?

—Nos vemos entonces.

James volvió a la biblioteca y se puso a considerar a quién podría abordar en la reunión de la Nordic League. Las instrucciones de Richard eran averiguar los planes futuros de Mosley y de la BUF. Pensó en primer lugar en Robert Gordon-Canning, que será el padrino de Mosley cuando se case con Diana Mitford en octubre. También consideró hablar con William Joyce, director de Propaganda de la BUF y orador principal en los mítines de Mosley.

Capítulo 4

Sábado, 29 de agosto, Cheyne Walk, Chelsea, Londres

James llegó puntualmente a las siete y media de la tarde, tras tomar el tren hasta la estación de Waterloo y un taxi negro hasta la residencia del siglo XVIII de Jock Ramsay. En el salón, los miembros del Comité Ejecutivo de la Nordic League ya estaban presentes y sostenían copas de champán.

Después de indicar a su mayordomo que sirviera a James una copa de champán, Ramsay dijo:

—Todos seguimos los *Peace Games* por la radio, animando a nuestro ocho británico. Debió de ser tremendamente emocionante, fue literalmente una llegada decidida por foto.

—Formar parte del equipo olímpico de Gran Bretaña fue una experiencia que nunca olvidaré. Ahora debo volver a cuestiones prácticas y centrarme en mis responsabilidades con la finca familiar en Surrey y mi viñedo en Borgoña.

—Confío en que no te olvides de nuestra Nordic League.

—Por eso estoy aquí.

Mientras el resto de los miembros de la Nordic League charlaban entre ellos, se acercó William Joyce.

—James, tengo que darte las gracias por entregar aquel paquete al Sturmbannführer Bamler cuando estuviste en Berlín. Su sección de la Abwehr considera que los documentos que facilitaste deberían poner fin con rapidez a cualquier conflicto futuro entre Alemania y Rusia. Como sabes, Stalin tiene la vista puesta en la dominación mundial, en línea con el último manifiesto del Partido Comunista.

—¿Sigues siendo el director de Propaganda de la BUF?

—En realidad, ahora soy el subjefe. Eso ha significado que he estado especialmente ocupado este último mes.

—¿Algo interesante en el horizonte?

Joyce hizo una pausa antes de responder.

—Posiblemente, pero por razones de seguridad no puedo entrar en detalles. Te diré esto: nuestro objetivo actual es aumentar la afiliación a la BUF. Ya contamos con más de diez mil simpatizantes con carnet. Mi propósito es duplicar esa cifra a principios de octubre. Estamos organizando mítines regionales semanales en los que nuestros miembros acuden con el uniforme negro completo. Puede que te sorprenda saber que el coste de esa indumentaria se ve subvencionado por donaciones del propio Benito Mussolini. Por ello, Mosley ha insistido en que nuestros partidarios vistan camisas negras, igual que las *Camicie Nere* de Mussolini en sus concentraciones, en lugar de la elección de Hitler, las camisas pardas o *Braunhemden* de su chusma de las SS.

Joyce esbozó una sonrisa torcida.

—Te contaré algo que quizá te haga gracia. Hace tres años, ese bufón italiano hinchado definió el fascismo como una ideología colectivista de izquierdas, opuesta al socialismo, al liberalismo, a la democracia y al individualismo. Es una definición verdaderamente absurda. Mientras siga lanzando dinero en nuestra dirección, me importa un comino su retórica confusa.

Hizo una pausa y cambió de tema.

—No sé si lo sabes, pero hablo alemán con fluidez y he leído de cabo a rabo los dos volúmenes de *Mein Kampf*. En el segundo libro, Hitler describe una técnica que atribuye a los judíos. Afirma que durante siglos los judíos han repetido falsedades una y otra vez hasta que la gente termina aceptándolas como hechos.

»Hace tres años, Joseph Göbbels le dio la vuelta a esto con bastante astucia y ahora la utiliza contra los judíos. En marzo de 1933, justo después de que Hitler lo nombrara Reich Minister of Public Enlightenment and Propaganda, escribió: "Si dices una mentira lo bastante grande y la repites con suficiente frecuencia, la gente acabará creyéndola".

»Prosiguió afirmando: "La mentira solo puede mantenerse mientras el Estado sea capaz de proteger a la gente de las consecuencias políticas, económicas y/o militares de la mentira. Por eso resulta vital que el Estado utilice todos sus poderes para reprimir la disidencia, porque la verdad es el enemigo mortal de la mentira y, por extensión, la verdad es el mayor enemigo del Estado".

»El año pasado, Hitler ofreció su propia versión de esta estrategia cuando dijo: "Nunca permitas que el público se enfríe; nunca admitas una falta o un error; nunca concedas que pueda haber algo bueno en tu enemigo; nunca dejes espacio para alternativas; nunca aceptes la culpa; concéntrate en un solo enemigo cada vez y échale la culpa de todo lo que salga mal; la gente creerá una gran mentira antes que una pequeña; y si la repites con suficiente frecuencia, tarde o temprano la gente la creerá".

»La traducción al alemán de "la Gran Mentira" es *die große Lüge*. Me alegra ver que Göbbels la está utilizando con éxito para justificar el cierre de los medios que han discrepado de las políticas de Hitler. Yo estoy desarrollando el mismo enfoque en mis discursos para la BUF. El antisemitismo será el tema que impulse en nuestros mítines y en nuestra cobertura de prensa, folletos y carteles. Tu documento de los Apostles sigue ayudándome a encender a las masas. Además, me proporciona un nuevo enfoque para nuestra estrategia antisemita de siempre.

James se horrorizó al saber que su bastante tonto documento de debate de los Apostles seguía siendo utilizado por la BUF.

Se excusó y se unió a Robert Gordon-Canning, que estaba solo junto a la ventana del salón.

—Oye, Bobbie, me dijiste que serás el padrino de Oswald Mosley cuando se case con Diana Mitford. ¿Cuándo serán las nupcias?

—El 6 de octubre, dentro de poco más de un mes.

—¿En la catedral de Westminster?

—Será una pequeña sorpresa para la prensa. En realidad se casará en Berlín.

—Entonces supongo que estará allí preparando los detalles.

—En absoluto. Sus ayudantes se encargarán de los preparativos mientras él se ocupa de los asuntos de la BUF. Ha fijado para la BUF un programa muy ambicioso. El domingo 4 de octubre planeamos celebrar el mitin más grande que hayamos intentado nunca. Es especialmente importante porque coincidirá con el cuarto aniversario de la creación de la British Union of Fascists.

—¿Aquí en Londres?

—Por supuesto. Él encabezará a nuestras tropas a través del gueto judío del East End. Los periódicos *Daily Mail* y *Daily Mirror* de lord Rothermere han prometido dar a nuestra marcha cobertura en primera página.

—Estoy impresionado. Eso es solo dos días antes de su boda.

Bobbie vaciló y miró alrededor con nerviosismo.

—Te ruego que mantengas esto en secreto. No debería haber dejado escapar la confidencia. ¿Me das tu solemne promesa de no mencionarlo fuera de esta habitación? Oswald sigue negociando con la Metropolitan Police para que nos proporcione seguridad. No podemos permitir que nuestro mitin sea perturbado por estibadores irlandeses, judíos y comunistas.

—Ni se me ocurriría traicionar una confidencia. Como dijo Shakespeare, "ni una palabra".

—Oye, ¿por qué no te nos unes? Estaremos todos en la tribuna junto con otros cuantos. Si no recuerdo mal, dijiste que conocías a Guy Burgess y Kim Philby de tu época en Cambridge. Aunque no forman parte de nuestra organización, los hemos invitado porque son miembros de nuestro grupo hermano, la Anglo-German Fellowship. Anthony Blunt también ha prometido asistir.

—Sería un honor formar parte de este acontecimiento histórico.

James fue de los primeros en marcharse, ya que tenía que coger el último tren de Waterloo a Addlestone.

Capítulo 5

Quincena que comienza el domingo 30 de agosto, Woburn Hall

Como la hija de Donald y Bea, Genie, tenía solo seis semanas, Bea aún no estaba lista para volver a su trabajo en Londres. Antes de su embarazo, tenía su propio despacho, secretaria y ayudantes en su creciente equipo de creadores y descifradores de códigos. Tanto ella como Donald trabajaban también en Broadway Buildings, en St James's Park. En lugar de quedarse en su casa de mews en Chelsea, él iba y venía en tren, pasando las tardes y los fines de semana en Woburn con su familia.

Después del oficio dominical en St Paul's, James preguntó a Donald por su nuevo puesto como jefe de la sección de Alemania del MI6.

—Los dos oficiales de las SS a los que recluté en Berlín están informando de algunos detalles interesantes sobre nuevos *Konzentrationslager*. Ahora tenemos localizaciones y estimaciones del tamaño final de decenas de campos. Esta expansión no era inesperada. Si recuerdas, Gephardt Fleischer, aquel funcionario obeso que conocimos en la Jefatura de la Gestapo en Múnich, nos expuso los planes de Himmler para más KL en Alemania. También sugirió que establecerían otros en el este cuando se anexionara Polonia. Así quedarían fuera del alcance de la mirada curiosa de la prensa occidental. El MI6 me permitió ofrecer a mis dos contactos una prima adicional de cinco monedas de oro suizas Vreneli por cada nuevo recluta que consiguieran. Hasta ayer han sumado seis agentes más de la Gestapo y de las SS que proporcionarán información mensual a nuestros agentes de campo en Alemania. Yo coordinaré esta información y la comunicaré directamente a sir Hugh Sinclair, el jefe del MI6.

—¿Algo más que esté ocurriendo en Alemania estos días?

—Aparte de sus evidentes preparativos para la guerra, a principios de este mes hemos sabido que el Partido Nazi ha creado lo que llaman la Oficina para Combatir la Homosexualidad y los Abortos. Recuerda que, como vimos en nuestra visita a Dachau, están internando a homosexuales en KL sin juicio ni revisión judicial. Por ahora solo se permiten abortos si la vida de la madre corre peligro. Al margen de cualquier consideración moral o humanitaria, necesitan desesperadamente aumentar su población de Herrenvolk y también de Mischling para servir como soldados y trabajadores.

Aquella noche, en la cama, James contó a Louise los planes de la BUF para celebrar un gran mitin a principios de octubre.

—Deberías contárselo a Richard —dijo ella.

Tras el desayuno, James concertó una reunión para la mañana del martes con su antiguo tutor de matemáticas. Condujo hasta King's y aparcó su Railton en su lugar habitual frente al Mitre. Llegó puntualmente a las once y le invitaron a sentarse en uno de los cómodos sillones de cuero del segundo piso, en las habitaciones de Richard, en el Gibbs'.

—Entonces, ¿qué te tiene tan alterado como para exigir esta reunión urgente? Ya sabes que tengo alumnos que supervisar, además de mi trabajo para el MI5.

—El domingo pasado me reuní con Jock Ramsay y el Comité Ejecutivo de la Nordic League. Me enteré de que la BUF está organizando un mitin para el domingo 4 de octubre que los llevará por el East End de Londres. Su objetivo es reunir a 20.000 partidarios para intimidar a la comunidad judía que vive allí.

Richard guardó silencio durante más de un minuto.

—Déjamelo a mí. Me pondré en contacto con el general de división Vernon Kell y él utilizará su influencia para prohibir la marcha alegando que es probable que provoque alteraciones del orden público. Estoy absolutamente seguro de que el alcalde de Londres y la Metropolitan Police se negarán a conceder los permisos.

James regresó a Woburn y pasó los diez días siguientes ocupándose de su familia y de las necesidades de la finca de Woburn. También dedicó la mayoría de las tardes a conversar con Bea sobre sus códigos y planes de cifras. Muchas de sus ideas se basaban en su conocimiento profundo de la música clásica. Para desentrañar el aparente código aleatorio de números y letras que había creado, los agentes tendrían que conocer el compositor, el tipo de obra y la tonalidad en la que estaba escrita.

Ella explicó:

—Se podría especificar a Wagner como compositor y la ópera como vehículo. Él escribió trece óperas y un número similar de óperas incompletas o fragmentarias. Por ejemplo, *Fantasia* estaba en la tonalidad de fa sostenido menor. Esos tres datos darían acceso al léxico específico que nuestros agentes necesitarían para descifrar el código. No nos faltan compositores, óperas, conciertos y sinfonías. Ahí están Verdi, Mozart, Rossini, Puccini, Monteverdi, Handel, Donizetti, Strauss, Bellini, Chaikovski, Purcell y, más recientemente, Benjamin Britten. Todo lo que tenemos que hacer es proporcionar a los agentes del MI6 el nombre del compositor, el medio y la tonalidad. Nuestros agentes podrían usar esa información para descifrar el mensaje. Es un poco elaborado, pero el propio mensaje sería críptico y no ofrecería ninguna pista ni vínculo con el significado de la transcripción.

—Bea, date cuenta de que el Servicio Mundial de la BBC emite a todos los continentes. Podrían simplemente elegir una pieza musical a una hora determinada, digamos los domingos a las ocho de la tarde. Los agentes escucharían y, utilizando el léxico acordado de antemano, traducirían el código. Usar algunos compositores alemanes sería un golpe maestro de ironía.

El lunes por la mañana, durante el desayuno, Jarvis hizo señas a James para que fuera al teléfono del vestíbulo. Al aparato estaba su enlace en el MI5.

—Me temo que nos hemos topado con un muro en lo referente a la marcha de octubre de Mosley —dijo Richard—. Parece que lord Trenchard, jefe de la Metropolitan Police, ha adoptado la postura de que su deber legal es preservar la ley y el orden. Ha dicho que, solo por esa razón, se ve obligado a permitir su marcha pacífica por nuestra capital. Su comisario, el *air vice-marshal* sir Philip Game, está de acuerdo. Por lo visto, Game tiene previsto estar presente sobre el terreno utilizando radio de onda corta para comunicarse con los agentes del Met y coordinar la protección de los Blackshirts de Mosley. Ambos han afirmado que las reuniones públicas son un derecho constitucional del pueblo británico. Las libertades de expresión y de reunión están garantizadas por el *common law*, refrendadas por la jurisprudencia y confirmadas por la legislación civil.

»Además, la marcha ha sido aprobada por el Home Office y por el propio primer ministro Stanley Baldwin. Se ha ordenado a los agentes del Met mantener el orden y no interferir. Es más, lord Trenchard ha dejado claro que, si hubiera alguna infracción del *Riotous Assembly Act* de 1715, sus agentes harán uso de sus poderes de detención. Por lo visto, se han cancelado todos los permisos policiales para el 4 de octubre y las unidades montadas están de guardia para mantener el orden. Me temo que tenemos las manos atadas. Y aún hay más: se permitirá a la BUF vestir su indumentaria de Blackshirts. El *Public Order Act* de 1936 aún no es ley. Esta norma prohibirá finalmente el uso de uniformes en actos políticos y vetará las organizaciones cuasi militares, pero el proyecto todavía no ha sido aprobado por el Parlamento. Está pendiente de su segunda lectura a finales de este mes y debería entrar en vigor a comienzos del año próximo. Obviamente, no llegará a tiempo para impedir esta marcha.

James empezaba a lamentar haber aceptado estar en la tribuna.

Esa noche, en la cama, James explicó a Louise lo que había sabido sobre el mitin de Mosley y la probabilidad de que contara con la protección de la Metropolitan Police. Ella no dijo nada. Tenía los ojos cerrados y él pensó que se había dormido.

Para comprobar si seguía escuchando, añadió:

—Ya sabes que he jurado guardar el más absoluto secreto.

Louise se volvió hacia él, apoyándose sobre el hombro izquierdo.

—Querido, deberías subir a Londres y reunirte con Jacob Mandelbaum.

—¿Quién?

—Lo recuerdas. Es el gerente de Tiffany's que ayudó a Christina Sherman.

—Ah, sí.

—Parecía bien relacionado con varias organizaciones judías de Londres. Estoy segura de que agradecería que se le avisara con antelación de esta marcha.

—Lo llamaré por la mañana.

—Y ahora, querido mío, hace más de cuatro meses que no disfruto de relaciones íntimas con mi marido. ¿No crees que va siendo hora de reavivar nuestra pasión?

Capítulo 6

Martes, 15 de septiembre, Tiffany's, Londres

El lunes por la mañana, James fue al teléfono del vestíbulo y llamó a Tiffany's. Una señora respondió y él pidió hablar con el señor Mandelbaum.

—¿Puedo saber quién llama?

—James Harcourt-Heath. Me gustaría comentar algo en privado con él, si está disponible.

—Está en una reunión. Espero que vuelva a la tienda esta tarde. ¿Podría intentar de nuevo entonces, digamos después de las tres?

—¿Le diría que he llamado?

—Por supuesto, señor.

Mientras estaban comiendo al mediodía, oyeron sonar el teléfono del vestíbulo. Jarvis entró en el comedor y dijo a James:

—Señor, tiene una llamada desde Londres.

Jacob Mandelbaum estaba al aparato. James dijo:

—Gracias por devolver mi llamada.

—¿La señora Christina Sherman o su familia tienen algún problema?

—En realidad, les va muy bien. Su consulta dental está creciendo y están pensando en comprar la clínica y el piso de arriba. Johann es ahora investigador sénior en el King's y viaja a Cambridge dos veces por semana para dirigir a doctorandos. También imparte alguna serie de conferencias. Sus dos hijos son prácticamente bilingües y el mayor ya está matriculado en la escuela primaria de Addlestone.

—Entonces, ¿por qué se ha puesto en contacto conmigo?

—Es un asunto delicado y preferiría tratarlo en persona. ¿Podría sugerirme un momento conveniente?

—Esto sí que es misterioso. Venga a la ciudad mañana por la mañana y podemos vernos en la tetería de al lado.

—Estaré allí hacia las diez y media.

James tomó el tren de cercanías de las 9:02 hasta Waterloo y luego un taxi negro hasta Old Bond Street. Cuando entró en la cafetería, Jacob Mandelbaum ya estaba sentado con una taza de té en la mano. James pidió té y se unió a él en la mesa.

El gerente de Tiffany's dijo:

—Entonces, dígame, ¿de qué se trata todo esto?

—No puedo entrar en detalles sobre cómo he obtenido esta información. Pero puedo decirle que tengo plena confianza en su veracidad. El domingo 4 de octubre, sir Oswald Mosley y la British Union of Fascists planean una marcha por el East End. Será el mitin más grande que hayan intentado jamás, con más de 20.000 camisas negras matones. Piensan pasar por Limehouse, Bow, Mile End, Bethnal Green y Shoreditch. Me han dicho que su objetivo es acosar a la comunidad judía del East End. La marcha está prevista para comenzar en Tower Hill hacia las dos de la tarde. Al parecer han obtenido permiso del alcalde de Londres y de la Metropolitan Police. Es más, el Met ha aceptado proporcionar protección a la turba de Mosley.

—Señor Harcourt-Heath, soy perfectamente consciente de que la Metropolitan Police nunca ha sido especialmente favorable hacia mi gente. Dicho esto, he de agradecerle este aviso anticipado.

—Por favor, llámeme James.

—Bien. James, soy miembro de varias organizaciones que apoyan a los refugiados judíos y a nuestro pueblo ya establecido en el Reino Unido. La mayor de ellas es el Jewish People's Council. Quizá sepa que la importante población judía del East End llegó a principios de siglo procedente de Rusia y de Europa Oriental. Como disponían de pocos recursos, se vieron obligados a agruparse donde los alquileres eran baratos. El East End se ha convertido de facto en un gueto para refugiados judíos y estibadores irlandeses empobrecidos. Puede estar seguro de que transmitiré esta información a mis amigos y asociados para que, al menos, cuenten con cierto margen de aviso previo.

Aquella noche, durante el postre, James dijo:

—Louise, supongo que deberíamos empezar a pensar en contratar una enfermera fija y una niñera para cuidar de los cuatro bebés. Será especialmente necesario cuando tú y Bea dejéis de dar el pecho. Además, eso permitiría a la señora Peets volver a sus funciones como secretaria de mi madre.

—Ya lo he pensado. Tengo en mente a la enfermera que conocí en el hospital de Weybridge. Fue extremadamente atenta después de que Mahoney, el jefe de aquella célula nazi, te disparara. Me pondré en contacto con ella para ver si está disponible o si conoce a alguna enfermera titulada que esté buscando un cambio.

Capítulo 7

Sábado, 19 de septiembre, Cuidado infantil

Durante el desayuno, Louise anunció que había concertado una entrevista con una enfermera para los niños de Woburn. Se ocuparía de sus gemelos, Jamie y Dottie, de la hija de Bea, Genie, y de Lena, la hija del señor y la señora Peets.

—He contactado con Moira O'Sullivan, enfermera titulada. Me atendió cuando me lesioné el hombro izquierdo después de que aquel matón nazi me empujara por las escaleras del sótano. Ha accedido a tomar el autobús hasta aquí el sábado por la mañana para que podamos conocernos y decidir si sería adecuada. Bea, ¿podrías sugerir alguna de tus jóvenes del orfanato a la que le pudiera interesar formarse como niñera?

—Estoy segura de que recuerdas a Lillian Turner. La rescatamos el pasado febrero, después de que la banda de Mahoney la secuestrara. Me ha escrito en varias ocasiones y me ha contado que no se siente nada estimulada trabajando en un *newsagents* y que le gustaría cambiar. Peets podría ir a recogerla mañana para que podamos entrevistarla para el puesto de niñera en prácticas.

A las diez de la mañana del sábado, la señorita O'Sullivan llegó en autobús y Jarvis la acompañó a la biblioteca. Se sentó en el lado del vestíbulo de la mesa de caoba, mientras las dos parejas tomaban asiento enfrente.

Louise comenzó la entrevista:

—Enfermera O'Sullivan, quiero agradecerle la amabilidad y la profesionalidad que nos mostró cuando estuvimos en su hospital hace tres meses. Entonces me dijo que quizá estuviera pensando en un cambio. ¿Tiene experiencia en pediatría?

—En mi formación hice una rotación de cuatro meses en la sala de maternidad del Chelsea Hospital. Me gustan muchísimo los bebés y los niños pequeños, y ahora considero que esa es mi vocación. Francamente, encuentro mis funciones en un gran hospital repetitivas y tediosas. La rutina y nuestra matrona, bastante autoritaria, han acabado por destruir toda iniciativa y moral. Tengo muy pocas oportunidades de conocer a mis pacientes o de aprender habilidades nuevas.

Bea preguntó:

—¿Qué métodos usaría si un bebé se niega a comer o llora sin cesar?

—Buscaría la causa del malestar. Podría ser algo tan sencillo como gases, un pañal sucio o una dermatitis del pañal. El cólico siempre es una posibilidad. Si se tratara de gases, aplicaría los procedimientos habituales para hacerle eructar. Claro que también podría tratarse de una obstrucción intestinal. En ese caso, llamaría de inmediato a mis colegas del hospital de Weybridge.

James preguntó:

—¿Estaría dispuesta a vivir en Woburn a tiempo completo? Hay una habitación disponible en la última planta y podría hacer sus comidas con el resto del servicio.

—Por supuesto. Así estaría a disposición de los niños a cualquier hora del día o de la noche, que es lo que supongo que ustedes necesitarán. Ahora mismo comparto un piso pequeño con otras dos enfermeras y no tengo intimidad ni vida social. No es en absoluto lo que esperaba después de obtener el título hace diez años.

Tras intercambiar una mirada con los demás, James se hizo cargo de los detalles:

—Nos gustaría ofrecerle el puesto permanente de enfermera para cuatro bebés. Están nuestros gemelos, la hija de Bea y la niña de la señora Peets. Sé que es algo más trabajo del que quizá imaginaba, pero queremos una enfermera titulada que se haga cargo de su bienestar cuando las madres tengan que ausentarse por motivos de trabajo. Si estas condiciones le parecen bien, estamos dispuestos a ofrecerle un salario de 50 libras al año, con manutención completa. El domingo sería su día libre, aunque nos gustaría que estuviera localizable en caso de emergencia. Una cosa más: no estaría sola. Tenemos la intención de contratar a una chica joven como niñera en prácticas. Como parte de su contrato, nos gustaría que la instruyera en las tareas de cuidado de los cuatro niños.

—Su oferta es más que generosa. Por cierto, estoy acostumbrada a formar a enfermeras novatas, así que eso no supondría ningún problema.

—¿Tiene que dar un preaviso?

—Solo de una semana. Podría empezar el domingo 27.

Todos se levantaron y le dieron la bienvenida a la casa. James le pidió que pasara a su lado de la mesa de la biblioteca para ayudar en la siguiente entrevista.

Jarvis hizo pasar a Lillian Turner a la biblioteca. Parecía nerviosa, aparentemente intimidada por el carácter formal de la reunión.

Bea se puso en pie:

—Lily, qué alegría verte de nuevo. Me han contado que no estás del todo satisfecha con tu puesto en el *newsagents*.

—El señor y la señora Hollingsworth son muy amables, pero, siendo sincera, estoy aburrida del trabajo. Es lo mismo todos los días. Clasificar los periódicos para el reparto a las seis de la mañana y luego estar en la tienda todo el día vendiendo caramelos y tabaco. Son siete días a la semana con solo los jueves por la tarde libres por el cierre de media jornada. Esperaba encontrar más variedad y algún reto intelectual.

Louise dijo:

—Estamos buscando a una joven para ayudar a la enfermera O'Sullivan a cuidar de nuestros hijos. ¿Has pensado alguna vez en ser niñera?

—En el orfanato solía ocuparme de los recién llegados más pequeños. Llegaban con cuatro años, después de haber estado bajo tutela de las autoridades locales. Fue entonces cuando decidí que me gustaría ser niñera. De verdad quiero a los niños y disfruto viendo cómo crecen, aprenden y cambian día a día.

Bea confirmó el papel de Lily en el orfanato. Desde su lado de la mesa, las dos parejas y la señorita O'Sullivan asintieron.

James se encargó de los términos económicos:

—Lily, nos gustaría ofrecerte el puesto de niñera en prácticas bajo la supervisión de la señorita O'Sullivan. Podrías vivir aquí, en una habitación de la última planta, y comer con el resto del servicio. ¿Te parecería aceptable un salario de 20 libras al año?

—Estaría enormemente agradecida por la oportunidad de formarme para un trabajo de verdad en lugar de ser solo dependienta de una tienda. Así que sí, acepto. Me gustaría mucho ayudar a su familia después de todo lo que hicieron por mí cuando me rescataron de los nazis.

—¿Cuándo podrías empezar?

—Debería darle al señor Hollingsworth una semana de preaviso. ¿Qué le parece si tomo el autobús hasta aquí el domingo y empiezo el lunes 28 por la mañana?

Capítulo 8

Martes, 29 de septiembre, King's College

La enfermera Moira O'Sullivan y Lily Turner llegaron poco después de que la familia regresara del oficio dominical en St Paul's. La primera tarea fue presentarlas a los cuatro bebés, que estaban en sus cunas en la nursery de la última planta. Después, Peets y Jarvis les mostraron sus habitaciones y les hicieron un recorrido por la casa. Jarvis las presentó a Cook, al personal de cocina y a la señora Peets, la secretaria de Dorothy. Luego les enseñó el comedor del servicio, donde tomarían sus comidas.

El lunes por la mañana, Richard llamó a James para concertar una reunión para tratar, entre otras cosas, el mitin de Mosley. A la mañana siguiente, James recogió a Donald en Chelsea y fueron en coche a Cambridge. Tras entrar en Gibbs', subieron a la oficina de Richard en la última planta. James se sorprendió un tanto al ver que también estaban presentes Sybil Fergusson, la reclutadora de Louise para el MI5, el general de división Vernon Kell, fundador y jefe del MI5, y sir Hugh Sinclair, jefe del MI6.

Tras los saludos de rigor, James tomó la palabra para plantear sus preocupaciones sobre el mitin de la BUF del domingo siguiente.

—¿Ha logrado Whitehall o el primer ministro convencer a la Metropolitan Police de que este mitin podría volverse violento?

Kell respondió a la pregunta:

—Está fuera de nuestro alcance. Ni siquiera nuestro primer ministro, Stanley Baldwin, ha querido dirigirse a lord Trenchard o a sir Philip Game, los dos máximos responsables del Met. Nuestro actual y algo frágil gobierno de coalición sencillamente no puede arriesgarse a un enfrentamiento político, y mucho menos a provocar la ira del Partido Conservador. Tanto Trenchard como Game consideran que la función de la Metropolitan Police es hacer cumplir la ley y mantener el orden en la capital. Los organizadores del mitin han recibido los permisos del alcalde de Londres, así que el asunto está zanjado.

James dijo:

—Tengo un contacto dentro de la comunidad judía y le he avisado de que la marcha tendrá lugar este fin de semana. Tengo entendido que se está haciendo circular una petición entre judíos, sindicalistas, comunistas y varias organizaciones antifascistas. Por cierto, ese día tendré asiento de primera fila. He conseguido que me inviten a estar en la tribuna al inicio de la marcha, en Tower Hill.

Richard negó con la cabeza.

—La función principal de los operativos del MI5 es observar e informar. Ponerte deliberadamente en peligro en caso de que haya disturbios no forma parte de tu descripción de funciones.

—No se preocupe, estaré con un pequeño grupo de algunos de los miembros más poderosos e influyentes de la sociedad británica.

Richard cambió de tema:

—Y ahora, el verdadero propósito de esta reunión. En vuestra próxima misión, queremos que los dos vayáis al Irish Free State. Aunque parece que el gobierno irlandés está decidido a mantenerse neutral en un futuro conflicto europeo, hay varios asuntos preocupantes que llegan de Dublín. En primer lugar, creemos que hay filtraciones tanto en el Foreign Office como en el Ministry of Defence relativas a informes muy confidenciales y comunicaciones interdepartamentales. La información del FO parece estar llegando a Berlín a través de nuestro Consulado en Dublín. Las filtraciones del MOD parecen estar asociadas con un oficial retirado del Ejército británico, el general de división sir Nicholas Gavin-Wheeler. James, tenemos entendido que tu padre sirvió bajo su mando en la Segunda Guerra de los Bóeres. Queremos que utilices ese vínculo para reunirte con él, ganarte su confianza y determinar si es un traidor a nuestro rey y a nuestro país.

—Un momento. Conozco a sir Nicholas y a su esposa, lady Helen, desde que nací. De hecho, son mis padrinos suplentes. Puedo dar fe absoluta de su lealtad a la Corona y de su compromiso con la derrota de los nazis.

Kell desestimó sus objeciones con un gesto de la mano.

—Sea como sea, estamos bastante seguros de que las filtraciones proceden de su residencia de Dublín, The Chase. Mientras estéis allí, contaréis con el apoyo de la Garda Síochána, la fuerza policial irlandesa. Vuestro contacto será el comisario Lochlan Cavanaugh. Le conozco desde hace años y confío en él plenamente.

Richard continuó:

—En segundo lugar, estoy seguro de que ambos recordáis a Seamus Mahoney. Era el cabecilla de aquella célula nazi que ocupó Woburn Hall en julio pasado. Os dijo que había sido reclutado por la Abwehr junto con varios antiguos soldados del Irish Republican Army después de la partición de Irlanda en mayo de 1921. Sus padres eran irlandeses, pero él nació en Inglaterra y viaja con pasaporte británico. Siendo británico y actuando como espía alemán, ha sido acusado de traición, declarado culpable y será ahorcado en la prisión de Brixton a comienzos del año próximo. Quiero que intentéis averiguar si existe presencia nazi en Irlanda e informéis de vuestras conclusiones por una línea telefónica segura. Las relaciones angloirlandesas son, en el mejor de los casos, delicadas, y la neutralidad irlandesa en un futuro conflicto europeo dista mucho de estar garantizada. Como sabéis, su presidente, Éamon de Valera, pronuncia regularmente discursos antibritánicos en su parlamento, el Oireachtas.

»Por último, seguimos preocupados por Lebensborn. En Berlín saben que hemos logrado desmantelarlo en el Reino Unido. Están al corriente gracias a su pertenencia a la International Criminal Police Commission, ICPC. Debido a la postura de neutralidad internacional del gobierno irlandés, han rechazado adherirse. En consecuencia, es perfectamente posible que sepan poco de los intentos nazis de secuestrar a jóvenes rubias para utilizarlas como reproductoras en la ejecución del objetivo de Heinrich Himmler de crear una nación aria. He leído vuestro informe tras el rescate de las dos jóvenes del Addlestone Orphanage. Proporcionaron los nombres de cuatro chicas procedentes de un asilo de Dublín. El hecho de que todas procedan de la misma institución nos parece algo más que una coincidencia. Localizad e investigad esa institución. Con la ayuda de Lochlan Cavanaugh, quizá podáis averiguar si ha habido más desapariciones de muchachas irlandesas rubias en los últimos dos años.

Capítulo 9

Domingo, 4 de octubre, Tower Hill, Londres

Durante el desayuno, la radio estaba sintonizada con el BBC Home Service. El Meteorological Office pronosticaba un tiempo soleado y agradable, con 70 grados. James se vistió con un traje ligero de tweed y un sombrero Panamá de paja, ya que esperaba pasar la mayor parte del día al aire libre. Tomó el tren de las 11:27 a Waterloo y luego un taxi hasta Tower Hill. Evitó el metro, pues suponía que habría grandes multitudes convergiendo en el lugar del mitin. A la salida de la estación de metro de Tower Hill, vio una tarima elevada con varios micrófonos. Era de suponer que los oradores de la BUF la utilizarían para enardecer a la chusma de los Blackshirts antes de dirigirlos en la marcha prevista por el East End. James subió las escaleras de la plataforma y fue recibido por todos los miembros de la Nordic League. También estaban presentes Guy Burgess, Kim Philby y Anthony Blunt.

Observaron la llegada de Mosley en su Mercedes-Benz 540 G4 negro descapotable. James sabía que era uno de los automóviles más caros jamás fabricados. Mosley y sus lugartenientes iban escoltados por decenas de motoristas. Detrás de ellos marchaban varios miles de tropas, todas con idéntico uniforme negro. Mosley era un hombre delgado, con bigote, que vestía gorra de oficial de estilo militar, jodhpurs y botas altas de cuero negro. Su chaqueta negra lucía hileras de botones plateados. Acompañado por cuatro guardias armados, Mosley subió los escalones hasta la tarima. Al girarse hacia la multitud, alzó el brazo derecho en el saludo fascista. Toda la multitud respondió imitando su gesto. Era idéntico al *Hitlergruß* que James había visto con tanta frecuencia en la Alemania nazi.

William Joyce se acercó al micrófono. Habló durante media hora y fue aclamado casi después de cada frase. Su mensaje principal era repetitivo y estaba plagado de insultos antisemitas. Finalmente, expuso los planes para la jornada. Cuatro marchas separadas partirían de Tower Hill, siguiendo distintos recorridos por el East End. Cada grupo, formado por unos cinco mil hombres, convergería a partir de las cinco de la tarde en diferentes parques públicos para reuniones y discursos.

Por último, Joyce dijo:

—Hoy se cumple el cuarto aniversario de la fundación de la BUF por nuestro estimado líder, sir Oswald Ernald Mosley.

Esa fue la señal para que Mosley se acercara al segundo micrófono. Su discurso fue divagante y consistió principalmente en diatribas antijudías y anticomunistas. Al público le encantó: vitoreó y lanzó el *Hitlergruß* a lo largo de toda su intervención.

A las dos de la tarde llegó el momento de dirigirse a los distintos destinos prefijados. Mosley, Joyce y dos lugartenientes viajaron en su Mercedes negro descapotable, aún escoltados por los motoristas. Mosley iba de pie en la parte delantera del coche abierto, sujetándose al parabrisas. A su señal, los manifestantes se dividieron en cuatro grupos. James se incorporó a la sección de Mosley cuando entraron en el barrio de Whitechapel. Al llegar a los grandes almacenes Gardener's, encontraron el paso bloqueado por decenas de miles de judíos, estibadores y simpatizantes antifascistas, muchos con pancartas preparadas. Algunos comenzaron a lanzar ladrillos y botellas de cerveza; una de ellas golpeó el parabrisas del coche de Mosley. Mosley se sentó y se agazapó en el asiento delantero. La ruta se volvió pronto intransitable. Tres tranvías habían sido abandonados en mitad de la calle y un camión volcado bloqueaba la calzada. Escaleras y maderas tiradas obligaron a los manifestantes a desviarse hacia la cercana Cable Street. Era evidente que los organizadores antifascistas lo habían previsto. En Cable Street se encontraron con miles más de manifestantes. A esas alturas ya se producían enfrentamientos violentos entre ambos grupos. La Metropolitan Police intentó separar a los Blackshirts de los vecinos, ahora desplegando a cientos de agentes a caballo. La multitud rugía al unísono: «¡No pasarán!» y «¡Abajo el fascismo!».

James conocía el lema. *They shall not pass! Ils ne passeront pas!* había sido utilizado por los franceses en la Gran Guerra para expresar su determinación de defender sus líneas. Recordando las palabras de prudencia de Richard, empezó a preocuparse seriamente por su seguridad y decidió perderse entre la multitud. Tiró su sombrero Panamá y su chaqueta de tweed en un cubo de basura, se quitó la corbata y se remangó la camisa. Se mezcló con la gente, levantó el puño izquierdo y se unió a los gritos de consignas.

Muchos manifestantes habían resultado heridos por agentes blandiendo porras. Otros eran arrollados por la policía montada. A los detenidos se los llevaban en furgones policiales negros y a los heridos los ayudaban a subir a las ambulancias que esperaban. Con el tiempo, quedó claro que los Blackshirts de Mosley y la policía estaban superados en número y perdiendo terreno. Con un megáfono, un alto mando del Met ordenó a los agentes que escoltaran a las tropas de Mosley fuera del East End hasta Hyde Park.

Cuando la multitud se dispersó, James tomó el metro hasta la estación de Temple, cruzó el puente de Waterloo a pie y, veinte minutos más tarde, subió al tren con destino a Addlestone.

Capítulo 10

Lunes, 5 de octubre, Biblioteca de Woburn

Durante el desayuno, James describió la marcha que los periódicos ya llamaban *The Battle of Cable Street*. *The Times* y *The Daily Telegraph* estaban llenos de fotografías que mostraban las lesiones de algunos policías y las numerosas detenciones de manifestantes. El *Daily Mail* afirmaba que los judíos, los estibadores irlandeses y los comunistas habían provocado los disturbios y saboteado una manifestación pacífica. Sin embargo, incluso en sus editoriales coincidían en que la marcha había sido un desastre.

Louise perdió el interés por el relato de James y empezó a leer un artículo en la segunda página de *The Times*. En él se describía la *Jarrow March*. Aquella misma mañana, doscientos hombres habían empezado a caminar desde Jarrow, en South Tyneside, hacia Londres, muchos acompañados por sus perros. Su objetivo era entregar una petición en la Cámara de los Comunes para protestar contra la pobreza asfixiante y el desempleo en el norte de Inglaterra.

Más tarde, la familia se reunió en la biblioteca para hablar de las misiones irlandesas de James y Donald. Las dos parejas se sentaron a la mesa. Humphrey estaba en su escritorio escribiendo una carta y Dorothy descansaba en la *chaise longue* tejiendo más patucos para los bebés.

Donald dijo:

—Nuestra primera tarea será ponernos en contacto con Lochlan Cavanaugh, el comisario de la Garda Síochána. Podrá ponernos al tanto de la situación y responder a algunas preguntas de contexto. El jefe de James, el general de división Vernon Kell, ha avalado su fiabilidad y discreción.

Louise preguntó:

—¿Por qué empezar por él?

—Antes de hacer nada, tendremos que evaluar el alcance de cualquier presencia nazi en el Irish Free State. Dado que los políticos irlandeses han dejado claro una y otra vez que su país se mantendrá neutral en cualquier futuro conflicto europeo, es probable que no estén dispuestos ni siquiera a hablar de posibles o existentes vínculos políticos con la Alemania nazi. Tendremos que ser circunspectos, porque sigue habiendo mucho resentimiento hacia los ingleses desde la capitulación forzada del gobierno irlandés en 1921, cuando firmaron el *Anglo-Irish Treaty*, que llevó a la partición y a la separación de los seis condados del Ulster.

—¿Y qué hay de los asilos de Dublín?

—Supongo que el comisario nos informará de si han sido objeto de investigaciones policiales o judiciales. Es perfectamente posible que guarden alguna relación con el programa Lebensborn de los nazis. Si recordáis, supimos que Heim Hochland, la principal casa Lebensborn, tenía retenidas a varias decenas de muchachas irlandesas.

Bea preguntó a Donald:

—¿Cuándo pensáis partir?

—El sábado por la mañana. James conducirá su Railton. A mediodía haremos una breve parada en Oxford para almorzar con mi hermano y su prometida, Maria Lefkowich. Esa noche nos alojaremos en un hotel en Holyhead, Gales, y a la mañana siguiente tomaremos el primer transbordador de la British and Irish Steam Packet hacia Dublín.

—¿Dónde os alojaréis en Dublín?

James dijo:

—La verdad es que había pensado instalarnos con mis padrinos suplentes, los Gavin-Wheeler. Lleva tiempo insistiendo en que vaya a verles.

Humphrey, que lo había oído, intervino:

—Haré una llamada y hablaré con Nicholas.

Cuando volvió del vestíbulo, dijo:

—Todo arreglado. Os esperan el domingo al mediodía.

Capítulo 11

Domingo, 11 de octubre, The Chase, Dublín

El sábado, James y Donald salieron después del desayuno. Llegaron a Oxford y almorzaron con Walter y Maria en el Old Parsonage Hotel. La conversación giró principalmente en torno a los preparativos para su boda de primavera.

Donald preguntó a su hermano por su hermana Florence.

—Está mucho más contenta ahora que ha dejado atrás a ese Smythe. Parecía un trepa entrometido, siempre preguntando por la gente que conocíamos en Londres y en Oxford. Ahora creo que está saliendo con un caballero que es miembro de la London Stock Exchange.

Volvieron a la carretera a las tres de la tarde y, hacia las seis, llegaron al Ferry Lodge Hotel en Holyhead. La dirección accedió a guardar el Railton en el garaje mientras ellos estuvieran en Irlanda.

El domingo por la mañana tomaron un taxi hasta el puerto y embarcaron en el ferry de las 7:30 de la B&I con destino a Dublín. La travesía transcurrió sin incidentes, ya que, por fortuna, el mar de Irlanda estaba en calma. Cinco horas más tarde llegaron al puerto de Dublín. Pararon un taxi y le indicaron que los llevara a The Chase, la residencia urbana de Nicholas y Helen. James dijo al taxista que estaba justo al lado de Merrion Square South.

Los dejaron ante una impresionante mansión georgiana independiente, al sureste del Trinity College y junto a Merrion Square Park.

Un mayordomo de uniforme los recibió en la puerta.

—Buenas tardes. Me llamo Roake. Bienvenidos a The Chase. El almuerzo se servirá dentro de una hora.

Tras saludar a sus anfitriones, Roake ayudó a James y a Donald con sus maletas y los condujo arriba a sus habitaciones, para que pudieran deshacer el equipaje después del viaje. Cuando bajaron de nuevo, les presentaron a dos matrimonios que resultaron ser de la familia. Las dos señoras de mediana edad eran las hijas de Nicholas y Helen, May y Alice. Los hombres eran sus maridos, William y Harvey. Ni James ni Donald llegaron a averiguar con certeza qué esposo correspondía a cada hija, ya que parecía haber poca interacción entre los hombres y sus respectivas esposas.

Durante una comida ligera, Nicholas preguntó a James por sus planes para la estancia en Dublín.

—No estamos seguros de cuánto tiempo nos quedaremos, quizá una o dos semanas. Le pondré al corriente cuando estemos en circunstancias más privadas.

—Entendido. Por cierto, Helen y yo ofreceremos una cena el sábado. Podré presentaros a varios de nuestros amigos más cercanos.

James dijo:

—No queremos causarles molestias.

—Estamos muy acostumbrados a recibir invitados. Y no olvides que Helen y yo somos huéspedes habituales en Woburn.

—Donald y yo llevamos treinta horas de viaje. Nos gustaría estirar las piernas y dar un paseo hasta el centro.

Mirando por la ventana del salón, Nicholas dijo:

—No está lloviendo, así que deberíais aprovechar esta tregua. Si giráis a la derecha al salir de la verja, la calle os llevará por Merrion Square y desde allí directamente al Trinity College.

Tardaron unos quince minutos en llegar al Trinity. Desde allí cruzaron el O'Connell Bridge y exploraron la parte antigua de la ciudad, al norte del Liffey. Después de sus experiencias en Múnich y Berlín, donde la mayoría de hombres, mujeres y niños vestían uniforme, allí solo vieron uniformes en los cobradores de autobús, los agentes de tráfico y algún que otro patrullero de la Garda. Dublín parecía una ciudad tranquila y cordial, y sus oídos empezaban a acostumbrarse al acento irlandés.

Como se acercaba la hora de la cena, decidieron regresar a The Chase. Esta vez tomaron un camino distinto, con la esperanza de no perderse. Incluso si eso ocurría, James confiaba en que casi cualquier vecino conocería Merrion Square Park y podría indicarles la dirección correcta. Bajaron por Kildare Street desde Nassau Street y se encontraron frente a la National Gallery of Ireland. Diez minutos después estaban de vuelta en The Chase justo cuando comenzaba a llover.

Subieron a sus habitaciones para cambiarse y ponerse de etiqueta. Abajo, la familia Gavin-Wheeler al completo ya se había reunido en el salón. Roake tomó nota de sus pedidos de aperitivos.

James dijo a Nicholas:

—Me gustaría probar un auténtico whiskey irlandés.

—¿Lo tomas con hielo, agua o soda?

James comprendió que se trataba de una prueba.

—Tal como viene.

Nicholas sonrió, complacido de que su ahijado supiera apreciar la pureza de un buen whiskey irlandés.

—Roake, traiga a nuestro invitado una copa de Jameson 18 Year-Old Reserve. No hay nada mejor.

Donald, William y Harvey también optaron por un Jameson solo, y Roake regresó con cinco copas de cristal, cada una con al menos un cuarto de *gill* del líquido ámbar. James y Donald imitaron la costumbre de sostener la copa con ambas manos y hacer girar el contenido para templarlo. Nicholas explicó que así se liberaba el aroma. James sabía que ese era el protocolo para catar un coñac raro, pero nunca lo había visto aplicar al whiskey irlandés.

Al pasar al comedor, James comprobó que los Gavin-Wheeler estaban acostumbrados a recibir. La mesa podía acomodar al menos a cuarenta comensales. Aquella noche estaba dispuesta para ocho, con cubertería georgiana de plata, vajilla de Belleek y copas de agua y vino de cristal de Waterford.

La cena fue muy irlandesa: salmón salvaje, espárragos blancos y patatas asadas.

El vino era el Clos des Chênes del '06 que Nicholas había comprado en su viaje conjunto a Borgoña el julio anterior. Nicholas alzó su copa, y el resto de la mesa repitió su brindis:

—*Sláinte Mhath.*

Capítulo 12

Lunes, 12 de octubre, O'Donoghue's

Después del desayuno, James y Donald dijeron a sus anfitriones que les gustaría volver a ir andando al centro para hacer un poco de turismo. Querían apartarse para comentar lo que habían observado sobre la casa de Nicholas. Hasta entonces habían tenido suerte con el tiempo, pero no ese día. Desde la ventana del *morning room* vieron que llovía con fuerza y sin parar.

Nicholas insistió en que tomaran el Riley y ordenó a Conlan, su chófer, que trajera las llaves.

—Tomadlo todo el tiempo que queráis. Hoy no necesitamos el coche de repuesto. Si tengo que salir, iremos en mi Rolls.

James y Donald decidieron que había llegado el momento de iniciar sus averiguaciones sobre los refugios de Dublín. Primero visitaron Kirwan House, en North Circular Road. Era una organización protestante para niñas sin madre ni padre vivos. Los condujeron de inmediato al despacho de la directora, la señorita Elizabeth La Touche.

Una vez sentados, Donald dijo:

—Somos detectives privados de Londres. Nos han contratado varias familias cuyas sobrinas parecen haber desaparecido de un asilo de Dublín.

—Puedo decirles con total seguridad que ninguna de nuestras antiguas pupilas ha desaparecido —respondió ella—. Mantengo personalmente el contacto con todas. Las chicas prosperan, han vuelto a la sociedad con nuestra ayuda y orientación. Quizá sus sobrinas estuvieran en otra institución. En Kirwan House aceptamos a todas las niñas expósitas sin hacer preguntas y las criamos en la fe protestante. Me temo que la Iglesia católica tiene sus propias ideas sobre cómo tratar a los huérfanos y a las muchachas de moral dudosa. Sus principales instituciones para mujeres en Irlanda son los *Magdalene Asylums*, conocidas aquí como *Magdalene laundries*. Hay varias en Dublín; la mayor es la *Order of Our Lady of Charity of the Refuge*, situada en Gloucester Street.

De vuelta en el Riley, James dijo:

—La señorita La Touche es como mi hermana Bea, que mantiene el contacto con todas las jóvenes que salen de su orfanato. De hecho, fue así como, en enero pasado, pudo darse cuenta de que Betty y Kitty habían desaparecido.

Condujeron hacia el Liffey y encontraron Gloucester Street. La institución tenía sobre la entrada un rótulo semicircular de hierro forjado con las palabras *Sisters of Charity and Refuge*. El edificio de ladrillo, de tres plantas, se alzaba en un barrio deprimido. Tras hacer sonar el timbre varias veces, una monja llegó hasta la puerta principal, pero se quedó detrás de la verja de hierro con puntas. Donald preguntó por las cuatro chicas, una por una.

Ella dijo:

—Nunca revelamos la identidad de nuestras acogidas a desconocidos. Cuando las niñas llegan aquí, les damos nombres religiosos apropiados. Hemos comprobado que no hay absolutamente ninguna necesidad de conservar registros de sus nombres de nacimiento. Aquí ofrecemos a nuestras acogidas la vida eterna y un camino hacia la redención de sus pecados mortales.

Se volvió, entró en el edificio y cerró de un portazo la sólida puerta de roble.

Seguía lloviendo, así que, en lugar de regresar a The Chase para almorzar, decidieron echar un vistazo al campo. Tomaron la R402 hacia el oeste. Aquella carretera rural estrecha estaba flanqueada a ambos lados por altos setos.

James dijo:

—No se ve gran cosa. Busquemos algún sitio para tomar una empanada y una pinta y pensar en nuestro siguiente paso.

Una hora fuera de Dublín llegaron al pequeño pueblo de Edenderry y aparcaron delante de un pub y casa de huéspedes llamado O'Donoghue's. Después de pedir sendas pintas de Guinness, James preguntó al propietario si servían comidas. Una señora de mediana edad los condujo a un comedor revestido de madera de pino y los sentó frente a un acogedor fuego de turba.

La comida era sencilla pero sabrosa. Como estaban solos, pudieron aprovechar para comentar los planes de la semana siguiente.

Donald dijo:

—Mañana a primera hora llamaré al comisario de la Garda, Lochlan Cavanaugh.

—Imagino que sacarás los temas que se plantearon en nuestra reunión con Richard, Sybil y sir Vernon Kell.

—Solo algunos. Para empezar, quiero conocer su opinión sobre los sentimientos antibritánicos en Dublín. Intentaré averiguar si eso se traduce en simpatías progermanas en ciertos sectores de la sociedad o de la administración. De forma indirecta, le preguntaré por los orfanatos y por sus registros de personas desaparecidas.

—¿No vas a mencionar las posibles filtraciones de seguridad desde The Chase?

—Esa investigación correrá de nuestra cuenta. Hasta ahora hemos conocido a varias personas relacionadas directa o indirectamente con la casa. Es evidente que Nicholas y Helen no son sospechosos. No sabemos nada de sus hijas ni de sus maridos, así que quizá deberíamos centrarnos en ellos. Estoy seguro de que, como familia cercana, tienen pocas cosas que ocultar. Tus abuelos saben de tu papel en el MI5 y mis padres saben que trabajo para el MI6. Sin duda ellos saben que Nicholas viaja a Londres todos los meses para asistir a reuniones en Whitehall con el Ministry of Defence y el Foreign Office.

»Luego está el personal de Nicholas: su mayordomo, Roake, y Conlan, su chófer. Por lo que entiendo, Conlan también tiene tareas dentro de la casa cuando reciben invitados, igual que hace Peets en Woburn. Me da la impresión de que ofrecen cenas con bastante frecuencia, así que supongo que también cuentan con varias doncellas y personal de cocina. Esta semana intentaremos averiguar todo lo posible sobre sus sirvientes.

Una hora más tarde ya estaban de vuelta en Dublín. Donald dejó el Riley frente a la entrada principal y entregó las llaves a Conlan para que lo llevara del patio al garaje. Aunque su trato con ellos era impecablemente formal, James lo encontró hosco. Tal vez fuera simplemente su carácter o, más probablemente, se debía a que él era irlandés y ellos, ingleses.

La cena fue una reunión tranquila, solo los cuatro. Donald preguntó a Nicholas por sus hijas.

—Tenemos la suerte de tener a nuestras dos hijas con vida aquí en Dublín. May es la mayor. Estudió biología en University College Dublin y se graduó hace unos quince años. Alice es un año menor y estudió química allí. Ambas pensaban hacerse médicas, pero no pudo ser. Después de casarse, sus maridos no vieron con buenos ojos que trabajaran, así que se convirtieron en esposas que se quedan en casa y pasan los días con otras señoras que tienen demasiado tiempo libre.

—Solo por curiosidad, ¿sus maridos son profesionales?

—El marido de May es William O'Raferty. Trabaja en ARB Insurance Brokers y, por lo que veo, ocupa algún puesto intermedio. El marido de Alice, Harvey Owens, es cirujano de columna en St Mary's Hospital, en Phoenix Park. Tendréis ocasión de verlos de nuevo: vendrán a cenar el miércoles.

Capítulo 13

Martes, 13 de octubre, Phoenix Park

A primera hora de la mañana siguiente, Donald llamó a la Garda de Dublín. Dio su nombre y rango en el MI6 y solicitó una cita con el comisario Lochlan Cavanaugh. Resultó de inmediato evidente que el comisario había sido informado por el general de división Vernon Kell, pues la reunión se concertó para las diez en punto.

Nicholas oyó la petición de Donald y dijo:

—Me gustaría acompañaros a ti y a James, si no os importa. Lochlan es un viejo amigo y ambos somos socios del Silloge Park Golf Club.

Nicholas ordenó a Conlan que preparara el Rolls para llevarlos a la jefatura de la Garda, en Phoenix Park. Tras confirmar que tenían cita con el comisario Cavanaugh, los agentes de uniforme permitieron la entrada del coche por las sólidas verjas de hierro forjado. Después de aparcar el Rolls frente al imponente edificio de principios de época victoriana, Conlan abrió las puertas traseras. Inmediatamente se apoyó en el guardabarros delantero y encendió un cigarrillo.

Ellos pasaron el control de seguridad y entraron en la zona de recepción, donde tuvieron que mostrar sus identificaciones del SIS antes de firmar en el registro. Tras recibir sendas acreditaciones provisionales, un agente uniformado saludó e informó:

—Detective Sergeant O'Brien.

Los acompañó hasta el despacho del comisario y permaneció en la sala, en posición de firmes junto a la puerta, aparentemente tomando notas.

Nicholas hizo las presentaciones. James y Donald tendieron la mano. Lochlan dirigió a cada uno una mirada calculada, les dio un apretón de manos y luego sonrió.

—James, me alegra conocer por fin al ahijado de Nicholas. Habla mucho de ti, ya lo sabes. El general de división Vernon Kell, vuestro jefe en el MI5, me ha dado unas excelentes referencias y me ha dicho que puedo compartir libremente información sensible contigo, con la seguridad de que no llegará a oídos inadecuados. Señor Hutchinson, tengo entendido que usted también forma parte de los British Secret Intelligence Services.

—Sí, del MI6. Entre otras prioridades, mi sección de Alemania está investigando actualmente secuestros de chicas jóvenes rubias en toda Europa continental. Tenemos motivos para creer que la organización Lebensborn de los nazis está activa en el Irish Free State.

—Es la primera noticia que tengo de esa gente de Lebensborn.

—No es de extrañar, ya que Irlanda no pertenece a la International Criminal Police Commission. Mi jefe en el MI6, sir Hugh Sinclair, considera que los nazis han puesto a Irlanda en el punto de mira con el objetivo de secuestrar jóvenes rubias para utilizarlas como reproductoras y obtener bebés arios. Hitler pretende emplear más adelante a esos tipos arios para ocupar los países de Europa oriental cuando sean invadidos y anexionados. En Baviera, James y yo nos reunimos con el doctor Gregor Ebner, jefe del programa Lebensborn. Nos expuso sus planes para crear más casas en Europa continental y Escandinavia. También admitió organizar el secuestro y la selección de jóvenes apropiadas para servir como madres. El año pasado conseguimos frustrar sus actividades en el Reino Unido, rescatando a decenas de chicas y desmantelando toda su red británica. Otros países europeos han actuado a raíz de nuestras advertencias y están intentando clausurar sus operaciones nacionales de Lebensborn.

—Entonces, señor Hutchinson, ¿cómo puedo ayudarle?

—Llámeme Donald. ¿Sería posible que nos facilitara los expedientes de casos de chicas jóvenes desaparecidas en los dos últimos años, digamos?

Lochlan indicó al sargento O'Brien que trajera los archivos de personas desaparecidas. Pocos minutos después regresó con un montón de carpetas de cartón. Se sentaron alrededor del amplio escritorio de Lochlan y Donald separó los expedientes en dos montones.

—Estos diez expedientes son de chicas rubias que han sido denunciadas como desaparecidas —dijo Donald—. Supongo que, al tratarse de casos abiertos, no han sido localizadas.

—Correcto, aunque todos han sido investigados —respondió Lochlan.

—No parece que le preocupen demasiado.

—Nuestras fronteras con el Reino Unido están, en la práctica, abiertas. Les bastaría con cruzar a lo que ustedes los británicos llaman ahora Northern Ireland. Esos seis condados forman parte del Reino Unido desde el 3 de mayo de 1921. Como en nuestra frontera norte no hay restricciones de viaje ni control de pasaportes, podrían simplemente tomar un autobús o un tren hasta Belfast y desde allí un barco a Liverpool o a cualquier otro puerto.

»Es sabido que muchos jóvenes hacen precisamente eso para buscar trabajo. También sabemos que algunas jóvenes se marchan para hacerse abortos. La anticoncepción y la interrupción del embarazo son ilegales en nuestro país. El aborto es un delito grave que conlleva penas de prisión considerables tanto para la mujer como para quien lo practica. Supongo que algunas volverán en cuanto hayan resuelto su embarazo no deseado. O bien, dado que el sistema jurídico irlandés les ofrece escasa protección, puede que se queden en el Reino Unido, encuentren trabajo, hagan amistades y se integren en la sociedad británica. Históricamente, Irlanda es un país pobre. A lo largo de los años, muchos de nuestros ciudadanos han emigrado a Inglaterra en busca de empleo y de una vida mejor. ¿Sabían que nuestra población se ha reducido a la mitad desde mediados del siglo pasado?

Retomando su línea de investigación, Donald preguntó:

—¿Han resuelto muchos casos de desaparición de jóvenes?

—La verdad es que no lo sé. Si aparecen, se cierran los expedientes y asunto concluido. Estos son solo los casos abiertos.

Donald sacó su agenda del bolsillo interior.

—Hace dos meses, James y yo rescatamos a dos chicas inglesas de Heim Hochland, la principal casa Lebensborn en Baviera. Habían sido secuestradas de un orfanato en Addlestone, Surrey. Gracias a ellas supimos los nombres de cuatro chicas de Dublín que habían sido raptadas de un refugio de esta ciudad y trasladadas a Alemania. Son Siobhan Walsh, Niamh O'Connor, Saoirse Nolan y Saivin O'Farrell.

Donald revisó el montón de diez expedientes de chicas rubias desaparecidas, pero ninguno correspondía a las jóvenes de Lebensborn.

—Parece que hemos topado con un muro. Siento haberle hecho perder el tiempo.

James puso la mano en el brazo de Donald y entregó al comisario la lista de nombres.

—Lochlan, ¿cree que podría utilizar sus registros civiles para localizar a estas cuatro chicas y averiguar las direcciones de sus padres?

—Veré qué puedo hacer. ¿Pueden decirnos algo más sobre ellas? Todos son nombres muy irlandeses, así que podría ser difícil identificarlas entre otras con nombres iguales o parecidos.

—Tendrían aproximadamente la misma edad, unos dieciséis o diecisiete años. Eso significa que habrían nacido en 1919 o 1920. Todas eran rubias, de ojos azules y antiguas internas de un asilo de Dublín.

Lochlan dijo:

—Instituciones de ese tipo existen por toda Irlanda. Aquí solemos llamar *Magdalene laundries* a las católicas. Aunque se sabe poco de sus actividades, sí conocemos que están bajo la supervisión de las Sisters of Our Lady of Charity of the Refuge, aquí en Dublín. Es una orden monástica situada en Gloucester Street, al norte del Liffey.

—Fuimos allí ayer por la mañana —dijo James—, pero no nos permitieron entrar ni formular preguntas.

El sargento O'Brien tomó nota de la descripción de las cuatro chicas, saludó y se retiró para continuar sus pesquisas.

Lochlan añadió:

—Les avisaré si conseguimos averiguar sus antiguas direcciones. Recuerden que, técnicamente, estas chicas no figuran como desaparecidas. En cuanto a investigar las *Magdalene laundries*, pueden olvidarse de obtener nada útil. En

Irlanda, tenemos una estricta separación entre Iglesia y Estado. Eso significa que la Iglesia católica es, en la práctica, autónoma. La Garda no tiene autoridad para entrar en sus dependencias ni para investigar sus actividades. Si han desaparecido chicas de esas instituciones, seríamos los últimos en enterarnos. Siento decirlo, pero tengo las manos atadas.

Nicholas sabía que Lochlan era un hombre ocupado y no quiso quitarle más tiempo. Se levantó y le dio las gracias.

Ya fuera, James preguntó a Nicholas:

—¿Y ahora qué?

—Almuerzo en mi Kildare Street Club. He organizado que conozcáis a mi buen amigo Aubrey Wishart. Está al frente de G2, la Directorate of Military Intelligence. En Irlanda, el G2 cumple una función equivalente a la del SIS en el Reino Unido. Depende de las Irish Defence Forces y es responsable de la seguridad nacional.

Conlan los llevó a la zona de aparcamiento privado del club. Nicholas guio a James y a Donald escaleras arriba hasta la entrada principal. Un gran portero uniformado saludó a Nicholas, pero se plantó delante de James y Donald, bloqueándoles el paso.

Nicholas le dijo:

—Cronan, son mis invitados. Los inscribiré en la recepción.

James comprendió que, además de ser un club privado, las medidas de seguridad eran estrictas. Pensó que era posible que el club hubiera sido objetivo del IRA durante los tres años de la Guerra de Independencia irlandesa. Tras las formalidades en recepción, se dirigieron al *smoking room*, lleno de caballeros mayores, bien vestidos.

Nicholas localizó a su amigo e hizo las presentaciones.

—Aubrey, este es mi ahijado, James Harcourt-Heath. James, este es el coronel Aubrey Wishart. Te presento a Donald Hutchinson.

Se estrecharon las manos y, una vez más, fueron objeto de miradas evaluadoras.

Nicholas dijo:

—Aubrey, supongo que querrás hablar con ellos a solas. Yo buscaré un ejemplar del *Irish Times* y me acomodaré en un sillón mientras tratas tus asuntos.

Aubrey alzó la mano, con la palma hacia delante.

—Nicholas, me gustaría que te quedaras. Te conozco desde hace unos veinte años y sé que estás al corriente de información delicada sobre la seguridad nacional tanto aquí como en Londres. Además, tienes bien ganada fama de discreto. Enseguida verás por qué quiero que permanezcas.

Tomaron asiento en una mesa en un rincón tranquilo de la sala. La mayoría de los presentes tenían periódicos en las manos, pero era evidente que dormitaban, a juzgar por el suave traqueteo de los ronquidos que llegaba de su dirección.

Aubrey pidió cuatro whiskeys irlandeses. Cuando llegaron las copas, comenzó:

—James, si me permites llamarte así, el G2 mantiene contactos estrechos con el MI5 y el MI6. Cuando Nicholas me dio vuestros nombres, hice algunas averiguaciones con mis homólogos en Londres. Dejemos a un lado las apariencias. Sé que tú y Hutchinson sois agentes muy valorados de los British Secret Services. He hablado por teléfono con el general de división Kell y con sir Hugh Sinclair y les he informado de que estoy dispuesto a ofreceros toda la ayuda que mi departamento pueda proporcionar. Decidme, ¿cuáles son vuestras preocupaciones en Irlanda?

Donald dijo:

—Tenemos varias, y la principal es la posibilidad de filtraciones desde el Foreign Office. Creemos que se está transmitiendo información sensible directamente a Berlín a través del Consulado británico aquí en Dublín. El año pasado, el MOD y Whitehall se vieron gravemente comprometidos. Por la naturaleza y el alcance de las filtraciones, comprendimos que había varias personas dentro del gobierno británico que, de forma concertada, pretendían pasar información confidencial a los nazis. Creemos haber desarticulado esa célula encubierta que operaba dentro del MI6, el Almirantazgo, Customs and Immigration y el Home Office. El FO sigue siendo un posible foco pendiente de esclarecer. Su oficina de Dublín está en el Consulado británico, en el lado noreste de Merrion Square.

»Por ahora no sabemos adónde nos llevará la investigación. Si se nos ocurren algunas líneas de acción, ¿podemos pedir la ayuda del G2 con la inteligencia local y, posiblemente, con las facultades de detención? Como sabe, estamos aquí en una capacidad completamente extraoficial, así que casi con toda seguridad necesitaremos respaldo.

—No hay problema. Solo tenéis que decirme cuándo y cómo puedo ayudar. Y ahora, ¿me acompañáis a comer?

Tras la comida, salieron del club y encontraron al chófer de Nicholas holgazaneando en el asiento delantero del Rolls, ahora lleno de humo de cigarrillo.

—Conlan, ya te he dicho que no quiero que fumes delante de mí y, desde luego, no en mi coche.

—Perdone, mi general. No volverá a ocurrir. Pero está lloviendo a mares.

—Eso no es excusa. Llévanos a casa y ventila el Rolls antes de que vuelva a necesitarlo.

De regreso en The Chase, Nicholas y Helen subieron a echar su siesta habitual. Una vez se aseguraron de que estaban solos, James y Donald trazaron sus planes para el resto de la semana.

Donald dijo:

—Si Lochlan consigue darnos los datos de contacto de las cuatro chicas irlandesas, seguiremos esa pista. Y tendremos que seguir centrados en la posibilidad de filtraciones desde The Chase.

Aquella noche, durante una cena ligera, Helen mencionó que a la mañana siguiente pensaba ir andando al Trinity College.

James preguntó:

—¿Le gustaría que la acompañara?

Capítulo 14

Miércoles, 14 de octubre, Trinity College

Por suerte no llovía, aunque el cielo seguía encapotado. Veinte minutos después de salir de The Chase, James y Helen llegaron al monumento a los caídos del Trinity College. Se encontraba en Front Square, a la entrada de la sala de lectura. Una placa de latón indicaba que el monumento estaba dedicado a los miembros del personal y estudiantes de Trinity que habían perecido en la Gran Guerra. Ella pasó el dedo por encima de los nombres de sus dos hijos, Declan y Niall Gavin-Wheeler. James advirtió que ambos habían muerto en el Somme el mismo día, el 1 de julio de 1916. Sabía que aquel fue el primer día de la batalla del Somme, que se prolongó hasta noviembre de 1916. Tras unos minutos ante el monumento, pasearon por el recinto universitario, admirando la arquitectura y disfrutando del silencio, lejos del tráfico de las calles cercanas. El trimestre había terminado y solo unos pocos estudiantes togados se apresuraban hacia sus destinos.

James intentó orientar la conversación hacia la posibilidad de una guerra inminente para conocer mejor las opiniones políticas de Helen.

—¿Cree que Irlanda se mantendrá neutral si estalla una guerra en Europa?

—Eso espero. Nicholas no habla de los horrores que vivió en el asedio de Mafeking, en 1899. Supongo que Humphrey tampoco.

—De vez en cuando menciona cómo recibió sus heridas de guerra. A menudo habla de las lecciones que no deberían olvidarse. Pero, como dice, nada de relatos sangrientos y gloriosos. He de decir que cada vez que menciona la guerra de los bóeres es para relacionarla con la situación actual en Europa. Ambos pensamos que la guerra será inevitable a pesar de los mejores esfuerzos, por ahora bastante débiles, de nuestros políticos por encontrar una solución política. ¿Cree que los alemanes y los italianos entrarán en razón y moderarán sus ambiciones coloniales?

—No lo creo. Hitler y Mussolini son dictadores fascistas declarados cuyo objetivo principal es el poder personal. Además, parece que cuentan con el respaldo de sus ciudadanos y de la Iglesia católica para lanzarse a otra guerra. Lo mismo ocurre con los generales españoles Francisco Franco y Emilio Mola. Con el apoyo de la Iglesia católica, intentan subvertir la voluntad del pueblo español e instaurarse como dictadores. Hitler, Mussolini y Franco distraen a sus ciudadanos alegando amenazas externas a las fronteras de sus países. Es así como Hitler ha logrado derribar los cimientos democráticos de la ley alemana. Me desespera pensar que pueda haber otra guerra.

James dio por zanjado el tema y siguieron disfrutando de la tranquilidad del campus.

De regreso a casa, Helen sacó a relucir la lista de invitados para la cena del sábado.

—Quiero presentaros a ti y a Donald a algunos de nuestros amigos íntimos aquí en Dublín. Además de nuestras hijas y sus maridos, hemos invitado a varias personas influyentes que forman el núcleo de la sociedad dublinesa.

Cuando volvieron, James y Donald volvieron a tomar prestado el Riley. James llamó a la Jefatura de la Garda y, como Nicholas había allanado el terreno el lunes anterior, Lochlan Cavanaugh aceptó recibirlos de inmediato.

—¿En qué puedo ayudarles? —preguntó Lochlan.

James dijo:

—La última vez que estuvimos aquí le entregué los nombres y descripciones de cuatro muchachas irlandesas desaparecidas. ¿Ha logrado su gente algún avance para identificar las direcciones de sus padres?

Lochlan guardó silencio durante un rato.

—Permítanme recordarles que, para mi oficina, esto no es una investigación criminal. Mientras no aparezca un cadáver, suponemos que han ido al extranjero y volverán en algún momento o bien que se quedarán fuera y harán allí su vida. Ninguno de esos supuestos entra en nuestro ámbito. Además, como ya les expliqué, no tenemos autoridad para investigar los diversos asilos católicos.

—Si somos justos, no le hemos pedido a su departamento nada más que localizar los antiguos domicilios de las cuatro chicas —dijo James—. Solo quisiéramos hablar con sus padres o familiares.

Lochlan tomó el teléfono y pidió al sargento O'Brien que se uniera a ellos en su despacho.

Dirigiéndose a su ayudante, preguntó:

—¿Tiene la lista de direcciones de las cuatro chicas de Dublín que le pedí el lunes?

O'Brien saludó.

—Por supuesto, señor.

—Entonces no se quede ahí parado, hombre. Tráigala de inmediato.

El sargento volvió a saludar y salió del despacho. Cuando regresó, entregó a su superior un documento con aspecto oficial. Lochlan se lo pasó a Donald. Este anotó los nombres y direcciones en su agenda antes de devolver el papel al comisario.

Capítulo 15

Jueves, 15 de octubre, Refugio de Gloucester Street

A la mañana siguiente, decidieron intentar entrevistar a los padres de las chicas irlandesas de Lebensborn. Cuando pidieron a Conlan las llaves del Riley, él se mostró reacio a entregarlas, pero finalmente cedió cuando Nicholas salió a la puerta para despedirlos. Donald condujo, pero antes le pasó su agenda a James. Al abrir la guantera, James encontró un mapa de calles de Dublín.

—Parece que la dirección más cercana es la de los padres de Saoirse Nolan.

Aparcaron frente a una casa adosada en un barrio empobrecido. Cuando Donald llamó a la puerta, una mujer baja y corpulenta frunció el ceño al oír que él preguntaba si era la señora Nolan. Había media docena de niños curiosos colgados de su delantal.

—¿Qué demonios quieren? No tienen por qué molestar a una señora cristiana a la hora de la comida.

Donald se disculpó por la interrupción, añadiendo:

—No se preocupe, no somos de la Garda ni del Ayuntamiento. Tenemos un amigo que podría conocer a su hija, Saoirse.

—Esa diablilla no tiene nada que ver con nosotros. Ya era una descarriada a los trece, antes siquiera de llegar a la edad de dejar la escuela. Quería seguir en la escuela, perdiendo el tiempo con los libros, así que la mandamos con las monjas. Les hacía ojitos a los chicos del barrio y sabíamos que era cuestión de tiempo antes de que quedara embarazada. Habría acabado en la prostitución, siendo demasiado joven para casarse legalmente, ¿entienden?

—¿Puede decirnos dónde está ahora?

—Con las monjas, por supuesto. Busca el perdón por sus pensamientos pecaminosos trabajando para la Iglesia en esa lavandería de las Magdalenas en Gloucester Street.

—¿Está segura de que sigue allí? ¿La ha visitado?

—¿Y por qué íbamos a hacer eso? Es un alma perdida; perdida para nosotros, perdida para el cristianismo, y con razón busca la redención a través del trabajo duro y la oración.

James estuvo a punto de replicar, pero Donald lo interrumpió y dio las gracias a la señora Nolan por su ayuda. Donald sugirió que intentaran la siguiente dirección de la lista.

Fueron hacia el Liffey hasta Railway Street, donde vivía la familia de Saivin O'Farrell. Cuando Donald llamó, abrió la puerta un hombre vestido con un peto de trabajo que hacía tiempo no veía la lavandería.

—¿Quiénes son ustedes para molestar a la hora del té?

Donald dijo:

—Tengo entendido que su hija Saivin está con las monjas en la lavandería de Gloucester Street, a un par de calles de aquí.

—¿Y eso a ustedes qué les importa? Era perezosa y no podíamos alimentarla. Es nuestra primogénita, pero se negaba a cuidar de los pequeños. Sólo quería estar en la escuela, aprendiendo números y enseñanzas anticatólicas. Decía que quería ser maestra. Dígame, ¿qué clase de vida es esa para una buena chica católica? Lo que necesitan aprender lo obtienen de las monjas. Si pueden leer la Biblia y memorizar el catecismo, no necesitan nada más. Leer, escribir y sumar son cosas de hombres.

—¿Sabe cómo le va en la lavandería?

—Está con las monjas. Eso es lo único que importa.

—¿Conocía usted a sus tres amigas, Siobhan Walsh, Saoirse Nolan y Niamh O'Connor?

—Claro que sí. Sus padres viven aquí cerca. Hace dos años, nos pusimos de acuerdo y decidimos que lo mejor era que las cuatro dejaran la escuela antes de los catorce años. Las estaban exponiendo a ideas paganas contrarias a la doctrina de la Iglesia. Las Hermanas de Nuestra Señora de la Caridad fueron muy generosas. Incluso nos dieron algo de dinero para pasar el invierno.

—¿Puede decirnos a qué escuela asistían?

—Al instituto de Gloucester Street. Esos malditos profesores fueron los responsables de convertir a Saivin en una hereje. Le llenaron la cabeza de ideas fuera de su lugar y corrompieron su mente.

James y Donald se marcharon y siguieron por Gloucester Street hasta encontrar la escuela. Resultó que era semana de receso y las clases no se reanudarían hasta el lunes siguiente. Sin embargo, el profesorado y el personal estaban en las instalaciones preparando el inicio de curso. Se dirigieron a la oficina principal y pidieron a la secretaria hablar con la directora.

Una mujer de mediana edad los recibió e invitó a pasar a su despacho.

—Soy la señorita O'Kelly. ¿En qué puedo ayudarles, caballeros?

Donald le entregó la lista con los nombres de las cuatro chicas.

—Somos ingleses y creemos tener información sobre estas chicas que asistieron a su escuela hace dos o tres años. Nos gustaría saber más sobre ellas.

—No damos ese tipo de información a desconocidos. ¿Por qué les interesa saber de nuestras antiguas alumnas?

—Creemos que han sido secuestradas.

—Bueno, eso ya lo sabemos. Están con las monjas en la lavandería de las Magdalenas, aquí cerca.

—No me refiero a eso. Creemos que están en Alemania, en una institución donde las obligan a servir como madres de alquiler para engendrar bebés arios para el Tercer Reich.

—Eso es imposible. Se las entregó a las monjas y allí deben permanecer hasta que la Iglesia decida que pueden volver a la vida normal.

Donald hizo una pausa y preguntó:

—¿Podría contarnos algo sobre ellas?

—Siobhan, Niamh, Saoirse y Saivin eran amigas íntimas desde la cuna. Todas vivían cerca y jugaban juntas de pequeñas. Eran listas y tenían la ambición de obtener el Leaving Certificate. Después querían quedarse con nosotros para preparar los exámenes avanzados y así conseguir buenos trabajos. Sus padres las repudiaron y fueron enviadas con las monjas. Desde entonces no volví a verlas.

—¿Tiene fotografías de ellas?

—Me temo que no.

—¿Puede describirlas?

—Era curioso. Eran amigas de toda la vida, quizá unidas porque las cuatro eran rubias y de ojos azules. En Irlanda eso es inusual. Cabello oscuro y ojos verdes, sí, pero rubias, no.

Ya era última hora de la tarde cuando regresaron a The Chase.

Nicholas dijo:

—Creo que ha llegado la hora del cóctel.

Con copas de whisky en el salón, James se aseguró de que estuvieran a solas antes de contarle a Nicholas más sobre los objetivos del SIS durante su estancia en Dublín.

Nicholas comentó:

—Poco sabemos de las lavanderías de las Magdalenas, pero sospechamos que las chicas son acogidas principalmente por el beneficio económico de la Iglesia católica. Es sabido que trabajan largas jornadas, lavando ropa para hoteles y restaurantes locales, y también tienen contratos con el Ejército y la administración pública. Ninguno de nosotros está contento con esto, pero nadie puede desafiar la hegemonía de la Iglesia. Ni de lejos somos un estado laico.

Cambiando de tema, James dijo:

—Tengo entendido que has invitado a Lochlan Cavanaugh y Aubrey Wishart a cenar el sábado.

—Somos muy cercanos a ambas familias, y Lochlan y Aubrey son miembros de mi club de golf. También he invitado a varios vecinos. Seremos unos veinte.

En realidad, Donald y yo esperamos reunirnos de nuevo con Aubrey mañana.

Nicholas respondió:

—Lo llamaré para concertar una cita. ¿Les vendría bien a las 10:30? De nuevo sugeriré que la reunión sea en nuestro Kildare Street Club. Aubrey eligió ese lugar porque, siendo su investigación informal, prefería que fuera fuera de su despacho, así no quedaría registro de su llegada o salida. Ya verán que G2 es tan paranoico como el MI6. Esta vez no los acompañaré. Tengo algunos asuntos que atender aquí mañana.

Capítulo 16

Viernes, 16 de octubre, Aubrey Wishart

Por la mañana, fueron andando hasta el Kildare Street Club. Situado en el lado norte de St Stephen's Green, estaba a solo diez minutos.

Tras registrarse, los condujeron al salón, donde Aubrey estaba sentado disfrutando de té y pastas.

Donald dijo:

—Muy amable por recibirnos con tan poca antelación.

Un camarero de uniforme les llevó una tetera recién preparada y dos tazas de porcelana. Aubrey preguntó a Donald:

—¿En qué puedo ayudarles?

—Entre otras pesquisas, querríamos saber hasta qué punto G2 conoce la magnitud de los simpatizantes nazis aquí en Irlanda.

Aubrey vaciló ante aquella petición tan inusual y confidencial.

—Sir Hugh Sinclair me ha pedido que les ofrezca las cortesías profesionales oportunas en relación con sus investigaciones. Sin embargo, su pregunta es demasiado general como para que pueda darle una respuesta sencilla. Al igual que en el Reino Unido, aquí tenemos varios nacionalistas muy vocales que también son aislacionistas. En el Irish Free State hay un fuerte lobby antibelicista que ha persuadido a nuestro gobierno de mantenerse neutral. Creo que esto se debe principalmente a las tensiones persistentes entre nuestros ministros y el *establishment* británico. Es demasiado pronto para que confíen en los motivos de su gobierno. Sigue habiendo un movimiento importante por la plena independencia irlandesa, que incluye la reclamación del retorno de los seis condados segregados en el acuerdo de paz de 1921. Por no hablar de nuestra resistencia a vernos arrastrados a lo que nuestros políticos sostienen que sería una guerra europea inspirada por los ingleses. Recuerden que las hostilidades entre Irlanda y Gran Bretaña terminaron hace solo quince años.

»Dicho esto, igual que en el Reino Unido, también tenemos un cierto número de simpatizantes nazis declarados. Son tan ruidosos e influyentes como la BUF de Mosley. Como su Lord Rothermere, nuestros magnates de la prensa apoyan la neutralidad y, a la vez, en sus editoriales sostienen con regularidad que una alineación política con Hitler es la mejor opción para los intereses a largo plazo de Irlanda. No son mis opiniones, pero soy muy consciente de que el pueblo irlandés no desea volver a combatir en las guerras de Inglaterra. En los dos últimos siglos, soldados irlandeses, galeses y escoceses han servido de carne de cañón para los caprichos imperialistas de John Bull. Aquí incluyo la Gran Guerra, las guerras bóeres, la de Crimea y, sin olvidar, la Guerra de Independencia de los Estados Unidos. No hubo un solo año del reinado de su reina Victoria en que ustedes, los ingleses, no estuvieran en guerra utilizando tropas irlandesas. Debido a nuestra pobreza endémica, muchos jóvenes se dejaron tentar por el chelín de la reina y se alistaron simplemente para que sus padres pudieran comprar comida. Ahora que, por fin, hemos logrado nuestra independencia, eso no debe repetirse.

Aubrey hizo una pausa, se disculpó por su letanía sobre el militarismo británico y continuó:

—Con todo, como cuestión de política, G2 vigila a quienes apoyan el fascismo y, en particular, la variante que llega de la Alemania nazi. Si en el curso de sus investigaciones identifican individuos sospechosos, estaré encantado de compartir con ustedes la información de que dispongamos.

Donald dijo:

—Una pregunta más. ¿Puede decirnos, en términos generales, cuál es la situación actual del Irish Republican Army?

—La guerra civil irlandesa terminó con la capitulación de los irregulares. No entregaron las armas ni se disolvieron. Muchos se han incorporado a Fianna Fáil, el partido democristiano de derechas fundado en 1926. Quizá no sepan que *Fianna Fáil* se traduce como “Soldados del Destino”. Tal vez por eso han atraído a tantos antiguos miembros del IRA. Ahora todo está tranquilo, pero sabemos que hay grupos de excombatientes del IRA repartidos por el país que se reúnen con regularidad. Dada la pésima situación económica, la mayoría están en paro. En Dublín parecen concentrarse en una zona bastante deprimida al norte del Liffey. Vigilamos sus actos públicos, que a menudo tienen lugar frente a la central de correos, en Sackville Street. G2 no tiene motivos para creer que supongan una amenaza inmediata. Son, sencillamente, un grupo de soldados derrotados que no han logrado encontrar su lugar en la sociedad actual. Supongo que se entretienen rememorando sus hazañas de guerra de guerrillas contra el ejército británico durante nuestra lucha por la independencia. En ocasiones organizan marchas de protesta, sobre todo por la situación de sus camaradas encarcelados de por vida en la tristemente célebre prisión de Kilmainham.

Cambiando de tema, James dijo:

—Tengo entendido que nos veremos con usted y su esposa en The Chase mañana por la noche.

—No nos perderíamos una cena en casa de Nicholas por nada del mundo.

Al fijarse en que tanto James como Donald llevaban alianza, preguntó:

—¿Tendré ocasión de conocer a sus esposas?

—Me temo que no —respondió Donald—. Se han quedado en Inglaterra. Las dos han dado a luz en los últimos seis meses.

Cuando James y Donald regresaron a The Chase, eligieron un camino que los llevó por el lado oeste de Merrion Square Park. Pasaron de nuevo junto a la National Gallery of Ireland y luego frente a los dos edificios contiguos del National Museum of Ireland. Los rótulos indicaban que en ellos se encontraban las colecciones de Arqueología e Historia Natural.

Durante un almuerzo ligero, Nicholas comentó los planes para la cena del sábado. Consultó una lista de invitados escrita a mano que había preparado Roake.

—Estarán mis hijas y sus maridos. He invitado a Aubrey Wishart y a Lochlan Cavanaugh con sus esposas. El Provost del Trinity College, Edward Gwynn, ha aceptado nuestra invitación. También he invitado al director del National Archaeology Museum. Y habrá algunos notables locales que son habituales en nuestras veladas. Haré las presentaciones durante los cócteles.

Capítulo 17

Sábado, 17 de octubre, Sir Edward Scott-Piper

James y Donald habían planeado pasar el día caminando por el centro de Dublín. Ambos consideraban importante hacerse una idea de las zonas menos prósperas al norte del Liffey. Dado que Aubrey había mencionado que antiguos soldados del IRA solían reunirse frente a la General Post Office, en Sackville Street, decidieron dirigirse allí primero. Pasaron por delante del Trinity College, cruzaron el O'Connell Bridge y, cinco minutos después, llegaron al GPO. La zona estaba claramente degradada. Las calles estaban llenas de basura y varias casas aparecían tapiadas, con los tejados abiertos a los elementos. Grupos de hombres, algunos mancos o cojos, se quedaban de pie fumando, aparentemente sin tener adónde ir ni nada que hacer.

Tras aquel vistazo a la vida en un Dublín golpeado por la depresión, ambos eran conscientes del contraste con la zona de Merrion Square Park. El Liffey actuaba como un foso que separaba de hecho la pobreza del norte de la riqueza y la opulencia del sur de la ciudad.

De regreso a The Chase, se pusieron de etiqueta y bajaron al salón justo cuando llegaban los invitados a la cena. Donald sugirió que se separaran para ver si alguno de ellos podía ser una posible fuente de las filtraciones de secretos militares británicos que, al parecer, emanaban de The Chase. A las siete y media, el salón estaba lleno y los invitados disfrutaban de las bebidas servidas por Roake, Conlan y dos doncellas.

La estratagema conversacional de James para sonsacar información consistía en mencionar su luna de miel en Italia y Alemania. Tenía pensado decir algo como: "Mi esposa y yo quedamos impresionados por la determinación de los gobiernos alemán e italiano de sacar sus economías adelante tras perder la guerra y sufrir los estragos de la Gran Depresión".

Cuando probó este recurso, varios invitados condenaron el fascismo, pero la mayoría no mostró el menor interés por la política europea.

Sin embargo, un caballero anciano que se presentó como el coronel sir Edward Scott-Piper sostuvo que Irlanda debería adoptar políticas nacionalsocialistas.

—Fíjese en todo lo que ha logrado Hitler tras el desastroso experimento democrático de Alemania bajo la República de Weimar. Irlanda debería unirse a Alemania e Italia añadiendo nuestra firma al pacto del Eje Roma-Berlín que Mussolini propuso esta misma semana.

William O'Raferty, yerno de Nicholas y Helen, se mostró claramente aislacionista.

—Eso sencillamente no es asunto nuestro. América es el país más rico y poderoso del mundo. Su Congreso ha dejado claro una y otra vez que los Estados Unidos permanecerán neutrales para garantizar que cualquier conflicto se limite y se contenga dentro de la Europa continental. Irlanda debería hacer lo mismo. No es que me caigan especialmente bien los *krauts* o los *Eyeties*, pero esto no es cosa nuestra. Luchamos por John Bull en la Gran Guerra y luego, hace unos quince años, nos enfrentamos a ustedes, los ingleses, en nuestra Guerra de Independencia. Nadie está contento con haber perdido los seis condados de Ulster, pero estamos hartos de guerras. En sus discursos, Hitler ha repetido que Alemania quiere y desea la paz. Esa es nuestra posición en pocas palabras.

Las hijas de Nicholas parecían tener poco interés en la política y charlaban sobre las últimas modas llegadas de Londres, París y Nueva York.

Donald tuvo igualmente poco éxito al intentar que otros invitados hablaran de política. Varios eran antiguos militares angloirlandeses, pero afirmaron mantenerse al margen de debates políticos desde que residían de forma permanente en el Irish Free State.

Sin haber obtenido nada, James se acercó a Nicholas, que estaba dando instrucciones a Conlan. Al parecer, como en Woburn, el chófer también hacía las veces de ayuda de cámara o lacayo cuando era necesario.

—¿Cuánto tiempo lleva Conlan con vosotros?

—¿Por qué lo preguntas?

—Por nada en particular, simple charla. ¿Lleva mucho aquí?

—Solo alrededor de un año.

—¿Qué sabes de él?

—Lo que necesito saber. Es un excelente conductor y cumple perfectamente con sus obligaciones dentro de la casa.

—¿Lo encontraste a través de una agencia?

—En realidad, nos llegó muy bien recomendado por el coronel sir Edward Scott-Piper. Liam Conlan es primo de Roake, y así logramos asegurarnos sus servicios en poco tiempo.

Nicholas señaló a sir Edward Scott-Piper.

—Es aquel de allí, y la dama a su lado es su esposa, lady Maureen. Sir Edward dijo que Conlan quería un cambio. Como nuestra casa es mayor y recibimos a menudo, pensó que aquí podría adquirir experiencia antes de pasar a otro puesto.

La cena fue excelente, acompañada de grandes vinos a lo largo de los cuatro platos. Cuando las señoras dejaron la mesa a los caballeros, James se movió para sentarse junto a sir Edward. Se presentó como ahijado de Nicholas e intentó averiguar más sobre las opiniones políticas de aquel hombre. Sir Edward había bebido bastante, mientras James solo había tomado un Jameson antes de cenar y una copa de chardonnay con el plato principal de salmón salvaje. James trató de arrastrar un poco las palabras para fingir que también había bebido de más, aunque no estaba muy seguro de sus dotes interpretativas. Lo más probable era que estuviera haciendo el ridículo.

—Debes llamarme Edward y yo te llamaré James.

—Entonces, Edward, ¿vive usted aquí en Dublín?

—No viviría en ningún otro sitio. Nuestra residencia de ciudad está a solo unas calles de aquí, así que Nicholas y yo somos vecinos. Ambos fuimos oficiales superiores del ejército británico y nos conocemos desde hace décadas. Yo serví en la India, por cierto.

James repitió el recurso inicial que ya había usado con varios invitados antes de la cena.

—Mi esposa y yo hemos hecho varios viajes a Alemania: una vez en nuestra luna de miel y luego dos veces más para los Juegos Olímpicos de invierno y de verano. Nos impresionó la determinación de Austria y Alemania por reconstruir sus países tras la guerra y los estragos causados por ese desastroso Tratado de Versalles.

—Exacto. Nos vendría bien algo así aquí. Irlanda pasa de una crisis financiera a otra. Necesitamos un liderazgo fuerte y decisiones centralizadas para recuperar lo que nos pertenece. Nuestro líder actual es Éamon de Valera, nacido en América. Está dividiendo el país con sus compromisos con los ingleses. También está traicionando a Irlanda, pese a su papel como dirigente en nuestra Guerra de Independencia. Muchos creemos que el poder político lo ha seducido y ahora se arrastra ante Londres.

—¿Qué opina de la aspiración de Hitler de unir a los pueblos de habla alemana dispersos por lo que fue Prusia y que ahora se encuentran prácticamente confinados en guetos?

—Es perfectamente comprensible. Esos núcleos de alemanes están atrapados en dictaduras comunistas. Los irlandeses que se vieron obligados a emigrar por culpa del colonialismo inglés sufren ahora el mismo tipo de aislamiento y discriminación como inmigrantes sin recursos. Debido a la Gran Hambruna de mediados del siglo pasado, los ingleses permitieron que más de un millón de irlandeses murieran de inanición. Y como sabrás, al mismo tiempo nos obligaban a exportar alimentos a Inglaterra. Otro millón emigró a América. Te aseguro que muchas familias que se marcharon al Nuevo Mundo siguen considerándose irlandesas incluso ahora, unos ochenta años después. Si sus descendientes pudieran regresar con la riqueza que han acumulado en América, estoy seguro de que lo harían sin pensárselo. Irlanda podría haber sido un país próspero de no habernos sangrado los ingleses. Aún podría serlo si los políticos irlandeses siguieran las políticas nacionalsocialistas.

Donald estaba sentado junto al director del National Museum of Ireland. Se presentó como un corredor de bolsa inglés en Irlanda por negocios. El hombre le estrechó la mano y dijo llamarse Adolf Mahr.

—Ese es un nombre alemán, ¿no es así? ¿Qué le trajo a Irlanda? —preguntó Donald.

—En realidad, soy austríaco. Soy arqueólogo y fui subdirector del Museo de Historia Natural y Prehistoria de Viena. Me interesé por la cultura celta al estudiar el cementerio de la Edad del Hierro en Hallstatt. Hace nueve años me ofrecieron el puesto de conservador jefe de Antigüedades Irlandesas en el National Museum for Archaeology. Hace dos años, mi buen amigo Éamon de Valera me propuso para el cargo de director del museo.

—Mi amigo y yo pasamos esta misma mañana frente a su museo. Es un edificio impresionante y pensamos visitarlo mientras estemos en Dublín.

Al notar el marcado acento alemán de Mahr, Donald continuó:

—¿Qué opinión le merecen los planes de Hitler para unir a los pueblos de habla alemana en el este?

—Nunca hablo de política y desde luego no en reuniones sociales ni con desconocidos. Mi único interés es el pasado remoto.

Cuando volvieron a reunirse con las señoras, James buscó a Donald para comparar impresiones sobre los invitados.

—He estado charlando con un austríaco, pero no le interesa nada que no sea la Edad del Hierro —dijo Donald—. ¿Qué tal tú?

—¿Ves a ese de allí? Se llama sir Edward Scott-Piper. La mujer que habla con Helen es su esposa, lady Maureen. Sir Edward es un nacionalista irlandés furibundo. Parece bastante entusiasmado con las políticas de Hitler y cree que deberían aplicarse en Irlanda. Creo que voy a ir a hablar con su esposa.

James se presentó y quedó a solas con lady Maureen.

—Tengo entendido que conoce a Nicholas y Helen desde hace años.

—Nuestra casa de ciudad está a dos calles, de este lado de Fitzwilliam Square. Cenamos juntos un par de veces al mes cuando no estamos en nuestra residencia de campo, en el condado de Kilkenny.

—Hace un mes regresé de los Juegos Olímpicos de verano en Berlín —dijo James—. Me impresionó profundamente lo que Hitler está haciendo para reconstruir su país tras la terrible destrucción y la pérdida de vidas durante la guerra.

—Debe comprender que Irlanda afrontó retos similares tras nuestra Guerra de Independencia. Es cierto, nos libramos de ustedes, los ingleses, pero ahora intentan asfixiarnos con aranceles y embargos que nos están dejando sin sangre. Como Baviera, somos un país católico. Y también tenemos a esos mismos judíos especuladores teniéndonos como rehenes con la riqueza que han acumulado gracias a sus terratenientes ingleses. Deberíamos seguir el ejemplo de *Mein Kampf* y expulsar a los judíos de la sociedad civilizada. ¿No le parece?

James asintió, así que ella prosiguió:

—Muchos deseamos que ustedes, los ingleses, se hundan en otra guerra europea. Podríamos aprovecharla, tanto diplomática como militarmente, para recuperar los seis condados que nos robaron hace quince años. No olvide que el Alzamiento de Pascua de 1916 se llevó a cabo cuando Inglaterra estaba empantanada en el Somme. Con armas alemanas de contrabando, la Irish Republican Brotherhood lo intentó, pero por desgracia fracasó en obtener nuestra independencia del Reino Unido. Podemos y volveremos a intentarlo.

»Nuestro siguiente paso, mientras el mundo tiene la vista puesta en una guerra europea, será unir al pueblo irlandés que se vio obligado a emigrar a Estados Unidos, Australia y Nueva Zelanda. Su única alternativa en el siglo pasado fue marcharse o morir. Ya sabrá que la patata se convirtió en el alimento básico irlandés. Siete años de plaga provocaron hambre, enfermedades y, para quienes podían pagar el pasaje, emigración. Mientras tanto, los alimentos irlandeses se exportaban a Inglaterra, ya que los terratenientes ausentistas ingleses eran los propietarios de la tierra. Los campesinos irlandeses eran arrendatarios y, en la práctica, esclavos. No cobraban salarios. Solo tenían derecho a vivir en una casita y, en su tiempo libre, cultivar patatas y cazar conejos para alimentar a sus familias.

La velada llegaba a su fin y la mayoría de los invitados se despedían. Aubrey Wishart y su esposa se quedaron para una última copa.

James preguntó a Nicholas por sir Edward.

—Es un fanfarrón con ideas políticas bastante extrañas, pero inofensivo. Como yo, ronda los ochenta.

—¿Y su esposa?

—Ella es harina de otro costal. Es agudísima y prácticamente lleva las riendas de su casa.

James preguntó a Aubrey:

—¿Comparte esa valoración?

Aubrey dudó un momento.

—Se lo digo en confianza. En G2 creemos que, desde el punto de vista de la seguridad nacional, él no es motivo de mayor preocupación. En cambio, lady Maureen pertenece a varios grupos nacionalistas de extrema derecha. Asiste con frecuencia a sus reuniones y suele intervenir en ellas. Ambos mantienen compañías bastante peculiares.

—¿Como quiénes?

—Adolf Mahr, por ejemplo.

—He hablado con él —dijo Donald—, pero se negó a hablar de política.

—Dado que ambos pertenecen al SIS, puedo compartirles lo siguiente. Adolf Mahr es un arqueólogo respetado que lleva nueve años viviendo y trabajando en Dublín. Es lo que aparenta: científico, investigador y conservador de museo. Sin embargo, también es el líder local de la rama de Dublín del partido nazi. Su título es *Ortsgruppenleiter* del NSDAP/AO, su organización en el extranjero.

—James y yo tenemos cierta experiencia con ese grupo. El año pasado ayudamos a que lo prohibieran en Suiza —dijo Donald.

—Como Irlanda es neutral, no está infringiendo ninguna ley interna. El NSDAP aquí es un pequeño club social que reúne a una docena de germanohablantes que ya residen en Irlanda. Se ven cada dos semanas para escuchar música y disfrutar de gastronomía alemana. Supervisamos sus actividades de forma rutinaria, pero hasta ahora no ha surgido nada preocupante.

Capítulo 18

Domingo, 18 de octubre, Temple Bar

Mientras tomaban café en el desayuno, oyeron sonar el teléfono en el vestíbulo.

Roake entró en el comedor.

—General, hay una llamada para el señor Harcourt-Heath.

James salió al vestíbulo y descolgó el auricular. Era Louise.

—James, querido, como insinuaste con tanto disimulo cuando hablamos ayer, Bea y yo hemos hecho arreglos para unirnos a ti en Dublín. Saldremos de Woburn esta mañana y deberíamos llegar mañana hacia el mediodía.

—¿No sigues amamantando?

—Hace casi seis meses que nacieron Jamie y Dottie y ya tienen varios dientes. Dejé de darles el pecho hace quince días y ahora los dos comen sólidos. La leche de Bea no fue suficiente, así que contrató a una nodriza del pueblo una semana después del nacimiento de Genie.

—Os recogeremos a mediodía. Por cierto, ¿cómo está Genie? Seguro que Donald querrá que lo pregunte.

—Está muy bien. Entre tus padres, la enfermera O'Sullivan, Lillian Turner, Evans, la nueva doncella, la nodriza y la señora Peets, estarán en excelentes manos durante la semana que estemos fuera. La hija de los Peets, Lena, también prospera con sus cuidados.

—Perfecto, querida. Hasta mañana.

Al regresar a la mesa, comunicó la noticia de la inminente llegada de Louise y Bea.

Nicholas dijo:

—Me alegrará mucho ver de nuevo a mi ahijada. Confío en que los bebés estén bien.

—Louise me asegura que todos están sanos, creciendo y ganando peso.

Donald y James se excusaron y dijeron a sus anfitriones que habían decidido caminar hasta el centro. Explicaron que querían orientarse un poco y quizá encontrar una taberna acogedora donde charlar con algunos lugareños.

Aunque el cielo estaba cubierto, no llovía. Aun así, tomaron prestados dos de los numerosos paraguas apoyados en el paragüero del vestíbulo. Pasaron frente al Trinity College y, al acercarse al Liffey, caminaron por Wellington Quay hasta llegar al Temple Bar District. Tras explorar la zona, entraron en el pub Temple Bar. Un cartel en la pared indicaba que se había fundado en 1840 y que llevaba el nombre de sir John Temple, quien urbanizó el área después de que se construyera un dique, llamado *barr*, para evitar las inundaciones del Liffey. El nombre original del lugar fue Temple's Barr, por lo que resultaba un nombre obvio para una taberna.

Pidieron pintas de Guinness y encontraron una mesa en un rincón apartado. Donald empezó preguntando si sabía por qué Bea y Louise viajarían a Dublín al día siguiente.

—Fui yo quien las animó a venir —respondió James—. Pensé que podrían ayudarnos con nuestras investigaciones sobre las lavanderías. ¿Recuerdas cómo Louise y Bea idearon aquel plan para conseguir acceso a Heim Hochland? Usaron el pretexto de que Bea estaba embarazada fuera del matrimonio y tenía un posible niño ario que ofrecer al objetivo de Hitler de crear su Raza Superior. Pensé que Louise podría idear otro ardid para lograr entrar en la lavandería de Gloucester Street.

—Mientras no corran peligro, podría ser una vía a explorar. Ojalá me lo hubieras mencionado antes.

Donald hizo una pausa y continuó:

—Nuestra otra tarea es averiguar si existe una presencia nazi aquí en Dublín. Por lo que supimos anoche de Aubrey Wishart, Adolf Mahr es un sospechoso principal. Si recuerdas, Seamus Mahoney, el cabecilla de la banda que nos tuvo prisioneros en Woburn el pasado junio, nos dijo que él y varios camaradas de la

Dublin Brigade fueron reclutados por la Wehrmacht tras la disolución del IRA. Eso sugiere la existencia de influencia nazi aquí en Irlanda.

—No olvides las filtraciones del MOD que parecen salir de The Chase —dijo James—. Dudo mucho que procedan de Nicholas, aunque supongo que es una posibilidad. Tiene poco más de ochenta años y recibe con frecuencia a políticos y mandos militares irlandeses. Además, le gusta su Jameson. Casi nunca se le ve sin un vaso en la mano después del anochecer.

»Luego están esos vecinos tan peculiares, sir Edward Scott-Piper y su esposa, lady Maureen. Ambos defendieron implantar un programa nacionalsocialista en Irlanda. Pero recuerda que Nicholas dijo que él y sir Edward tienen más o menos la misma edad y cenan juntos cada quince días. Es posible que, cuando Nicholas recibe invitados, se le vaya un poco la mano con la bebida y se le escape algún dato delicado. Me disgusta pensarlo, pero no podemos descartar la posibilidad. Y están también los miembros del servicio en The Chase; cualquiera de ellos podría ser el origen de las filtraciones.

—Demasiado pronto para saberlo. Quizá sepamos más en otra cena de la que habló Nicholas, supongo que para dar la bienvenida a Louise y Bea a Dublín.

—Termina la pinta y volvamos para la comida antes de que empiece a llover.

Deshicieron el camino, pero esta vez atravesaron el parque de St Stephen's Green antes de dirigirse hacia Fitzwilliam Square. De vuelta en The Chase, se sentaron a comer *Dublin Coddle*. Nicholas dijo que era uno de sus platos favoritos. Estaba hecho con pan de soda, trozos de patata, salchichas de cerdo, lonchas de bacon, cebada y cebolla, cocidos en caldo de carne con hierbas y condimentos. Lo sirvieron Roake y una doncella.

James preguntó:

—¿Dónde está Conlan?

—Le he dado el día libre. Dijo que tenía que hacer unos recados de familia.

Capítulo 19

Lunes, 19 de octubre, The Chase

A primera hora de la mañana, James preguntó a Nicholas si podían tomar prestado el Riley para recoger a Louise y Bea.

—Por supuesto. Roake, llame a Conlan.

—No hará falta. Traerán equipaje y vamos a ir algo apretados incluso siendo solo cuatro.

Al mediodía, divisaron a sus esposas en el muelle del ferry de la B&I, acompañadas por dos porteadores que se ocupaban de sus maletas. James les indicó que colocaran el equipaje en el maletero del Riley y dio a cada hombre, con generosidad, una moneda de tres peniques.

De regreso a The Chase, Louise dijo:

—James, ahora tendrás que contarme el verdadero motivo por el que querías que dejáramos a los bebés y viniéramos a Dublín.

—Nos encontramos en una situación parecida a la de Steinhöring. Hemos logrado identificar el asilo en el que vivían las cuatro chicas irlandesas antes de ser trasladadas a la casa Lebensborn.

—No seas críptico. ¿Qué habéis averiguado?

—En realidad, nada, y ese es el problema. Cuando nos presentamos en la lavandería de las Magdalenas de Gloucester Street, no nos permitieron entrar y nos despacharon sin contemplaciones.

»El comisario Lochlan Cavanaugh, el máximo responsable de la policía irlandesa, la Garda Síochána, ha sido de gran ayuda. Obtuvimos las direcciones de los padres de las cuatro chicas antes de que fueran entregadas al sistema de lavanderías. Entrevistamos a varios padres, así como a la directora de su instituto.

Todos creen que las chicas siguen con las monjas en la lavandería de Gloucester Street. Su nombre completo es Monasterio de Nuestra Señora de la Caridad del Refugio. Por el comisario Cavanaugh supimos algo más sobre estas lavanderías de las Magdalenas. Tienen centros regionales en ciudades y pueblos de todo el Irish Free State y de Irlanda del Norte. Debido al poder de la Iglesia católica irlandesa, la policía no tiene permitido investigar sus actividades. Para la Garda, esas cuatro chicas no se consideran personas desaparecidas. Se cree que o bien han emigrado a Inglaterra o siguen al cuidado de las monjas.

—Entonces, James, para que quede claro, crees que, como mujeres, podríamos conseguir acceso a ese asilo de las Magdalenas.

Louise se quedó mirando en silencio por la ventanilla, cubierta por la lluvia, durante el resto del trayecto.

Tras saludar a Nicholas y Helen, una doncella acompañó a Louise y Bea a los dormitorios de sus maridos en la planta superior. Conlan y Roake las siguieron con las maletas. Decidieron asearse y cambiarse de ropa antes de que sirvieran la comida del mediodía.

Llevaban un mes de temporada de ostras, así que el almuerzo empezó con ostras frescas de la bahía de Galway. El plato principal fue una sopa espesa de pescado irlandesa, acompañada de pan de soda, y de postre, *brioche* con pudín de pan y mantequilla.

Debido a lo contundente de la comida, Louise sugirió a James dar un paseo hasta el centro para poder escuchar acentos dublineses auténticos, en lugar de los que la BBC consideraba apropiados para oídos ingleses. Con los paraguas en la mano, salieron por la verja principal, pasaron por el lado norte de Merrion Square y se encaminaron hacia el Liffey.

Louise dijo:

—Ahora que tenemos algo de intimidad, tengo que contarte algo. Cuando le dije a Sybil que Bea y yo veníamos a reunirnos contigo aquí, me pidió vernos a la mañana siguiente en la cafetería de Selfridges, en Londres. Allí me entregó un pequeño paquete. Mi trabajo como correo consiste en llevarlo a un agente al que debo encontrarme mañana a las once de la mañana en la National Gallery of Ireland. Nos reconoceremos porque ambos llevaremos en la mano derecha la guía verde de Fodor sobre Irlanda. El intercambio tendrá lugar en la sección de bellas artes del museo.

—Conozco el museo. Mañana te acompañaré hasta allí.

Aquella noche, la cena fue ligera, acompañada de excelentes vinos. Cansadas del viaje, las señoras se disculparon y subieron a acostarse. Helen también se retiró, dejando que los hombres pasaran al salón para tomar unas copas de whisky.

Donald se aseguró de que ni Roake ni Conlan pudieran oírlos.

—Nicholas, una de las razones por las que James y yo hemos sido enviados a Irlanda es que información del MOD está filtrándose y llega a Berlín. Debo ser franco contigo: mi jefe en el MI6, Sir Hugh Sinclair, cree que la filtración procede de tu casa. Sé que organizas cenas con miembros del gobierno y altos mandos militares. Él sugirió que podrías, sin pretenderlo, haber transmitido alguna información confidencial a tus colegas y amigos.

—Bueno, perdóname, pero conozco a mis amigos y sé que son discretos. Jamás usarían nuestras conversaciones para desacreditar mi reputación ni, ya puestos, para filtrar información sensible a nuestros enemigos.

—Nicholas, me has entendido mal. No estoy diciendo que te haya faltado discreción, ni pretendo poner en duda la reputación de tus amigos. Solo me pregunto si alguno de tus sirvientes podría haber oído alguna conversación confidencial.

—Confío en la lealtad de mi servidumbre. Nunca habría contratado a nadie si tuviera dudas sobre su discreción.

—¿Y qué hay de Roake y Conlan?

—Ya hemos hablado de esto. Roake es un buen hombre, totalmente leal a mi familia. Confío en él igual que Humphrey confía en Jarvis. No quiero volver a oír insinuaciones de ese tipo sobre mi criterio o su honestidad. No olviden que son huéspedes en mi casa.

Tras una pausa, añadió:

—Conlan lleva más de un año conmigo. Mi única queja es que fuma sin parar delante de mí y en mi Rolls. Me ha dicho muchas veces lo agradecido que está de poder trabajar aquí. Y ahora insisto en que abandonen este asunto de inmediato.

James intentó reconducir la conversación.

—¿Qué sabes de los asilos de las Magdalenas?

Nicholas seguía molesto, pero respondió con corrección:

—Tengo entendido que hacen una buena labor ofreciendo refugio a chicas jóvenes y protegiéndolas de las tentaciones de la vida moderna en la ciudad. Soy católico solo de nombre y tengo poco que ver con las actividades de la Iglesia. Debo preguntar, ¿a qué viene su interés por las lavanderías?

Donald dudó, consciente de que Roake o Conlan podían estar al alcance del oído en el pasillo.

—En realidad, a nada. Las lavanderías de las Magdalenas salieron en la conversación cuando comenté a unos colegas que me destinaban a Dublín.

Nicholas se limitó a encogerse de hombros y cambió de tema:

—¿Cuáles son sus planes para mañana?

—Llevaré a Bea al centro para que pueda hacer turismo y algunas compras. James y Louise quieren empaparse un poco de cultura en la National Gallery. ¿Puedo volver a pedirte el Riley?

—El coche es suyo mientras estén aquí. Si quieren, le pediré a Conlan que los lleve.

—Es muy amable, pero creo que nos las arreglaremos solos. Dublín es en realidad una ciudad muy manejable.

Capítulo 20

Martes, 20 de octubre, Museo Nacional de Irlanda

A las 10:00 de la mañana, James y Louise salieron de The Chase y se dirigieron andando hacia el centro. Ella llevaba la guía verde de Fodor en el bolso.

—Sabes que no debes dejar que te vean conmigo cuando me encuentre con mi contacto del MI6. Solo espera a una mujer.

—Conozco el protocolo. Estaré cerca e intentaré pasar desapercibido fingiendo que contemplo bellas artes, sean lo que sean.

James consideró impresionante la arquitectura del museo. El edificio tenía una fachada curva con columnas que sostenían varias cúpulas. Desde la entrada partían dos alas de dos plantas hacia el este y el oeste.

—Llegamos un poco pronto, así que, ¿qué te parece si visitamos la sección de arqueología en el ala oeste?

Pasaron quince minutos contemplando objetos vikingos y celtas. Al regresar al vestíbulo principal, Louise sacó la guía de Fodor del bolso, la colocó en su mano derecha y avanzó por el salón central. El paquete que debía entregar seguía en su bolso. Según lo acordado, James se quedó atrás, pero la mantuvo dentro de su campo visual.

Mientras examinaba armamento celta, vio cómo un hombre pelirrojo y delgado se acercaba a Louise. Tras intercambiar unas palabras, Louise metió la mano en el bolso. En ese momento, el hombre gritó:

—¡Sassenach whore!

Y le soltó un puñetazo en la cara con la derecha.

James se le echó encima en un instante. Lo derribó con un placaje de rugby seguido de un brutal directo a la mandíbula. El hombre cayó hecho un ovillo.

James se volvió hacia Louise. Ella se había desplomado y se había golpeado la cabeza. En su mejilla izquierda empezaba a hincharse una marca rojiza. Dos guardias del museo corrieron hacia ellos y James indicó al primero que llamara a una ambulancia y después a la Garda. Al otro le dijo que se asegurara de que el agresor no escapaba.

El guardia miró al hombre inconsciente en el suelo.

—¿Con qué le ha dado?

Lo único que James alcanzó a decir fue:

—Ha agredido a mi esposa.

Louise seguía inconsciente cuando por fin llegaron los camilleros con una camilla. James recogió dos guías de Fodor que estaban tiradas en el suelo junto a ella. Entregó su tarjeta a uno de los guardias después de anotar rápidamente la dirección y el teléfono de The Chase al dorso.

—Entréguele esto a la Garda cuando lleguen. Dígales que fui testigo de la agresión y que estoy dispuesto a declarar en el juicio.

James viajó en la parte trasera de la ambulancia hasta el hospital St James's. Con la sirena aullando, llegaron en menos de diez minutos. Tres enfermeras colocaron a Louise en una camilla y la llevaron de inmediato por la entrada de Urgencias. James estaba horrorizado; seguía sin recobrar el conocimiento. Sabía que estaba exagerando, pero solo podía pensar en la posibilidad de perderla. Empezó a culparse por haberla animado a reunirse con ellos en Dublín.

Le indicaron que se sentara en la sala de espera, pero no podía evitar encadenar en su mente una serie de escenarios cada vez más descabellados, cada uno peor que el anterior.

Al cabo de una media hora, se le acercó un médico.

—El daño en la cara no parece grave. No hay fracturas ni cortes, solo leves abrasiones. Tendrá un hematoma en el pómulo y un chichón en la parte posterior de la cabeza, donde, presumiblemente, se golpeó con el suelo del museo. Mi principal preocupación es que sigue sin despertarse. No creo que esté en coma. Cuando abra los ojos, sabremos mejor si ha sufrido una conmoción y si hay alguna consecuencia funcional. Si quiere esperar, diré a una enfermera que le traiga una taza de té. Veo que está bastante afectado. Tenía entendido que ustedes dos estaban casados.

Se corrigió de inmediato y se disculpó por haber usado el pasado.

—Quise decir que están casados.

Aquella metedura de pata no hizo sino aumentar la ansiedad de James. Una enfermera trajo el prometido té, que apenas pudo tragar. Se obligó a ello, ya que necesitaba cafeína y azúcar para mostrarse fuerte y sereno cuando Louise despertara. Vio una cabina telefónica en un rincón de la sala y llamó a The Chase para informar a Nicholas y Donald del ataque.

Desde su punto de vista, la agresión había sido un acto de violencia aleatorio, obra de un loco quizá movido por simpatías nacionalistas gaélicas. Sabía que *Sassenach* era un término despectivo usado por escoceses e irlandeses para referirse a los ingleses.

Cuando sugirió esto, Nicholas estuvo de acuerdo.

—Posiblemente haya tenido un componente nacionalista, pero Dublín es una ciudad tranquila y cordial en estos momentos. Las actividades del IRA quedaron prácticamente sofocadas a principios del año pasado. Aunque siempre hay tipos raros por ahí.

Nicholas dijo que irían al hospital, pero James respondió:

—Esperen a que haya novedades. Llamaré si los médicos comunican algún cambio en su estado.

Nicholas le dijo que fuera optimista y que no alimentara los peores escenarios. Exactamente lo que estaba haciendo.

Una hora después, se acercó otro médico para informarle de que su esposa ya estaba consciente.

—No parece que haya sufrido daños en sus facultades. Está lúcida y pregunta por usted. Si me acompaña, una enfermera le mostrará su habitación.

James se levantó de un salto y lo acompañó hasta una habitación privada en otra ala del hospital. Se acercó a la cama, se inclinó y la besó suavemente en el lado derecho de la cara, el que no estaba dañado.

—Debo de tener un aspecto espantoso. Una enfermera me dio un espejo y parece que voy a lucir un bonito moratón en el pómulo izquierdo.

Añadió con un matiz burlón:

—Espero que no dejes de quererme por ya no ser tu imagen de perfección.

James interpretó aquello como una buena señal. Aunque ella nunca había apreciado del todo el humor, la sátira o la ironía, seguía siendo capaz de hacer aquel comentario juguetón pese al shock de haber sido atacada en un lugar tan sereno y público.

El médico dijo:

—Nos gustaría mantenerla ingresada esta noche para observarla y hacerle algunas pruebas cognitivas y visuales adicionales por la mañana. Pueden charlar un rato más, pero las visitas terminan a las 16:00. La hermana mayor lo echará sin contemplaciones para poder seguir dirigiendo su hospital.

Cuando la enfermera y el médico los dejaron solos, James acercó una silla a la cama.

—James, tengo que hablar contigo sobre el ataque.

—No te preocupes por eso. A estas horas la policía ya habrá detenido a tu agresor. Mañana supongo que me tomarán declaración para que la acusación pueda seguir su curso.

—No me refiero a eso. Fue un ataque absurdo en un lugar tan público. Difícilmente podía esperar escapar con tantos testigos.

—Tras el puñetazo, pude placarle antes de que te hiciera más daño. Ojalá lo hubiera visto antes.

—James, sencillamente eso no habría sido posible. Eso es lo que me inquieta. Lo hicieron parecer algo improvisado. Su grito de “Sassenach whore”, que apenas recuerdo, pretendía presentar el ataque como una agresión nacionalista gaélica contra los ingleses.

—Eso fue lo que pensé. Yo también oí el grito, como todos los que estaban en esa zona del museo.

—Sí, pero él conocía los protocolos del encuentro. Me preguntó si era una turista americana y respondí: “No, soy francesa”. También llevaba en la mano derecha la guía verde de Fodor sobre Irlanda. James, sabía cómo acercarse a mí. Ahora creo que el objetivo del ataque era hacerme saber que no es seguro para mí estar en Dublín.

—En cierto modo, no le falta razón.

—No, maldita sea. No voy a dejar que me intimiden ni me acobarden, sea quienes sean. Estoy furiosa y quiero, primero, una explicación y luego venganza. Ahora veo que es aún más importante que sigamos con nuestras misiones en Irlanda. Insisto en que estés de acuerdo.

—Es decisión tuya, tú eres la parte agraviada. Si tienes razón, está claro que eras el objetivo. ¿Crees posible que nuestra presencia en Irlanda haya provocado un ataque de restos del viejo IRA o incluso de agentes nazis?

—Es posible, pero hay dos aspectos más que estamos pasando por alto. He estado pensando en ello desde que me desperté hace una hora. Primero, ¿cómo pudo saber la hora, el lugar y el protocolo del encuentro? O bien era mi contacto del MI6, que se ha vuelto contra nosotros, o bien alguien consiguió que el verdadero contacto revelara los detalles del procedimiento.

Hizo una pausa y bebió un sorbo de agua.

—O, y esto es lo que más me preocupa, ha habido otra filtración en el Foreign Office o, peor aún, entre los superiores de Richard y Sybil en el SIS. Entre todos organizaron mi misión como correo y las demás tareas que debíamos cumplir en Irlanda. Si hay una filtración, nuestros tutores tienen que saber que su red no es segura. Segundo, mi agresor no intentó en ningún momento hacerse con el paquete. Sigue en mi bolso. He repasado la escena una y otra vez. Estoy segura de que esperó a que apartara la vista hacia el bolso antes de soltarme el puñetazo.

—Tienes razón, hay que informar a Richard y a Sybil. Si hay un topo en el FO o en el SIS, es incluso posible que sus líneas de comunicación no sean seguras. Probablemente tendremos que esperar a verlos en persona, cuando regresemos a Addlestone o a Cambridge. Mientras tanto, dejaré que duermas y te recuperes. De todos modos, en unos minutos me echarán. Volveré a primera hora de la mañana para ayudarte con el alta y llevarte a The Chase, donde te cuidarán como mereces.

Se inclinó y le dio un beso prolongado, cuidando de no rozar la hinchada mejilla izquierda.

—Hasta mañana, querida.

Salió de la habitación y tomó un taxi de regreso a The Chase. Donald y Bea ya habían vuelto con el Riley. Lo acosaron a preguntas sobre el alcance de las lesiones y sobre quién podía estar detrás del ataque.

Helen intervino:

—¿Cuándo volverá a casa?

James les contó todo lo que sabía sobre su estado. Por ellos se esforzó en mostrarse optimista y asegurar que le darían el alta por la mañana. Por dentro, no estaba tan seguro. El médico había mencionado más pruebas para el día siguiente.

Nicholas preguntó:

—¿Y el agresor? Supongo que está detenido. ¿Has hablado con la Garda?

—Todavía no. Supongo que se pondrán en contacto conmigo para tomarme declaración. Ya que lo dices, quizá sería mejor que llamara, averiguara quién lleva el caso y concertara una entrevista.

Se excusó y hizo la llamada. Tras dar su nombre y los detalles de la agresión, lo pasaron con el sargento detective Conor O'Malley. Este quería hablar con James y tomar su declaración para poder formular cargos formales. El sargento propuso verse a las 10:00 de la mañana siguiente en la sede de la Garda, junto a Phoenix Park. James conocía el edificio por sus reuniones previas con el comisario Cavanaugh, pero consideró mejor no mencionárselo a O'Malley.

—¿Podríamos fijar una hora más tarde, digamos al mediodía? Mañana por la mañana recogeré a mi esposa en el hospital St James's. Ella fue la víctima del ataque.

Acordaron la cita a las 12:00 y el sargento colgó. Como la sede de la Garda quedaba al norte del Liffey, James pensó en tomar un taxi o pedir de nuevo el Riley para asegurarse de llegar puntual.

Al regresar al salón, Helen sugirió que comiera algo. James se negó, diciendo que le resultaba imposible pensar en comida.

Helen insistió:

—Necesitarás estar en plena forma para cuidar de Louise cuando vuelva mañana.

Aceptó su argumento y desde la cocina le prepararon una tortilla de bacon.

Aunque solo eran las ocho de la tarde, se despidió y se encerró en su habitación para reflexionar. La mayor parte del tiempo lo dedicó a preguntarse por el móvil del ataque. ¿Era posible que el hombre estuviera simplemente trastornado y todo hubiera sido un hecho aislado? Louise lo dudaba, porque el agresor había seguido al pie de la letra los protocolos del encuentro. A James se le ocurrió que, por casualidad, podía haber acertado con la pregunta. Quizá Louise le había parecido una turista americana. Pero entonces, ¿a qué venía el insulto gaélico dirigido a los ingleses?

Si no había sido algo aleatorio, tenía que haber sido planificado. ¿Lo había llevado a cabo el propio contacto de Louise en el MI6 y, de ser así, seguía las órdenes de alguien en un puesto superior dentro del servicio? ¿O el agente había cambiado de bando y se había unido a un grupo opuesto a la presencia británica en los seis condados de Ulster? En ese caso, podía tratarse de un ataque motivado por el IRA contra intereses británicos.

También se preguntó si aquello podía estar relacionado con una posible presencia nazi en Dublín. Quizá agentes alemanes los tenían a los cuatro en su punto de mira y habían adivinado sus funciones de investigación en Irlanda. No lograba decidir qué hipótesis encajaba mejor. No sabía qué pretendía exactamente el Foreign Office con su visita ni el objetivo de la misión de Louise como correo. De sus instrucciones solo había quedado claro que el MI6 deseaba identificar el alcance de los simpatizantes nazis en Irlanda, tanto quienes apoyaban a Alemania por convicción como quienes ofrecían ayuda económica. Estaba cansado, inquieto y dándole vueltas en círculos. Decidió dormir sobre el problema. Esa táctica le había ayudado más de una vez cuando se atascaba con problemas de matemáticas en su último año en King's.

Capítulo 21

Miércoles, 21 de octubre, Hospital St. James

James bajó y se reunió con Donald, Bea y sus anfitriones, que estaban desayunando. Nicholas llamó su atención sobre un artículo en el *Irish Times* de esa mañana. Había una breve reseña sobre una pelea ocurrida en el National Museum of Ireland. Se decía que una persona estaba detenida y otra había sido llevada en ambulancia. No se mencionaban nombres ni se especificaba el sexo de los implicados. Lo único que la prensa había descrito con precisión era la ubicación general del incidente.

James dijo:

—Me alegra que no hayan dado nuestros nombres. Nicholas, si la prensa intenta tirar del hilo, te agradecería que ninguno de los dos dijera nada al respecto.

—Descuida. Tengo muy poca estima por el cuarto poder, y menos aún por los carroñeros de nuestra prensa sensacionalista. Helen y yo os acompañaremos al hospital cuando recojáis a Louise. Una vez esté de vuelta en casa, nos concentraremos en darle descanso y cuidados. Me siento en parte responsable: ha ocurrido en mi territorio.

James recordó a todos que había concertado una cita a mediodía en la Jefatura de la Garda.

—Te acompañaré, si me lo permites —dijo Nicholas—. Soy bien conocido por aquí y quizá pueda aconsejarte.

James aceptó su ofrecimiento, consciente de que sabía poco del funcionamiento del sistema penal irlandés.

Donald dijo que él y Bea se quedarían allí y que, más tarde, darían un paseo hacia el museo donde Louise había sido atacada.

Nicholas llamó a Conlan y le dijo que preparara el Rolls.

Al llegar al hospital St James's, el chófer estacionó el coche y abrió las puertas traseras. James, Nicholas y Helen entraron en recepción y preguntaron por la señora Harcourt-Heath. Una enfermera los condujo a su habitación y encontraron a Louise vestida y sentada en una silla de ruedas. Era evidente que estaba impaciente por marcharse y solo esperaba su llegada.

James se acercó y se inclinó para besarla en el lado derecho de la cara, el que no estaba dañado. Helen también la besó en la mejilla buena y Nicholas le tomó la mano con suavidad.

—Nicholas, Helen, qué amables al venir a buscarme —dijo Louise—. Me temo que tengo un aspecto espantoso. Los médicos me aseguran que estaré como nueva cuando baje la hinchazón y desaparezcan los moratones. No he sufrido conmoción, pero tengo un bulto en la nuca lo bastante doloroso como para impedirme dormir boca arriba. El personal aquí es magnífico, pero la verdad es que lo que más me apetece es volver a casa y recuperarme entre amigos y familia.

—Para eso estamos aquí, querida —respondió Nicholas—. James, tú empuja la silla y yo iré abriendo puertas. Supongo que habrá que firmar unos papeles de alta. Que me envíen la factura a mí. Y sobre eso no quiero discusiones.

El médico que la atendía los acompañó hasta recepción. Le dieron a Louise unas aspirinas y le indicaron que volviera si se sentía mareada o notaba problemas de visión, olfato o equilibrio. Esperaron en el vestíbulo mientras Nicholas se ocupaba de la documentación. Dejaron la silla de ruedas en la entrada y salieron hacia el aparcamiento.

Conlan estaba apoyado en el Rolls, y a Louise le pareció advertir una ligera sonrisa en su rostro. Tras lanzar la colilla al suelo, abrió ambas puertas traseras.

—Veis, mis piernas funcionan perfectamente —dijo Louise mientras se acomodaba con facilidad en el asiento trasero—. No sé por qué insistían en que saliera en silla de ruedas. Matron dijo que era la normativa del hospital.

Conlan los llevó de vuelta a The Chase. Sentada en medio del asiento trasero, Louise veía su cara en el retrovisor. Le pareció que la observaba con aquella misma leve sonrisa.

Helen se ofreció a prepararle algo de desayuno.

—Estoy muerta de hambre —dijo Louise—. La comida de hospital tiene una merecida reputación internacional. Me despertaron a las seis con una taza de té con leche tibio que era imbebible: no habían colado las hojas y flotaban en una mezcla gris repugnante.

—He hecho que la cocina se prepare para tu regreso —dijo Helen.

El aparador estaba repleto de huevos, bacon, salchichas, tostadas recién hechas y una variedad de mermeladas, jaleas y compotas. Louise pidió a James que le sirviera huevos revueltos, tostadas y mermelada de fresa. Ella tomó un desayuno completo mientras los demás se servían café.

—¿Les importaría si subo a la habitación y me tumbo un rato? Estoy bastante cansada después de que me despertaran tan temprano y además tengo algo de dolor de cabeza.

James la tomó del brazo mientras subían las escaleras. Ya en la habitación, la ayudó a desvestirse y la metió en la cama. Le explicó que él y Nicholas estaban a punto de ir a la Jefatura de la Garda para prestar declaración.

—Me quedaré aquí. Si necesitan que responda preguntas, diles que podré hacerlo mañana. Pero, James, averigua lo que puedas sobre mi agresor. He pasado la noche dándole vueltas al motivo y he llegado a la conclusión de que no sé lo suficiente ni siquiera para especular.

—Anoche llegué prácticamente a la misma conclusión.

James le llevó un vaso de agua y un par de aspirinas Bayer por si quería tomarlas antes o después de la siesta. Ella cerró los ojos y se dio la vuelta sobre el lado derecho. Abajo, él contó a Nicholas y Helen que todo iba bien y que el sueño era la mejor medicina.

Poco antes del mediodía, Conlan los condujo hasta la sede de la Garda. Tras pasar el control de seguridad, Nicholas y James pidieron ver al sargento detective Conor O'Malley. Los llevaron de inmediato a una sala de entrevistas en la planta baja. Se estrecharon las manos y O'Malley inició el interrogatorio.

Dirigiéndose a James, dijo:

—Tengo su tarjeta, pero me gustaría saber algo más sobre usted y su esposa.

—Vivimos en Addlestone, Surrey, donde mi familia posee una explotación agrícola. Decidimos tomarnos unas vacaciones de otoño para visitar a mi padrino, Sir Nicholas Gavin-Wheeler, a quien acaba de conocer.

El sargento siguió tomando notas en un bloc de aspecto oficial.

—¿Qué hacían en el National Museum of Ireland?

—Hacer turismo y absorber un poco de cultura. Es nuestra primera visita a Irlanda y teníamos interés en conocer su historia. Después de pasar un rato en la sección de arqueología, mi esposa quiso ver las bellas artes expuestas.

—¿Se le ocurre alguna razón por la que alguien quisiera hacerle daño?

—Ninguna en absoluto.

O'Malley siguió escribiendo y, por fin, alzó la vista.

—El hombre que la atacó es un tal Dermot Cassidy. Es bien conocido por la policía de Dublín: ha estado implicado en peleas durante casi toda su adolescencia y su vida adulta. No nos consta que tenga afiliaciones políticas ni antecedentes de sentimientos antiingleses. En la declaración, dijo que simplemente iba buscando pelea y se cruzó con una americana estirada a la que había que darle una lección. Lo acusaremos de agresión con lesiones graves. Hubo numerosos testigos y, con su testimonio, debería caerle al menos un año.

James dijo:

—Dado que todo esto es bastante embarazoso para nosotros, para la familia de mi padrino e incluso para el actual estado de las relaciones anglo-irlandesas, le agradeceríamos que mantuvieran a la prensa al margen.

Nicholas intervino:

—Les estaré muy agradecido. Estoy seguro de que mi buen amigo, el comisario Cavanaugh, respaldaría este enfoque.

Sabía que mencionar ciertos nombres podía resultar útil en futuras gestiones sobre el ataque.

—Entendido —respondió O'Malley—. No queremos provocar un incidente internacional, dadas las ya frágiles relaciones entre Dublín y Londres.

El sargento detective se levantó y les estrechó la mano. James y Nicholas salieron de la comisaría y regresaron al Rolls. Conlan estaba apoyado en el capó y tiró la colilla al suelo mientras abría la puerta trasera para que subieran.

Nicholas comenzó a comentar la entrevista, pero James desvió la conversación hacia los planes para la semana siguiente. No quería que Conlan conociera sus reflexiones, pues empezaba a contemplar la posibilidad de que estuviera implicado de algún modo.

Al volver a The Chase, Louise ya estaba abajo.

—Demos un pequeño paseo para que me cuentes qué has averiguado con la Garda.

Una vez en el exterior, James dijo:

—No hay mucho que contar. Parece que tu agresor, Dermot Cassidy, es un broncas y está un poco trastornado, aunque no lo suficiente como para que lo internen. De menor, entró y salió de reformatorios y, ya adulto, ha pasado buena parte de su vida en prisión por altercados. Parece estar resentido con el mundo entero. No han encontrado vínculos políticos entre él y grupos conocidos de agitadores irlandeses. Afirma no haber formado parte de la Dublin Brigade del IRA.

Louise reflexionó un instante.

—Entonces hemos avanzado algo en nuestras pesquisas.

—No te sigo.

—Tenemos que partir de que no fue un ataque aleatorio, porque conocía las claves del encuentro. También llevaba la guía de Fodor en la mano derecha. Sabemos que no era un operativo del Foreign Office: nunca emplearían a un tipo así, en ningún concepto. Nos queda que alguien lo contrató para atacarme. Imagino que le pagaron bien, ya que difícilmente podía esperar escapar a la detención. Estoy convencida de que el objetivo era asustarme o, tal vez, disuadirnos a todos de continuar con nuestras investigaciones. Si suponemos que era un matón a sueldo, entonces el verdadero agente del FO tuvo que ser presionado o sobornado para revelar las condiciones del encuentro.

James dijo:

—Se me ocurrió que Cassidy podría haber dado con la clave por casualidad al oír tu acento. Cuando lo interrogó la Garda, dijo que te tomó por una turista americana, perdió los papeles y te atacó.

—Supongo que es una posibilidad lógica, pero, siendo sinceros, muy poco probable. Recuerda que usó un insulto gaélico dirigido exclusivamente contra los ingleses y llevaba la guía verde de Fodor en la mano derecha. Tratándose de un rufián local, paseándose con una guía de hoteles y restaurantes, sería de lo más chocante.

Tras una breve pausa, Louise continuó:

—Si el agente ha cambiado de bando, tendremos que averiguar si el MI6 ha perdido contacto con él. Para eso necesitaremos hablar con Sybil o con Richard. Hemos decidido no usar el teléfono de The Chase, con Roake y Conlan siempre rondando. Una cabina pública para llamar a cualquiera de ellos debería ser suficientemente segura. Cuando lo hagamos, tendremos que ser prudentes y no revelar demasiado de lo que hemos averiguado aquí. Si hay un topo en el SIS, las comunicaciones telefónicas de Richard y Sybil podrían no ser seguras.

»¿Qué te parece esto? Llamaré a Sybil y le diré que he sufrido un percance durante las vacaciones en Dublín y que quizá me retrase algo en volver a Addlestone. Estoy segura de que preguntará cómo ha ocurrido. Le contaré que ayer visité el National Museum of Ireland y que, mientras paseaba por la sección de bellas artes hacia las 11:00, resbalé en una zona húmeda del mármol y me golpeé la cabeza.

»Sybil entenderá de inmediato que algo ha ido muy mal con el encuentro previsto y la entrega del paquete. Sin duda pondrá en marcha la maquinaria burocrática para averiguar qué ha sido del agente del MI6. También le diré que nos quedaremos aquí unos días más mientras me repongo del susto por semejante accidente tonto. Añadiré que, en un par de días, intentaré llamarla de nuevo para informarle de mi recuperación.

—Brillante.

—Es lo único que se me ocurre por ahora. Necesitan saber que la operación no salió como estaba planeado y dejar en manos del SIS averiguar por qué y qué ha pasado con su agente en Dublín. Y ahora, James, tengo frío, ¿volvemos a casa?

Tras un almuerzo ligero, Louise dijo que le gustaría subir a descansar. James comentó que se quedaría con ella por si necesitaba ayuda. En su dormitorio, se desvistieron y se metieron en la cama. Ambos necesitaban dormir y sabían que descansaban mejor juntos que solos.

Despertaron varias horas después, se vistieron y bajaron a reunirse con sus anfitriones, junto con Donald y Bea.

—Louise, ¿cómo te encuentras? —preguntó Helen—. Tengo que decir que la cara no está tan hinchada y quizá te quedes solo con un pequeño ojo morado.

—Mucho mejor después del descanso. Tal vez un poco de maquillaje evite que los desconocidos me miren fijamente y los niños salgan corriendo gritando al verme por la calle.

Nicholas preguntó a Donald y James si les apetecía un aperitivo antes de la cena. Ambos asintieron y pidieron un Jameson.

—Creo que podría con una ginebra con tónica —dijo Louise.

Bea pidió lo mismo y Helen dijo que le apetecía un jerez seco. Roake esperaba junto a la puerta del salón y tomó nota de las órdenes, sabiendo que Nicholas querría su habitual Jameson generoso.

—Por cierto —dijo Louise—, James y yo hemos decidido contar a todo el mundo que resbalé en una zona húmeda dejada por los limpiadores en el suelo de mármol del museo. No mencionaremos que fui atacada.

Después de la cena, pasaron al salón. Mientras tomaban café, Nicholas pidió permiso para hacer algunas averiguaciones por su cuenta.

—Conozco a gente influyente que quizá sepa más que el sargento O'Malley sobre vuestro agresor y sus posibles contactos.

James miró a Louise, que asintió levemente.

—Lo agradeceríamos, porque no entendemos por qué alguien querría hacer daño a Louise. Por ahora, la teoría del loco encaja con los hechos. Pero, Nicholas, te ruego discreción. No queremos llamar la atención sobre nosotros.

—No se preocupen. Mis amigos ocupan altos cargos en el gobierno y saben guardar confidencias. Tampoco quieren que este asunto llegue a los periódicos, y menos aún a la prensa londinense. Mañana tendré una charla discreta con algunos contactos para averiguar más sobre ese Dermot Cassidy y, en particular, si tiene lazos con el viejo IRA.

James añadió:

—No sé muy bien cómo decir esto, pero Louise y yo tenemos la impresión de que Roake ha estado escuchando nuestras conversaciones.

Nicholas soltó un suspiro.

—Los criados siempre sienten cierta curiosidad por enterarse de cosas. Dudo que sea motivo de preocupación.

—Aun así, Louise y yo pensamos que será mejor reservar para la intimidad lo que averigües y cualquier novedad.

—De acuerdo, lo haremos así. Sé que los tabloides pagan por historias de este tipo, pero dudo mucho que Roake sea de los que se dejen tentar por ganar unas monedas de esa forma. Si lo desean, solo hablaremos de la agresión a Louise cuando estemos seguros de estar solos. Por encima de todo, no queremos que la prensa clave el diente en esta historia.

Capítulo 22

Jueves, 22 de octubre, The Chase

James despertó descansado, pero solo. Era evidente que le habían dejado dormir. Miró su Rolex y vio que pasaban de las diez. La imagen del rostro amoratado de Louise volvió a su mente y cayó en un ensimismamiento sombrío, culpándose una vez más por haberla puesto en peligro. Se obligó a reaccionar y dijo en voz alta:

—¡Maldita sea! Esto no sirve de nada. Tengo que concentrarme en animar a Louise y luego averiguar qué demonios había detrás del ataque.

En cuanto a resolver el enigma, se dio cuenta de que necesitaba más información. Había esperado que su entrevista con el sargento detective O'Malley arrojara algo de luz sobre el asunto, revelando si Dermot Cassidy estaba asociado con alguna organización paramilitar conocida, con el ala militante de Fianna Fáil o incluso con la Alemania nazi. Dado su grito de *Sassenach whore*, era posible que Cassidy fuera simplemente un activista político de alguna causa nacionalista gaélica. Por lo visto, no era el caso, ya que Cassidy había dicho que creyó que Louise era americana.

Encontró al resto de la familia sentado en el salón, frente a un fuego de turba. James pensó que Louise tenía mucho mejor aspecto y se lo dijo.

—Oh, James, eso lo dices solo para animarme.

—No, querida. Estás radiante —dijo—, siempre que uno te mire solo de tu perfil derecho.

Louise sonrió, captando la broma. Nicholas y Helen se quedaron visiblemente sobresaltados hasta que comprendieron que James estaba siendo juguetón para levantarle el ánimo.

James pensó para sus adentros que realmente estaba mejor. Poseía una capacidad de recuperación extraordinaria, acorde con su fortaleza física y mental.

El almuerzo fue sencillo y todos evitaron hablar del ataque. Nicholas, sin embargo, no había terminado con el asunto.

—Voy a pasar la tarde en mi despacho haciendo algunas llamadas telefónicas. Ya os he dicho que tengo ciertas conexiones oficiosas con la policía, jueces del alto tribunal, abogados y varios políticos del Partido Liberal. Quiero averiguar si hubo algo más en este ataque que un matón desahogando su agresividad con una turista.

Las dos parejas del SIS decidieron dar un paseo por el cercano Merrion Square Park y hablar de sus planes para el tiempo que les quedaba en Irlanda.

Louise dijo:

—La razón principal de nuestra visita era que Bea y yo investigáramos las Magdalene laundries. Para mañana creo que estaré lo bastante recuperada como para ocuparme de ello.

Capítulo 23

Viernes, 23 de octubre, Gloucester Street/Phoenix Park

En el desayuno, Nicholas se dirigió a James y Donald:

—Esta mañana he arreglado que os reunáis con Lochlan Cavanaugh en la comisaría de Garda en Phoenix Park. Dice que os pondrá al día de lo que han averiguado sobre el ataque a Louise. Después, almorzaréis con Aubrey Wishart en mi Kildare Street Club. Yo me quedaré aquí; tengo algunas llamadas que hacer.

James dijo:

—Pediremos a Conlan que nos lleve, pero antes dejará a Bea y Louise en el centro. Ellas se arreglarán el almuerzo por su cuenta, ya que el Kildare es solo para caballeros. Cuando terminen sus compras, podrán tomar un taxi y reunirse con nosotros aquí para el té de la tarde.

Louise se sentó en el asiento delantero del Riley e indicó a Conlan que condujera directamente a Gloucester Street. Después de reunirse con Sybil en Selfridges para hablar de su trabajo de correo en Dublín, había pasado varias horas en la British Library, en Euston Road. Allí descubrió que la gran mayoría de los asilos femeninos de Irlanda estaban regidos por la Iglesia católica. Además de otros hospicios, las lavanderías dependían del Monasterio de Nuestra Señora de la Caridad del Refugio, situado en Gloucester Street.

Conlan detuvo el coche frente a las verjas del asilo. Tras dejar a Bea y Louise, metió la primera marcha y llevó a James y Donald a Phoenix Park.

Louise y Bea abrieron la verja de hierro forjado y llamaron al timbre junto a la robusta puerta de roble. Tras varios minutos, una monja abrió y les preguntó qué deseaban. Su hábito era blanco con velo negro. En el escapulario blanco llevaba bordado, en hilo plateado, un corazón plateado. Louise supuso que simbolizaba a Nuestra Señora de la Caridad. En la British Library había averiguado que esta organización del siglo XVII había surgido en Caen, en el norte de Francia, y desde allí se había extendido a Inglaterra, Irlanda, Canadá y, a comienzos de este siglo, al estado de Arkansas, en Estados Unidos.

Louise dijo:

—Quisiéramos hablar con la responsable de este Monasterio.

—La madre superiora está ocupada ahora con algunas de nuestras jóvenes acogidas. Es posible que consienta en recibirlas más tarde. Pueden esperar aquí o fuera de su despacho, como prefieran.

—Como está lloviendo, preferimos esperar dentro.

Tomaron asiento en un corredor frío y con corrientes de aire. Pasadas dos horas, una monja las llamó a un despacho.

—Soy la madre superiora Lana, responsable espiritual de esta institución. ¿En qué puedo ayudarlas?

Louise tomó la iniciativa:

—Hemos oído hablar del buen trabajo que realizan aquí y querríamos conocerlo de primera mano.

—¿Son ustedes católicas?

—En realidad no, pero vivimos en Dublín y nos encontramos ante una situación en la que quizá puedan ayudarnos.

—Continúe, por favor.

—Mi doncella de cocina es una católica practicante. Tiene una hija de la que teme que pueda verse arrastrada por algunos muchachos del barrio. Verá, su hija es muy guapa y, digamos, bastante madura físicamente para tener trece años. Para protegerla, mi criada me ha pedido que averigüe más sobre su convento. Entendemos que ofrecen refugio y protección a jóvenes para que eviten las tentaciones de la vida moderna en la ciudad y les muestran el verdadero camino hacia la salvación. Me gustaría saber si estarían dispuestas a aceptar a esta muchacha y encaminarla hacia la probidad religiosa antes de que caiga bajo el influjo de Satanás.

Louise sabía que estaba exagerando, pero esperaba que la otra mordiera el anzuelo.

La madre superiora Lana respondió:

—Por supuesto, esa es nuestra misión. En este momento, me temo que hemos alcanzado el límite de nuestra capacidad de alojamiento. Nuestras ciento doce penitentes reciben la palabra de Dios con misa matutina diaria y oraciones vespertinas. Contribuyen a nuestra comunidad trabajando con alegría en la lavandería. Para que lo tengan claro, rara vez aceptamos prostitutas. Nos aseguramos de que las muchachas que aceptan nuestra protección estén libres de enfermedades y sean vírgenes o estén en su primer embarazo. Es posible que en unos meses tengamos más espacio.

—¿Las muchachas se marchan cuando cumplen dieciséis años y vuelven al mundo para vivir con sus amigos y sus familias?

—Algunas sí. La mayoría elige quedarse aquí y disfrutar de la seguridad y la tranquilidad que ofrecemos. Muchas son menores y nuestros abogados gestionan que seamos sus tutores legales. Naturalmente, solo les permitimos irse si su futuro está garantizado. Deben contar con una oferta de empleo notariada o regresar al hogar familiar. En ocasiones, las jóvenes llegan embarazadas como resultado de sus decisiones pecaminosas. Nosotros nos ocupamos caritativamente del parto. Normalmente, el bebé se envía a uno de nuestros orfanatos católicos. Aunque también es cierto que a menudo se ponen en contacto con nosotros matrimonios mayores de Inglaterra y Estados Unidos deseosos de formar una familia. Podemos organizar la adopción y nuestros abogados tramitan la documentación. Por este servicio, aceptamos naturalmente una donación para cubrir los gastos.

—¿Quiere decir que desearían ustedes un donativo similar si la hija de mi doncella fuese aceptada bajo su cuidado?

—Una contribución así sería normal y esperable.

Abrió entonces un libro de registro.

—Cuénteme algo más de esta joven. ¿Cuál es su nombre completo? ¿Tiene alguna discapacidad física que le impida contribuir a los objetivos de nuestra comunidad?

—Se llama Fiona Doherty. Es alta para una chica irlandesa y, como le he dicho, físicamente madura. Además, es rubia y tiene los ojos azules.

La abadesa alzó la vista, esbozó una breve sonrisa y siguió escribiendo.

—Por lo que me dice, creo que podría encontrarle un lugar de inmediato y dar la bienvenida a Fiona en nuestra congregación. Si ayuda, estoy dispuesta a condonar la contribución habitual por la aceptación de una nueva penitente. De hecho, espero disponer de espacio adicional la semana que viene, cuando algunas de nuestras acogidas sean trasladadas a otra institución al norte de Dublín. ¿Cuándo podrían traerla para una entrevista?

—Tendré que hablar con su madre, pero supongo que a principios de la semana próxima.

—Déme sus nombres, dirección y números de teléfono, solo para nuestros registros, ya saben.

Louise lo había previsto y le proporcionó alias y una dirección falsa en el sur de Dublín.

Tras agradecer a la madre superiora, se marcharon. Pasada la una, decidieron ir a comer. Caminaron dos manzanas hasta la concurrida Amiens Street y tomaron un taxi hacia el Merrion Hotel. Louise reconoció el lugar al instante: estaba justo enfrente de la National Gallery of Ireland, donde la habían atacado el martes anterior.

Cuando iban a subir los escalones de la entrada, un coche se detuvo detrás de su taxi. Un caballero bien vestido se llevó la mano al sombrero y mostró una placa de la Garda. Louise vio que el nombre era el del sargento Éamon O'Brien y confirmó que la foto coincidía con el hombre.

O'Brien dijo:

—Los agentes del SIS Donald Hutchinson y James Harcourt-Heath han pedido al comisario Cavanaugh que organice su traslado a una reunión que han concertado en nuestras oficinas de Phoenix Park.

El conductor llevaba uniforme de la Garda, y Louise supuso que O'Brien era un detective de paisano. Él abrió la puerta para que subieran a la gran limusina negra. Louise echó un vistazo a la matrícula trasera y advirtió de pasada que no tenía registro oficial gubernamental.

Después de dejar a Louise y Bea ante las verjas del convento, Conlan llevó a James y Donald a la Jefatura de la Garda en Phoenix Park. El sargento detective Conor O'Malley, el mismo que había tomado declaración a James sobre el ataque a Louise, los acompañó al despacho de Lochlan Cavanaugh.

Lochlan presentó a James y Donald a dos hombres ya sentados:

—Quiero que conozcan a Casey Stalker y Devlin Hunter. Ambos son inspectores de la Garda asignados a investigar la agresión contra la señora Louise Harcourt-Heath.

Donald supuso que aquellos apellidos eran alias, destinados a protegerles a ellos y a sus familias de posibles represalias ligadas a sus investigaciones encubiertas.

El sargento O'Malley permaneció en la sala tomando notas. Lochlan comenzó:

—Señor Harcourt-Heath, creemos que el ataque a su esposa estuvo lejos de ser un hecho aleatorio. Probablemente fue cometido por intereses aún desconocidos cuyo propósito es disuadir a ustedes cuatro de continuar con sus pesquisas. Estas podrían estar relacionadas con su labor sobre las Magdalene laundries, con las filtraciones de información del Foreign Office desde el consulado o con la llegada a Berlín de inteligencia del MOD procedente de The Chase. Incluso es posible que guarde relación con varias, o con las tres cosas a la vez.

Hunter intervino:

—Con eso en mente, he empezado a interrogar a antiguos soldados del IRA que pudieran tener conexiones con Berlín.

Stalker añadió:

—Mi equipo está revisando la lista de miembros de la NSDAP/AO, la organización del Partido Nazi aquí en Irlanda. De momento no ha surgido nada concluyente, pero es pronto. Con todo, me centro especialmente en Adolf Mahr. Es austríaco y director del Museo Nacional de Irlanda. Su círculo social principal está formado por residentes germanoparlantes en Irlanda. Hemos descubierto también que tiene algunos compañeros de lo más peculiares entre la clase trabajadora de Dublín. A veces se reúnen con él en su despacho del museo, a primera hora de la mañana o después del cierre al público. Mis agentes de campo están siguiendo esas pistas mientras hablamos. Mahr, además, tiene amplias conexiones sociales con políticos de alto rango, incluido Éamon de Valera, líder del partido mayoritario, Fianna Fáil.

Donald anotó esta información adicional en su agenda y luego miró el reloj.

—James y yo tenemos otra reunión concertada. Les agradezco la ayuda. Pueden localizarnos en The Chase, la casa de Sir Nicholas Gavin-Wheeler. Agradeceríamos recibir noticias de sus avances para descubrir el motivo del ataque contra la esposa de James.

James advirtió que el sargento O'Malley había quedado plenamente al tanto de sus identidades como agentes del SIS y de su misión en Irlanda. O'Malley los acompañó hasta lo alto de la escalera y les saludó militarmente al despedirse.

Encontraron a Conlan apoyado en el capó del Riley, con una colilla colgando de los labios. La arrojó al suelo y abrió las puertas para que subieran.

Donald dijo:

—Llévanos al Kildare Street Club. Almorzaremos allí. Luego puedes hacer tus cosas y venir a recogernos a las dos y media.

En la entrada del Club, el portero uniformado los reconoció de sus dos visitas anteriores. En el mostrador, mostraron sus credenciales del SIS y firmaron en el libro de visitantes. Un camarero los condujo hasta la mesa de Aubrey Wishart en un rincón apartado de la sala de fumadores.

Tras los saludos de rigor, Aubrey fue al grano:

—G2 ha avanzado algo en lo relativo a sus preocupaciones sobre simpatizantes nazis en el Estado Libre Irlandés. Supongo que han oído hablar de la NSDAP/AO. En Dublín es una organización pequeña, con quizá menos de veinte miembros. Celebran reuniones sociales para compartir comida alemana, música y cerveza. No hay nada ilegal en sus actividades y la mayoría de sus miembros son hombres de negocios locales. Su líder actual es Adolf Mahr.

Hemos confirmado que es un miembro temprano del Partido Nazi: se afilió en la primavera de 1933, apenas dos meses después de que el presidente alemán, Paul von Hindenburg, nombrara a Hitler canciller. Eso, por sí solo, no es necesariamente motivo de sospecha, ya que a estas alturas la mitad de la población alemana tiene carnet del partido. Fuera de eso, lleva la vida que cabría esperar del director de un museo. Pasa casi todo el día y la noche en el museo. Su vida social transcurre sobre todo con alemanes residentes en Irlanda. Los vecinos nos han informado de que en casa se habla alemán con su esposa y sus hijos. De hecho, hemos sabido que sus dos hijos varones pertenecen al Deutsches Jungvolk y sus dos hijas al Bund Deutscher Mädel, las organizaciones juveniles nazis que conducen a la Hitler-Jugend. Es él quien ha organizado la creación de una rama dublinesa de las Juventudes Hitlerianas.

Donald le interrumpió:

—Le sugiero que hable con Lochlan Cavanaugh y con su inspector principal, Casey Stalker. Él también tiene a Adolf Mahr como sospechoso potencial.

—Bien saberlo.

Sacó su agenda y tomó una nota.

—En cuanto a las filtraciones desde el Consulado británico, controlamos de forma rutinaria las idas y venidas de los visitantes. Todo parece responder a asuntos oficiales, renovaciones de pasaporte o solicitudes de visado. Puesto que ustedes pertenecen al SIS, les sugiero que hagan sus propias averiguaciones a través del consulado. Está en pleno Merrion Square. Si encuentran algo, les ruego que me mantengan informado.

Después del almuerzo, regresaron a The Chase. Roake les recibió en la puerta mientras Conlan guardaba el Riley en el garaje. Los condujo al despacho de Nicholas, que estaba sentado a su mesa escribiendo una carta.

James preguntó:

—¿Han vuelto nuestras esposas del almuerzo?

—Ni idea. He estado ocupado aquí. Roake, ¿han regresado las señoras de sus compras?

—No, señor.

James dijo:

—Quizá se hayan retrasado en la ciudad. Aún quedan varias horas para la cena.

Dos horas después, estaban lo bastante preocupados como para que Donald llamara a Lochlan Cavanaugh.

Se le puso de inmediato.

—Lochlan, no quiero sonar alarmista, pero tenemos un problema. Nuestras esposas han desaparecido. Esta mañana fueron al centro para visitar ese asilo de Gloucester Street.

—¿A qué hora?

—Poco después de las diez. A partir de ahí, pensaban almorzar en la ciudad. Suponemos que tomaron un taxi desde el monasterio. Pasamos por allí la semana pasada y vimos que está en un barrio duro al norte del Liffey. Dudo que haya restaurantes apropiados cerca.

—Déjenlo en mis manos. No se preocupen, aparecerán.

Durante la cena, Nicholas trató de tranquilizarlos:

—La Garda sabe lo que hace. Las encontrarán y os las devolverán en poco tiempo.

James estaba lejos de sentirse confiado y, no por primera vez, deseó no haber animado a Louise y a su hermana a unirse a ellos en Dublín.

A las diez y media, oyeron sonar el teléfono en el vestíbulo y Roake entró en el comedor.

—General, el comisario Cavanaugh desea hablar con usted.

Nicholas salió y regresó unos minutos después.

—Las señoras no han aparecido. Están interrogando a los taxistas de servicio ayer por la tarde, pero ninguno ha admitido haber recogido a dos mujeres cerca de Gloucester Street. También han preguntado en los restaurantes de la zona para ver si cenaron allí.

Añadió:

—La búsqueda de sus esposas es ahora la prioridad absoluta de la Garda. Los equipos de Hunter y Stalker no están ocupados en ningún otro asunto.

Una hora más tarde, volvió a sonar el teléfono. De nuevo, Roake asomó la cabeza en el comedor.

—El llamante pide hablar con el señor Harcourt-Heath.

James se levantó y fue al vestíbulo. Regresó con el rostro lívido.

Donald preguntó:

—¿Qué ocurre?

—Han sido secuestradas. El llamante dijo que solo las soltarán ilesas en la terminal del ferry si tú y yo hemos sido vistos embarcando en la travesía de mañana por la tarde hacia Holyhead. Dijo que nos estarán vigilando y que cualquier actividad sospechosa será respondida con represalias inmediatas. Si se ve a agentes de la Garda cerca, llevarán a nuestras esposas a otro lugar y no volveremos a verlas.

Nicholas se levantó y fue al teléfono del vestíbulo. Tras pedir a la operadora que lo comunicara con la casa de Lochlan Cavanaugh, le oyeron informar al comisario del secuestro.

—Quiero que movilicen todos los recursos y que G2 intervenga también. Tenemos menos de veinticuatro horas para rescatar a las señoras. Se avecina un incidente internacional. Ambas son altas funcionarias al servicio del Gobierno británico.

Hubo un par de minutos de silencio y luego Nicholas dijo:

—Espero que sigan esas pistas con la máxima urgencia.

Regresó a la mesa.

—Os lo repito: no os preocupéis. Tengo plena confianza en la Garda y en G2. Dicho esto, debéis reservar camarotes y hacer las maletas para estar listos para coger el ferry de mañana por la noche.

Nicholas tomó otro sorbo de oporto.

—Lochlan me ha informado de que por fin han localizado el taxi que las recogió a unas calles del asilo. Las llevó al Merrion Hotel. Su equipo ha interrogado al personal del hotel y ha determinado que no llegaron a comer allí ni a entrar en recepción. Sin embargo, el portero sí recordó que dos señoras llegaron en un taxi y casi de inmediato subieron a otro coche. Conoce de motores y lo identificó como un Rover 14 Sports Saloon negro. El conductor se quedó al volante y otro hombre, bien vestido, ayudó a las señoras a subir al asiento trasero y luego se unió a ellas. No le dio importancia; supuso que las damas habían contratado ese coche para desplazarse a otro lugar. Ese modelo de Rover es caro y poco frecuente. Solo hay doce en toda Irlanda. Ahora están localizando los matriculados en Dublín. Los hombres de Hunter están visitando esas direcciones y entrevistando a los propietarios. El portero del hotel está trabajando con un dibujante policial y estamos comparando el retrato con las fotografías de antiguos miembros del IRA.

Los tres hablaron de todas las posibilidades, incluida la necesidad de regresar a Gales en el ferry del día siguiente. Pasada la medianoche, volvió a sonar el teléfono. Roake anunció que el coronel Aubrey Wishart estaba en línea.

Nicholas tomó la llamada y, tras unos minutos, regresó al comedor.

—Han localizado el Rover 14 y ahora mismo su dueño está siendo interrogado en la sede de G2. Ha contratado a un abogado y, por el momento, se niega a responder. Dado que ustedes y sus esposas son agentes del SIS, Aubrey está tratando este secuestro como un ataque sedicioso contra el Estado Libre Irlandés. Mañana será un día muy intenso. Os sugiero que durmáis algo para estar listos para partir por la tarde.

Capítulo 24

Domingo, 25 de octubre, Al norte del río Liffey

James y Donald fueron despertados por suaves golpecitos en las puertas de sus dormitorios. Al salir al pasillo, Roake dijo:

—El general desea que lo acompañen a desayunar.

Lo encontraron tomando una taza de café, aún vestido con la ropa de la noche anterior.

—He pasado casi toda la noche hablando con mis amigos del mundo legal y con mis contactos políticos. Aubrey ha hecho llegar nueva información a la Garda. Lochlan ha asumido el control de la investigación, ya que los secuestros parecen ser delitos domésticos. El propietario del Rover 14 dirige un servicio de limusinas para bodas y funerales. Al final admitió que alquiló el coche durante veinticuatro horas a un caballero bien vestido que dijo que usaría a su propio chófer. Pagó en efectivo y dejó un depósito considerable. El dueño de la empresa confesó que su reticencia inicial se debía a que, al tratarse de un pago en metálico, pensaba llevar la operación "en negro" para evitar impuestos. El arrendatario dio el nombre de Gavin O'Hanlon y una dirección en Blackhorse Avenue, junto a Phoenix Park. Ese número de casa no existe y la identidad, aunque es un nombre muy común en Irlanda, parece falsa. El dueño del servicio de limusinas colabora ahora: está revisando fotografías policiales y trabajando con un dibujante. Lochlan ha dicho que espera tener noticias a lo largo de la mañana y nos mantendrá informados.

Nicholas convenció a James y Donald de que poco podían hacer por su cuenta y que debían permanecer en The Chase mientras los profesionales seguían las pesquisas.

A las diez y media sonó de nuevo el teléfono del vestíbulo. Avisado por Roake, Nicholas regresó con gesto perplejo.

—Tanto el portero del hotel como el dueño de la limusina tienen buena memoria. Con la ayuda de dibujantes, han obtenido por separado retratos de los hombres que recogieron a sus esposas, así como del que alquiló el coche. Las similitudes entre los dibujos y las descripciones hacen evidente que se trata del mismo hombre. Lo curioso es que el sospechoso se parece mucho al ayudante de Lochlan, el sargento Éamon O'Brien. Si recuerdan, estuvo presente cuando visitamos el despacho de Lochlan la semana pasada. Además, O'Brien ha desaparecido. No volvió a casa anoche y su esposa no tiene idea de dónde pueda estar.

Nicholas dio un sorbo a su café y prosiguió:

—Parece que la Garda ha sido comprometida. Aubrey ha sugerido a Lochlan que encargue a Hunter y Stalker la búsqueda de O'Brien. Cuando lo detengan, lo interrogarán bajo cautela para averiguar su papel en el secuestro.

—El Rover 14 no ha sido devuelto a la empresa de alquiler. Dado que es un coche tan distintivo, Lochlan ha ordenado a sus agentes estar atentos al vehículo. Aubrey ha hecho lo mismo con sus hombres de G2. Ahora no nos queda más que esperar.

Tras ser atraídas a la limusina, Bea y Louise vieron cómo su captor sacaba un revólver, les ordenaba vendarse los ojos y luego las esposaba con las manos a la espalda. Quince minutos después, el coche se detuvo, les quitaron las vendas y el conductor uniformado las condujo a punta de pistola al interior de una casa adosada. Una vez dentro, las encerraron en un dormitorio del piso superior. Había una bacinilla y un lavabo, de modo que podían atender sus necesidades.

Por la mañana, Louise dijo:

—Es evidente que somos rehenes, quizá para pedir un rescate. Hemos averiguado algunas cosas. El trayecto fue corto, así que seguimos en Dublín. Estamos en una zona pobre, por el estado de las casas que vimos al entrar. Si la placa era auténtica, la Garda está implicada. Recuerda además que el conductor llevaba uniforme y que estas esposas son de dotación policial. Ahora que amanece, creo que ha llegado el momento de iniciar una conversación con nuestro guardián.

Louise golpeó la puerta del dormitorio. El conductor, todavía con el uniforme de la Garda, abrió con la llave.

—Necesitamos ir al lavabo, así que quizá pudiera dejarnos usar su retrete.

—Crúcense de piernas, señoras. Mi jefe me dijo que no las dejara salir de este cuarto.

Bea intervino:

—Pero, seguro que podría hacer guardia delante de la puerta. Usted va armado y nosotras solo somos mujeres. Tendría que quitarnos las esposas; si no, difícilmente podríamos usar el retrete. Le prometo que no intentaremos escapar.

Él lo pensó un momento.

—Vale. Las dos juntas al váter. Yo esperaré fuera y no dudaré en soltarles un mamporro si intentan alguna tontería.

Sacó la llave de la cerradura y, en cuanto entraron en el retrete, oyeron cómo volvía a echar el cerrojo desde fuera. En voz baja, Louise esbozó su plan.

Ambas usaron el WC y, tras el tiempo prudente, tiraron de la cadena. Louise golpeó la puerta y dijo que podían volver al dormitorio. Su captor abrió. Llevaba el revólver de servicio en la mano derecha y las esposas en la izquierda. Louise salió primero. Bea la siguió, pero dejó caer algo al suelo de madera.

—Mi pendiente —dijo.

Se puso a buscar de rodillas el supuesto pendiente. Mientras el guardia tenía la vista clavada en ella, Louise lo empujó con fuerza y lo hizo caer sobre la espalda de Bea. Louise le arrancó el arma y quitó el seguro.

—Me temo que ahora las tornas han cambiado. Es evidente que nos tenían como rehenes y que, por tanto, no pensaban usar la pistola. Ahora creo que es hora de que nos diga qué pretende.

—No diré nada.

—Muy bien, ya hablo yo, y usted haría bien en escuchar. Es obvio que usted y su jefe son de la Garda. La placa del sargento que nos enseñó era auténtica y, dado que lleva uniforme, es razonable suponer que también es policía. Nuestros maridos y G2 habrán concluido con toda lógica que fueron agentes de la Garda quienes nos recogieron en esa limusina, porque jamás habríamos subido a un coche privado con desconocidos. Además, ese Rover es bastante llamativo. Estoy segura de que lo están rastreando ahora mismo. Y como usted no está en su puesto, estoy igual de segura de que el comisario Cavanaugh ya lo ha identificado como uno de los secuestradores. Pronto estarán en su casa hablando con su familia y sus vecinos. Le aconsejo que se entregue y acepte las consecuencias. Su condena podría verse reducida, o incluso conmutada, si está dispuesto a implicar a sus superiores. Puede decir simplemente que fue idea suya y que usted solo obedecía órdenes.

Louise vio que no era precisamente brillante y que tardaba en asimilar sus argumentos.

Al final dijo:

—Pueden irse. Pero díganles que yo no les hice daño y que solo cumplía órdenes. Nunca he querido hacer nada contra la ley, pero mi sargento fue muy convincente. Me prometió un ascenso si hacía lo que me pedía. También dijo que tenía amigos que sabían cómo arreglar las cosas. Supongo que es sabido en la comisaría que debo unos cientos a los corredores por mis apuestas a los caballos.

Bea y Louise salieron de la casa y tomaron un taxi en la esquina de Sackville Street con Gardiner Row.

—¿Conoce The Chase? Es una casa georgiana independiente, junto a Merrion Square Park.

—Por supuesto, señora.

—Llévenos allí, por favor.

Cuando el taxi llegó a las verjas georgianas, fueron hasta la puerta principal y llamaron al timbre. Tras ser conducidas por Roake al salón, se reunieron con sus maridos y sus anfitriones. Louise advirtió que Conlan estaba de pie junto a la puerta del vestíbulo. Las miró fijamente, se excusó y salió de la estancia.

Tras abrazarlas, Louise dijo:

—Hay un taxista esperando fuera que necesita que le paguen.

James salió del salón. Al regresar, Louise relató su secuestro y su fuga.

—Parte de la Garda está detrás de esto. Nuestro carcelero era un patrullero veterano, pero fue su jefe directo quien organizó el secuestro. Me enseñó su placa, en la que constaba como sargento Éamon O'Brien. Aún desconocemos el motivo, quizá fuera extorsión.

Hizo una pausa y continuó:

—Si no se trataba de dinero, es perfectamente posible que buscasen otra cosa. Lo sabremos cuando Doyle declare bajo cautela.

Nicholas fue al teléfono y le oyeron pedir a la operadora que lo pusiera con la comisaría de la Garda en Phoenix Park. Tras una pausa, dijo:

—Pásenme con el comisario Cavanaugh, por favor.

Un minuto después, añadía:

—Lochlan, las señoras han regresado ilesas. Creo que debería saber que su patrullero Patrick Doyle recibió órdenes del sargento O'Brien para ayudar en el secuestro y luego vigilar a las dos señoras en una casa adosada cerca de Sackville Street. Ese patrullero piensa entregarse esta mañana.

Tras otro par de minutos en silencio, Nicholas concluyó:

—Manténganos informados, se lo agradezco.

Cuando volvió al salón, su expresión era inescrutable.

—Doyle está siendo interrogado ahora mismo. Bajo juramento ha confirmado que el sargento O'Brien le ordenó colaborar en el secuestro. Lochlan dice que O'Brien ha desaparecido.

La cena fue aquella noche un asunto apagado; seguían abiertas demasiadas incógnitas.

Al terminar, todos pasaron al salón. Louise dijo:

—He estado pensando. Ahora mismo tenemos entre manos cinco investigaciones distintas.

—Primero, el ataque contra mí en el museo. Conocemos la identidad del agresor pero nada sobre sus motivos o sobre quién lo contrató.

—Segundo, nuestro secuestro. ¿Fue un hecho aislado, quizá para pedir dinero? Lo dudo mucho.

—Tercero, la posible conexión de Lebensborn con el asilo de las Magdalenas. Lo menciono porque nos secuestraron poco después de salir de la lavandería de Gloucester Street.

—Cuarto, siguen pendientes las supuestas filtraciones del Foreign Office desde el consulado británico en Dublín.

—Y, por último, las filtraciones conocidas del MOD que aparentemente proceden de The Chase.

Nicholas la interrumpió:

—He dejado perfectamente claro que mi casa es segura y que cualquier información confidencial a la que tenga acceso no sale de estas paredes.

Louise ignoró su afirmación.

—James, Donald, deberíais centraros en el personal del Consulado británico. Incluiría no solo a los funcionarios, sino también a porteros y limpiadores que puedan hurgar en los expedientes y las papeleras después de la jornada.

Donald dijo:

—Louise, ha sido un resumen útil. Es importante que fijemos prioridades. En cuanto al ataque del museo y vuestro secuestro, ambas son investigaciones en curso de la Garda, así que debemos dejar eso en sus manos. Sobre las filtraciones del Foreign Office, James y yo podemos ir al consulado y entrevistar a su personal. Nuestras credenciales del SIS ciertamente nos abrirán la puerta del Alto Comisionado y de los mandos. En cuanto a las filtraciones desde The Chase, no hemos avanzado nada. Y tampoco veo, por ahora, cómo seguir adelante con el asunto de las lavanderías.

Capítulo 25

Lunes, 26 de octubre, Cameron Smythe

A la mañana siguiente, Donald llamó al Consulado Británico y pidió hablar con el Alto Comisionado. La telefonista le pasó con su secretaria.

—Soy súbdito británico de vacaciones aquí en Dublín. Me gustaría reunirme con el Alto Comisionado en cuanto le sea posible.

—Me temo que no es posible. En estos momentos, está destinado de forma permanente en Londres. Como supongo sabrá, las relaciones entre nuestros dos gobiernos están tensas. Las conversaciones actuales se limitan a aranceles y cuotas comerciales. Aquí solo mantenemos una plantilla mínima, que se ocupa sobre todo de consultas telefónicas sobre visados y pasaportes.

—¿Podría hablar con algún miembro del Foreign Office?

—En realidad, solo tenemos a un caballero. Es nuestro vicesecretario de Comercio del Foreign Office.

—¿Podría pasarme con él?

—Le comunico enseguida.

Tras una pausa de varios minutos, Donald oyó una voz inglesa afectada al otro lado de la línea.

—Aquí Cameron Smythe. Diga qué desea.

Donald vaciló un instante y luego adoptó el marcado acento de Yorkshire que usaba de niño para hacerse pasar por lugareño.

—Ay up, lad, quiero volver a casa, a Barnsley, pero me han atracado. Unos irlandeses de mierda me han birlado la pasta.

—Le han pasado con la extensión equivocada. Le sugiero que se ponga en contacto con la Garda de Dublín. Quizá amigos o familia puedan enviarle dinero para regresar a casa.

—Mire, boyo, no tengo pasaporte. Esos malditos paddies también me lo han robado.

—Le devolveré a la centralita. Nuestro personal podría expedirle documentos de viaje temporales para que pueda embarcar en un ferry a Liverpool.

La línea se cortó y Donald colgó. Volvió al comedor, donde los demás estaban terminando el café.

—Acabo de llamar al Consulado Británico. Funcionan con una plantilla mínima por las maltrechas relaciones entre Londres y Dublín. Nunca adivinaríais quién es su secretario de Comercio.

Louise dijo:

—Anda, Donald, no juegues.

—Es ese tal Cameron Smythe que salía con mi hermana. Sabíamos que estaba en el Foreign Office en Londres. Por lo visto, lo han destinado a nuestro consulado en Dublín.

Louise asimiló aquella nueva información.

—MI6 ha comprobado que ha habido filtraciones de Dublín a Berlín. Ahora sabemos que Smythe sigue en el FO y, presumiblemente, recibe informes sensibles mediante llamadas seguras y valija diplomática. Por hipótesis, supongamos que él es quien filtra. La cuestión es qué hacemos al respecto.

James dijo:

—Lo obvio es llamar a Sir Hugh. MI6 y el FO ordenarán su regreso inmediato a Londres para interrogarlo.

—No, James. Nosotros lo hemos identificado, pero mientras Donald no haya revelado su rango en MI6 ni sus funciones, Smythe no tendrá la menor idea de que está bajo sospecha. Donald, ¿te presentaste ante Smythe o ante el personal del Alto Comisionado?

—Solo le dije a la telefonista que era un turista inglés.

Louise prosiguió:

—Quiero llamar a Sybil. James, quizá tú deberías llamar a Richard para pedirle consejo. Es seguro usar el teléfono del vestíbulo. Conlan se ha llevado el Riley. Va con Roake y ambos están haciendo recados para Nicholas.

Después de que James hablara con Richard, Louise llamó a Sybil. Estuvo al teléfono unos quince minutos y luego regresó al comedor.

—Sybil me ha recordado que somos espías encubiertos. Como estamos sobre el terreno, sugiere que sigamos los movimientos de Smythe. Aunque Smythe nos conoce a todos, solo nos ha visto una o quizá dos veces, hace casi un año, en diciembre. Dudo mucho que espere encontrarse con nosotros en Irlanda. Propongo que por turnos vigilemos el consulado para registrar sus movimientos. The Chase está justo al sur de Merrion Square, así que el consulado está a un corto paseo, cruzando el parque.

Con el plan trazado, Donald dijo que él y Bea harían el primer turno. Armados con paraguas, se dirigieron hacia Merrion Square Park. Volvieron a la media hora.

—Está cayendo el diluvio. No hay un alma en la calle —dijo Donald.

—Parece que aclara. James, probemos nosotros —dijo Louise.

Como precaución, también ellos cogieron paraguas. Al acercarse a Merrion Square, los cielos volvieron a abrirse. Como se acercaba la hora de comer, James sugirió hacer un alto para almorzar y esperar a que pasara el chaparrón.

—Probemos en el Merrion Hotel. Era donde Bea y yo pensábamos comer antes de que nos secuestraran. Nicholas dijo que se come de maravilla.

El Merrion Hotel estaba a solo unos cientos de metros de The Chase. Una vez asegurada una mesa, el camarero tomó nota de la comanda. Decidieron empezar con ostras y seguir con filetes de lubina. Louise pidió la carta de vinos y eligió un Pouilly-Fumé de 1934.

—Veo que has pedido un vino de Borgoña.

—Cariño, ese es un error habitual. Pouilly-Fuissé es el pueblo al sur de Beaune. Pouilly-Fumé procede del valle del Loira y se parece mucho a Sancerre. Ambos se elaboran con uva Sauvignon Blanc. Pouilly-Fuissé, como todos los blancos de Borgoña, se hace con Chardonnay. Los aficionados se confunden por la similitud de los nombres, pero el sabor y la estructura son muy distintos.

Mientras James escuchaba una de las lecciones de Louise, su atención se desvió al recorrer el comedor con la mirada. Le tocó el brazo para interrumpirla.

—Oye, ¿ese no es Smythe?

Ella siguió la dirección de su mirada.

—Buen ojo. Me pregunto con quién está. Le preguntaré al camarero cuando traiga las ostras.

Cuando llegó el primer plato, las ostras abiertas iban acompañadas de gajos de limón y dos copas de Guinness.

—Supongo que así definen los irlandeses las ostras como delicatessen local —comentó James.

Louise preguntó por los comensales al otro lado del salón.

Tras seguir la dirección de su mirada, el camarero dijo:

—El caballero de espaldas a su mesa es el señor Smythe. Creo que trabaja en el Consulado Británico cercano. Es cliente habitual y viene a comer varias veces por semana. A menudo le sirvo junto al otro caballero, pero no sabría decirle su nombre.

Cuando terminaron las ostras, James dijo:

—Voy al lavabo y veré si puedo echar un vistazo al otro tipo.

Se levantó y cruzó el comedor procurando no mirar directamente a la mesa de Smythe. Al llegar al otro extremo, volvió la cabeza y alcanzó a ver el rostro del acompañante.

Cuando regresó, ya les habían servido el plato principal.

Mientras empezaban a desespinar la lubina, Louise preguntó:

—Entonces, querido, ¿has conseguido ver cómo era el acompañante de Smythe?

—Más que eso, lo he reconocido. Estuvo en la cena que Nicholas organizó antes de que llegarais. Es Adolf Mahr. Director del Museo Nacional de Irlanda y especialista en culturas vikinga y celta.

—Un momento, ahí fue donde me atacaron. Y Smythe no me pareció precisamente un entusiasta de las civilizaciones de la Edad del Hierro.

—Exacto. Hay algo más que me contó Aubrey Wishart. Mahr es el jefe de la rama de Dublín de la NSDAP/AO. Es austríaco, está casado y tiene cuatro hijos, pero parece pasar la mayor parte del tiempo en el museo. Cuando nos reunimos con Lochlan Cavanaugh en la Garda, el inspector Stalker dijo que Mahr fue uno de los primeros miembros del Partido Nazi. Añadió que no ha surgido nada especialmente sospechoso, salvo que mantiene amistades bastante peculiares entre la clase obrera dublinesa.

Louise permaneció pensativa durante el segundo plato.

Cuando llegó el postre, por fin habló.

—James, me pregunto si no habremos dado con el centro de la red nazi aquí en Irlanda.

—Cariño, tú misma me dijiste que, cuanto más enrevesada la explicación, más probable es que sea falsa.

—Cierto. Eso se acerca al principio de la navaja de Occam. Para comprender algo, no hay que hacer más suposiciones de las necesarias. Pero no estoy haciendo eso. Ahora mismo nos enfrentamos a un rompecabezas con muchas caras. Está el ataque contra mí, el secuestro de Bea y mío, las filtraciones desde el FO en Dublín, las filtraciones de información del MOD desde The Chase y la posible actividad de Lebensborn vinculada a las lavanderías de las Magdalenas. ¿Y si los cinco hilos formaran parte de la misma trama?

—Sigue.

—Supongamos que Smythe es quien filtra desde el FO y que Mahr es su contacto nazi. Esa es, en realidad, la explicación más sencilla para casi todo lo que ha ocurrido. Quedan cabos sueltos, incluida la posibilidad de otras fuentes de filtraciones del MOD desde The Chase. Aun así, la conexión alemana podría explicar cómo encajan en todo esto los asilos de las Magdalenas. Por ahora, creo que deberíamos dejar en manos de G2 y de la Garda la investigación del vínculo entre Smythe y Mahr. Esa pesquisa les corresponde a esos oportunamente apellidados agentes Stalker y Hunter.

Terminado el almuerzo, volvieron a The Chase para contar a Donald y Bea lo que habían descubierto.

Donald consultó con Nicholas y entre ambos decidieron que lo más prudente era alertar tanto a G2 como a la Garda sobre sus sospechas en torno a la conexión entre Smythe y Mahr.

Capítulo 26

Martes, 27 de octubre, The Chase

Los cuatro agentes del SIS pasaron al salón con sus cafés del desayuno.

—Si ese agente de patrulla de la Garda dijo la verdad —comentó Donald—, el sargento O'Brien organizó el secuestro. O bien sigue huido o, si ya lo han encontrado, Lochlan Cavanaugh lo habrá interrogado. Si colabora, quizá podamos descubrir su propósito detrás de los secuestros. Por ahora, solo podemos especular. Habiendo tratado a O'Brien, dudo mucho que tenga la capacidad intelectual y organizativa para coordinar una conspiración de esta magnitud. Debe de haber superiores implicados, posiblemente —aunque no necesariamente— dentro de la propia Garda.

Louise había estado callada toda la mañana.

—Creo que es razonable suponer que, como a Bea y a mí nos secuestraron casi inmediatamente después de salir del monasterio, nos venían siguiendo, ya sea hasta allí o al marcharnos. Nunca sabremos si la Reverend Mother Lana o alguna de sus monjas nos delató. Sería tentar a la suerte intentar volver, así que hay poco más que podamos hacer con ese hilo de nuestras pesquisas. A pesar de lo que asegura Nicholas sobre la lealtad de su personal y de sus amistades, no creo que hayamos seguido a fondo las sospechas del MI6 respecto a una filtración desde The Chase. Para mí, los principales sospechosos son esos dos vecinos ancianos, Sir Edward Scott-Piper y su esposa, Lady Maureen. Si recordáis, Donald dijo que Aubrey Wishart lo despachó como un vejete un tanto empapado en whisky. Sin embargo, sabemos que su esposa tiene contactos importantes en las altas esferas dublinesas. Creo que deberíamos intentar reunirnos con ellos.

—Me senté a su lado durante la cena y coincido con la valoración de Aubrey —dijo James—. Me pareció un viejo inofensivo que, desde luego, le daba bien al trago.

—Sea como fuere —prosiguió Louise—, hay otras dos posibles fuentes de filtración. Primero, ese mayordomo de labios apretados, Roake, y ese chófer hosco, Conlan. Deberíamos intentar justificar sus movimientos durante los periodos cruciales alrededor de nuestro secuestro. En realidad, no sabemos gran cosa de ninguno de los dos.

—Sí que lo sabemos —replicó Donald—. A Conlan lo contrataron de la casa de los Scott-Piper. De hecho, Nicholas nos contó que él pidió expresamente entrar a trabajar en The Chase. Y además, Conlan es primo de Roake, y Roake fue clave para que a Conlan lo contrataran.

Louise se irritó.

—¡Maldita sea, Donald, ¿por qué no lo mencionaste antes?!

Tras fulminar a Donald con la mirada, continuó:

—Bien, centrémonos en Conlan. Me dijiste que os llevó a la sede de la Garda en Phoenix Park y después al Kildare Street Club, donde os reunisteis con Aubrey Wishart. Para mí, eso significa que sabe perfectamente que formamos parte de algún tipo de investigación oficial aquí en Dublín y que no somos solo amigos de la familia de su patrón. Siendo ingleses, no hace falta un gran salto intelectual para que nos vea como una amenaza para sus actividades, suponiendo que formara parte del complot para secuestrarnos. En las cenas de Nicholas, sus labores dentro de la casa hacen que siempre esté presente ayudando a Roake a servir y a poner bebidas. Por último, justo después de que Bea y yo llegáramos, pidió y obtuvo el día libre, supuestamente para asuntos personales. Es posible que se reuniera con sus compinches para informarles de nuestra llegada.

—Si Roake o Conlan tienen conexiones o comunicaciones con la Abwehr —siguió Louise—, nuestras identidades encenderían alarmas serias. Los nazis nos tienen fichados por nuestros frecuentes viajes al vientre del lobo. Si recordáis, nos señaló una célula díscola cuando a ti y a Donald os secuestraron en la estación de Addlestone. Y, de nuevo, el pasado agosto intentaron, sin éxito, atraernos a Bea y a mí a aquella casa de Bourne Way. El Hauptmann Wilhelm Joseph, jefe de aquella célula, te dijo que, antes de regresar a Berlín con los documentos ultrasecretos robados, tenía órdenes de eliminar a los cuatro por ser, cito, "los agentes más exitosos del SIS". Entonces éramos, y sin duda seguimos siendo objetivos de la Abwehr.

—Louise, esto es Irlanda —objetó Donald—. Nuestras tapaderas como amigos y parientes de Sir Nicholas y Lady Helen no levantarían suspicacias entre los locales.

—Donald, no estás pensando como un espía. Fuiste con James a ver a Lochlan Cavanaugh a la Garda. Parece que nuestros secuestradores eran un sargento y un agente de patrulla de la Garda. Me dijiste que el sargento O'Brien estaba presente cuando tú y James hablasteis de vuestras misiones del SIS. Sabe de vuestras conexiones con la seguridad del Reino Unido y de vuestro interés por las lavanderías de las Magdalenas. Como esposas vuestras, deduciría correctamente que o bien participamos en la investigación o, como mínimo, conocemos vuestros cargos gubernamentales.

Donald asintió a regañadientes.

—Entonces, ¿tienes pensado un camino a seguir?

Louise, aún molesta por la aparente ingenuidad de Donald, respondió:

—Por favor, esta vez presta atención. Propongo vigilar, charlar con y quizá incluso seguir a Roake y a Conlan en sus días libres. Normalmente, esa sería tarea de la Garda o de G2. Ahora mismo, los equipos de Hunter y Stalker están completamente ocupados investigando los posibles vínculos de traición entre Smythe y ese conservador austríaco del museo, Adolf Mahr.

Louise se quedó un instante pensativa.

—Sigue existiendo la posibilidad de que la fuente de las filtraciones sean los Scott-Piper. Nicholas dijo que son invitados habituales a sus cenas. Quizá podríamos animarle a invitarlos este fin de semana.

En ese momento, Nicholas y Lady Helen entraron en el salón.

Louise se puso en pie.

—¿Les importaría organizar otra cena e invitar a los Scott-Piper?

—¿Eres clarividente? —dijo Nicholas—. Ya lo he hecho y la he fijado para la noche del sábado.

—A James y a Donald les cayeron bien —añadió Bea—, y me encantaría conocer a Lady Maureen y saber más de su labor benéfica.

—Hemos invitado a varios viejos amigos, incluidos los Wishart, los Cavanaugh y Edward Gwynn, el Provost del Trinity College —concluyó Nicholas.

Capítulo 27

Miércoles, 28 de octubre, Refugio de Gloucester Street

Por la mañana, Louise sugirió dar un paseo hacia el centro. El sol, por fin, brillaba, y todos querían estirar las piernas.

A la altura del Trinity College, Louise dijo:

—Dudo que Bea y yo podamos volver alguna vez a esa lavandería de Gloucester Street. Dicho esto, me gustaría echar otro vistazo al edificio. Llovía cuando fuimos el sábado.

Abrió el plano de su guía Fodor's. Cruzaron el puente Sean O'Casey, giraron a la izquierda y caminaron por Custom House Quay. Al llegar a Amiens Street, torcieron a la izquierda por Buckingham Street Lower. Al doblar a la izquierda en Gloucester Street, se encontraron frente al edificio de ladrillo de tres plantas, tiznado de humo, que albergaba el Monasterio de Nuestra Señora de la Caridad del Refugio. Louise advirtió que todo el recinto estaba rodeado por una verja de hierro con pinchos de casi dos metros de altura. Todas las ventanas tenían barrotes.

Como se estaba volviendo un día suave, decidieron buscar un café u hotel para almorzar. El barrio era pobre, pero, guiándose por su guía de Dublín, Louise dijo que había un pub cercano llamado The Celt. Lo encontraron sin dificultad gracias a la música irlandesa que salía del interior. Tras unas copas y una comida sencilla pero sabrosa, resolvieron volver al monasterio.

Había dejado de llover y, al acercarse al edificio, Louise agarró del brazo a James.

—No te vuelvas ni mires fijamente. Hay un autobús delante de las verjas y unos hombres están subiendo a un grupo de chicas. James, todas las chicas son rubias.

Se fijó en la matrícula y apuntó números y letras en el borde del plano de su Fodor's.

—Hemos visto suficiente. Hay que avisar a Lochlan.

De regreso a The Chase, James llamó a la Garda y pidió hablar con el comisario Cavanaugh. Cuando este se puso al teléfono, James le relató lo que habían presenciado ante la lavandería. Louise le pasó el plano de calles y James leyó la matrícula del autobús.

Tras un par de minutos de silencio en la línea, James dijo:

—Por favor, manténganos informados.

Luego añadió:

—Lochlan cree que tendrá noticias más tarde sobre la propiedad del autobús y llamará en cuanto sepa algo concreto. Recalcó de nuevo que la Garda no tiene jurisdicción sobre las actividades de la Iglesia, salvo en lo que afecte a posibles delitos en lugares públicos, como carreteras o caminos.

—También añadió que O'Brien ha sido detenido e interrogado, junto con aquel agente, Paddy Doyle. Al sargento le han retirado el rango y la pensión y lo han acusado de secuestro con agravantes. Se niega a explicar cómo supo que Louise y Bea estarían en ese lugar y a esa hora, o quién podría haberle ordenado organizar los raptos.

—Lochlan traía además noticias sobre Adolf Mahr. Si recordáis, la semana pasada supimos que Mahr tenía conexiones extrañas con gente de la calle en Dublín. Los equipos de Stalker y Hunter han descubierto que muchos de esos hombres eran ex IRA y habían cumplido condena por delitos violentos. Todos parecen vivir al norte del Liffey, cerca de Sackville Street. Por lo visto, se reúnen con regularidad frente a la Oficina General de Correos. Curiosamente, se ha identificado a Dermot Cassidy, el hombre que te atacó en el museo, como miembro de ese grupo.

Louise guardó silencio unos minutos mientras los demás especulaban sobre la conexión entre Mahr y lo que ya llamaban la banda de la GPO, compuesta por ex soldados del IRA. Al cabo de unos diez minutos, habló por fin:

—Tengo algunas preocupaciones. Para empezar, ¿cómo pudo O'Brien saber que pensábamos almorzar en el hotel Merrion el sábado? Fue allí donde secuestraron a Bea y a mí. Puede que la abadesa del monasterio llamara a alguien para avisar de que estábamos allí y a punto de marcharnos. También es perfectamente posible que fuera cosa de Conlan. Él nos dejó ante las verjas del monasterio. Pudo contactar con alguien y decirle que estábamos allí, y aconsejarle que nos siguiera cuando saliéramos.

Hizo una pausa y planteó una pregunta:

—Donald, ¿Conlan estuvo con vosotros y con James todo el tiempo que estuvisteis en la comisaría de la Garda?

—No tenía nada que hacer dentro, así que esperó en el aparcamiento. Nuestra reunión duró alrededor de una hora, así que sí, tuvo tiempo para buscar una cabina y avisar a sus supuestos compinches. Cuando terminamos en la Garda, Conlan nos llevó al Kildare Street Club. Como íbamos a comer con Aubrey Wishart, le dijimos que regresara a las dos y media para llevarnos de vuelta a The Chase.

—Entonces, Conlan tuvo dos oportunidades para transmitir que habíamos ido a la lavandería de Gloucester Street. Aunque cogimos un taxi en Amiens Street, debieron de seguirnos desde la lavandería hasta el hotel Merrion. Cuando bajamos del taxi, ese coche de alquiler se detuvo enseguida detrás. Donald, ¿te cuadra esa secuencia temporal?

—No solo posible, sino probable —respondió Donald—. Es evidente que os tuvieron bajo vigilancia desde que os dejaron en Gloucester Street hasta que llegasteis al hotel Merrion.

—Ahora parece que Conlan está en el centro mismo de nuestro secuestro —prosiguió Louise—. Si es así, creo que es razonable suponer que también es la fuente de las filtraciones desde The Chase.

—De acuerdo —dijo James—, haré que Nicholas llame a Lochlan para que lo detengan y lo interroguen.

—No, James. Conlan es solo un engranaje menor en la maquinaria de esta conspiración. Hay que vigilarlo para conocer mejor a sus socios. Recuerda que somos espías encubiertos, no la policía. Creo que Hunter y Stalker tienen efectivos para ocuparse de esto. Por la mañana debemos hablar con Lochlan.

Capítulo 28

Jueves, 29 de octubre, Salón de The Chase

Tras el té de la mañana con bollos, Donald llamó a la comisaría de Phoenix Park de la Garda. Se identificó y lo pasaron con Lochlan Cavanaugh. Antes de que pudiera transmitirle sus sospechas sobre Conlan, por el silencio de Donald era evidente que Lochlan lo estaba poniendo al día de los avances de su investigación. Al cabo de unos minutos, le oyeron exponer su análisis del probable papel de Conlan en las filtraciones de información desde The Chase.

Cuando terminó la llamada, Donald volvió al salón de la mañana.

—Lochlan dijo que habían rastreado ese autobús. Pertenece a una empresa local de alquiler de vehículos que lo arrendó por cinco días a un club que planeaba su salida anual. Normalmente, la empresa proporciona un conductor, pero en este caso el organizador dijo que uno de sus socios tenía permiso para vehículos pesados. Presentó su carné HGV como prueba y se firmó el contrato de alquiler. Dejaron un depósito importante por daños, además del importe del alquiler.

Louise dijo:

—Sí, pero ¿quién firmó el contrato?

—Aquí es donde se pone interesante. El contrato lo firmó Adolf Mahr. Lochlan ha asignado a Devlin Hunter y a su equipo para detener a Mahr e interrogarlo. Obviamente, ya formaba parte de su investigación, pues la Garda estaba al tanto de la conexión entre Mahr y Smythe. Además, la Garda ha reunido más pruebas de los vínculos directos de Mahr con bandas callejeras de Dublín.

Louise interrumpió:

—¿Y qué le pareció nuestra hipótesis sobre el papel de Conlan en las filtraciones desde The Chase?

Antes de que Donald pudiera responder, oyeron sonar el timbre de la puerta principal. Roake condujo a tres hombres hasta el salón de la mañana. Casey Stalker y dos de sus detectives de paisano mostraron sus credenciales a Nicholas.

—¿En qué puedo ayudarle, inspector Stalker?

—Quisiéramos hablar con su chófer, Liam Conlan.

—Roake, trae a Conlan.

Roake regresó a los pocos minutos.

—Mis disculpas, general. En este momento no parece estar atendiendo a sus deberes.

—Entonces encuéntralo, hombre. Es urgente.

Tras una breve espera, Roake volvió.

—He mirado en su cuarto. La cama no está deshecha.

Nicholas preguntó:

—Siendo primos, debe saber algo de su familia.

—Por supuesto. Sus padres y dos hermanos viven frente a la Oficina General de Correos de Sackville Street, en un piso de Gardiner Row.

Stalker lo anotó en su cuaderno y los tres se marcharon.

Después de almorzar, Louise convocó una reunión para recapitular el estado actual de las investigaciones. Pidió a sus anfitriones que asistieran.

Cuando los seis estuvieron acomodados en el salón, Louise comenzó:

—Nicholas y Helen, quería que oyeran esto porque parte de lo que voy a decir afecta a su casa. Resulta que ha habido filtraciones de información clasificada desde The Chase. El culpable es casi con certeza Conlan. Parece que se ha enterado de nuestros progresos en esta investigación y ha desaparecido. Hay ahora una orden de detención contra él, así que me temo que tendrán que contratar a otro chófer. Antes pensaba que podía haber más implicados en estas fugas, y aquí incluía a sus amigos, los Scott-Piper. Por el momento, podemos suponer que son lo que parecen: nacionalistas irlandeses con una simpatía mal encauzada hacia la Alemania nazi. Lady Maureen pertenece a algunas organizaciones nacionalistas extremas aquí en Dublín, pero parece que no está conectada con las dos alertas de seguridad principales. Me refiero al ataque que sufrí la semana pasada en el Museo Nacional de Irlanda y a las filtraciones de información clasificada del FO desde The Chase. Roake no ha hecho más que ayudar, así que sugeriré, con cautela, que deje de ser una persona de interés.

—Su invitado a cenar, Adolf Mahr, es otro asunto. La Garda y G2 han averiguado que es el presidente de una organización nazi con sede en Dublín, la NSDAP/AO. Curiosamente, también se relaciona con varios antiguos soldados del IRA. Desde hace tiempo, la Garda lo tiene en su lista de vigilancia y ahora pretende llevarlo a declarar. Por desgracia, parece haberse esfumado. No ha ido al museo en días y su esposa y su familia no lo han visto desde el fin de semana pasado.

—Stalker y Hunter encabezan sus dos equipos para registrar la zona alrededor de la GPO de Sackville Street. Allí, al parecer, hay una fuerte presencia de exmiembros del IRA. No puede ser casualidad que también sea donde vive la familia de Conlan y donde, cabe presumir, se esconde. Un juez del Tribunal Superior ha emitido órdenes de registro generales y los agentes de la Garda están haciendo pesquisas casa por casa.

Dirigiéndose a Nicholas y Helen, Louise añadió:

—Puede que no lo sepan, pero una de nuestras tareas en Irlanda es investigar una posible conexión entre los asilos de Magdalenas y la trata de chicas irlandesas hacia Baviera como parte del programa nazi llamado Lebensborn.

—¿Lebensborn?

—Se traduce como "Fuente de Vida" o "Manantial de Vida". Fundado por Heinrich Himmler, su objetivo es producir niños arios para poblar Alemania y también los países de Europa oriental una vez conquistados o anexionados. En los dos últimos años, los nazis han establecido hogares para dar a luz a miles de bebés en el norte de Europa, particularmente en Escandinavia. Para ello, obviamente necesitan madres; de ahí el secuestro de muchachas jóvenes rubias, vírgenes y libres de enfermedades. A comienzos de este año ayudamos al MI5 a desmantelar su programa británico. Las autoridades han rescatado a decenas de chicas y detenido a docenas de operativos nazis y colaboradores locales. Gracias a la información suministrada a la Comisión Internacional de Policía Criminal, otros países europeos están intentando desarticular las operaciones de Lebensborn. Como Irlanda es neutral, ha optado por no integrarse en la CIPC. Creemos que las lavanderías de Magdalenas están suministrando jóvenes rubias a Lebensborn.

Nicholas bufó.

—Seguro que no. La Garda lo impediría al instante.

—Aunque estas lavanderías están autorizadas y subvencionadas por el Estado, la Garda no tiene jurisdicción sobre ninguna de las propiedades o instituciones de la Iglesia católica. Esto incluye sus hogares de madres y bebés, las lavanderías de Magdalenas, los orfanatos, los manicomios y los asilos de trabajo. Todas están exentas de pagar tasas municipales de Dublín. Como organizaciones sin ánimo de lucro registradas, tampoco pagan impuestos sobre la renta en Irlanda. Ayer vimos a un par de docenas de chicas rubias siendo escoltadas a un autobús frente a esa lavandería de Gloucester Street. En este momento, la Garda está rastreando el vehículo para averiguar adónde llevó a esas muchachas.

Capítulo 29

Viernes, 30 de octubre, Dermot Cassidy

Mientras desayunaban, oyeron sonar el teléfono del vestíbulo. Roake entró en la estancia.

—General, el comisario Cavanaugh está en la línea y desea hablar con usted.

Nicholas se levantó y atendió la llamada. Al regresar, se sentó a la cabecera de la mesa y alzó el tenedor con la mano derecha. Permaneció inmóvil, mirando el beicon con huevos, el tenedor suspendido sobre el plato.

Por fin habló:

—Han encontrado un cadáver. Lo tiraron en un contenedor junto a Diamond Park, al norte del Liffey. Añadiré que no está lejos de la GPO de Sackville Street, donde me dijeron que se reúnen con frecuencia antiguos miembros del IRA. El cuerpo no ha sido identificado. Estaba desnudo y presentaba signos de tortura, incluidos dedos rotos y quemaduras de cigarrillo en la cara y los genitales. Además, le habían reventado las rodillas. El forense estatal ha determinado que ninguna de esas lesiones fue posterior a la muerte.

Louise dejó la servilleta sobre su desayuno a medio terminar, se levantó y fue hasta la ventana delantera. Se quedó unos minutos mirando la entrada.

Cuando volvió, dijo:

—Si ése era el cuerpo del agente del MI6 con el que debía reunirme en el museo, es evidente que lo torturaron para que revelara la hora, el lugar y los protocolos del encuentro. Lochlan debe concertar otra entrevista con Dermot Cassidy. Cuando lo detuvieron se enfrentaba a unos meses de prisión. Ahora queda implicado en un delito capital. James, llama a G2 y sugiere que Lochlan tome una foto del rostro del cadáver y la envíe por mensajería nocturna segura a

Sir Hugh Sinclair en el MI6. Si el cuerpo era el de su agente en Dublín, Cassidy pasa a ser persona de interés en una investigación por asesinato.

James salió de la habitación y llamó a la sede de la Garda. Cuando le pasaron la llamada, transmitió las sugerencias de Louise.

Al regresar al comedor, dijo:

—Lochlan tenía sospechas similares sobre el cadáver. Ya ha enviado una foto al MI6 y espera una respuesta por teléfono seguro en el plazo de una hora.

Mientras la familia se preparaba para el almuerzo, volvió a sonar el teléfono.

Nicholas atendió. Cuando regresó al salón, dijo:

—Lochlan dijo que Sir Hugh ha confirmado que el cadáver era el de su agente en Dublín. Ha sacado a Cassidy de su celda y está a punto de interrogarlo en lo que ahora es una investigación por asesinato.

Una hora más tarde, Roake entró en el salón.

—General, el comisario Cavanaugh está en la línea.

Nicholas salió al vestíbulo y volvió a los pocos minutos.

—Lochlan le comunicó a Cassidy que quedaba acusado de asesinato con premeditación o, como mínimo, de complicidad en un delito capital. En el primer caso se enfrentaría a la horca y, en el segundo, a cadena perpetua en la cárcel de Kilmainham sin posibilidad de libertad condicional. A partir de ahí, ya no hubo quien lo parara. Cassidy delató a todo el que conocía por cada delito que él y sus compinches habían cometido. En cuanto al asesinato del agente del MI6, facilitó los nombres y direcciones de dos hombres que lo contrataron para atacar a Louise. Hunter y su equipo los detuvieron de inmediato para interrogarlos. Se han mantenido herméticos sobre el asesinato y la agresión a Louise. Ambos eran veteranos del IRA y está resultando difícil quebrarlos.

James dijo:

—Así que ha habido un resultado positivo de la agresión a Louise, aparte de la tortura y el asesinato de nuestro homólogo irlandés.

Louise negó con la cabeza.

—Dado que Cassidy conocía los protocolos del encuentro, el asesinato del agente del MI6 tuvo que ocurrir antes del ataque en el museo. Supongo que es posible que el agente hiciera algo que lo delatara. Si no es el caso, tendremos que volver a uno de los escenarios iniciales: una filtración en el MI6 o en el Foreign Office. Recuerden que el FO organizó mi misión de mensajería. Eso plantea además la posibilidad de que la filtración procediera de nuestro Consulado en Dublín.

No hubo más llamadas aquella tarde, así que todos decidieron acostarse temprano.

Capítulo 30

Sábado, 31 de octubre, Preguntas retóricas

Louise fue la primera en bajar a desayunar. Se sirvió un tazón de café con leche y se sentó sola, aparentemente absorta en sus pensamientos. Cuando los demás se unieron, pidió una reunión familiar. A James le había parecido que la noche anterior había estado distante, apenas le habló ni participó en sus habituales mimos antes de dormir.

Los seis pasaron al salón de la mañana mientras las dos doncellas recogían la mesa.

Nicholas fue el primero en hablar.

—La cena de esta noche será un asunto más bien reducido. Andamos algo cortos de personal con la desaparición de Conlan. Además de nuestras hijas y sus maridos, hemos invitado a los Scott-Piper, los Cavanaugh, los Wishart y a Edward Gwynn, el rector de Trinity.

Louise ignoró el anuncio de Nicholas.

—He convocado esta reunión para resumir los diversos hilos de nuestras investigaciones. Por favor, no me interrumpan, pero cuando termine agradeceré sus comentarios y propuestas sobre cómo proceder. Empezaré por lo que sabemos como hechos.

—Primero, la estación del MI6 en Dublín ha sido comprometida y uno de sus agentes ha sido asesinado. Fue torturado y, sin duda, reveló detalles de mi cita concertada en el museo: hora, lugar, identidad, diálogo de confirmación y que debía llevar la guía de Irlanda de Fodor en la mano derecha. A mí me atacó un rufián sin importancia llamado Dermot Cassidy. No intentó arrebatarme el paquete que debía entregar, así que podemos suponer que el ataque iba dirigido contra mí personalmente. Es probable que Cassidy cobrara bien por ello, plenamente consciente de que lo detendrían y lo encarcelarían por la agresión. James lo placó, pero los guardias del museo lo habrían retenido de todos modos.

—Segundo, Adolf Mahr es miembro con carné del Partido Nazi y además dirige la NSDAP/AO aquí en Dublín. En apariencia es una asociación social de austríacos y alemanes expatriados. No se le ha visto en días, no se ha presentado a su trabajo en el museo y su esposa no tiene idea de dónde puede estar.

—Tercero, nuestra familia ha tratado a Cameron Smythe al menos en una ocasión: primero, el pasado octubre en la boda de Bea y Donald y luego la última Navidad en Woburn Hall. Sabíamos que trabajaba para el Foreign Office en Londres y ahora comprendemos que lo trasladaron a nuestro consulado en Dublín. Todos coincidimos en que Smythe era entrometido y trepador. Incluso le preguntó a James por sus funciones en el MI5. Fue una grave ruptura del decoro. Nunca debió estar en posición de saber que James era agente del SIS.

—Cuarto, hemos descubierto un vínculo directo entre Adolf Mahr y Cameron Smythe. Según el maître del Hotel Merrion, Smythe y Mahr almuerzan allí con regularidad. De hecho, los vimos el lunes pasado.

—Quinto, observamos cómo sacaban a chicas rubias del asilo de la Magdalena de Gloucester Street. La Madre Superiora nos dijo a Bea y a mí que era raro que alguna de sus internas regresara a la sociedad. También afirmó que no había plaza para nuestra muchacha hipotética hasta que supo que era rubia. Entonces, de repente, "encontró" sitio. Además dejó escapar que trasladaría a un grupo de sus internas a otra institución al norte de Dublín.

—Sexto, Conlan ha desaparecido. Su familia vive en una zona deprimida al norte del Liffey que, según dijo Lochlan, es conocida por reunir a antiguos soldados del IRA. Es la misma área donde se encontró el cadáver del agente del MI6. Cuando regresamos a The Chase tras el secuestro, Conlan pareció sorprendido y salió de la habitación de inmediato.

—Séptimo, aunque Sir Edward Scott-Piper parece un nacionalista irlandés envejecido y algo trastornado, G2 ha identificado que su esposa, Lady Maureen, pertenece a varias organizaciones cuyo objetivo es establecer vínculos con la Alemania nazi. Esas metas van directamente en contra de la política del Gobierno irlandés de neutralidad ante un futuro conflicto europeo.

—Octavo, y quizá lo más preocupante, ahora sabemos que la Garda ha sido comprometida. El sargento O'Brien, asistente personal de Lochlan, y el patrullero Patrick Doyle participaron en nuestro secuestro.

Louise hizo una pausa, consultó una hoja de folio y continuó:

—Esto me lleva a plantear varias preguntas retóricas:

1. ¿Cuál fue el propósito del ataque en el museo?

2. ¿Quién fue, en última instancia, el responsable de contratar a Cassidy para que me agrediera?

3. Dado que la estación del MI6 en Dublín ha sido comprometida, ¿qué otra información pudieron extraer del agente torturado y asesinado? Ese agente sin duda conocía nuestros vínculos con el SIS y, bajo tortura, pudo revelar que estábamos en Dublín.

4. ¿Es Smythe un activo alemán? Si lo es, ¿cómo está pasando información sensible del FO a Berlín desde nuestro consulado en Dublín?

5. ¿Adónde y con qué fin se trasladó a aquellas chicas rubias desde la lavandería de Gloucester Street?

6. ¿Es Conlan la fuente de las filtraciones desde The Chase?

7. ¿Qué esperaban conseguir secuestrando a Bea y a mí?

8. ¿Qué otra información pudo haber transmitido O'Brien a sus supuestos superiores?

9. ¿Fueron O'Brien y Doyle los únicos agentes de la Garda implicados en el plan del secuestro?

10. Si hubo otros funcionarios de la Garda implicados, ¿hasta qué punto pudo verse aún más comprometida la Garda y transferirse información

sensible a Berlín?

11. ¿Forman todos estos actores parte de una conspiración multifacética para situar a Irlanda bajo el paraguas nazi, ya sea abiertamente en lo político o de forma encubierta infiltrando la Garda y G2? Lo pregunto porque ése era el objetivo del Sturmbannführer Bamler cuando animó a James a unirse al MI5 para convertirlo en un activo nazi.

12. Por último, y quizá lo más importante, ¿debemos prepararnos para que los nazis tomen represalias contra nuestras familias? Sin duda saben quiénes somos. De hecho, han intentado cuatro veces apartarnos de nuestros puestos en el SIS: primero, cuando Mahoney nos encerró en el sótano de Woburn; segundo, cuando Wilhelm Joseph intentó atraer a Bea y a mí a aquella casa de Bourne Way; tercero, cuando James y Donald fueron objetivo durante los Juegos Olímpicos de verano en Berlín; y ahora, dado que es evidente que saben que los cuatro estamos en Irlanda.

Nicholas, Donald y James tomaban notas en sus diarios.

Donald fue el primero en hablar.

—Al formular lo que has llamado preguntas retóricas, ¿puedo suponer que crees tener respuestas para algunas o todas? Déjame abordar unas cuantas. El ataque contra ti no buscaba hacerse con tu paquete; pretendía asustarte. También pretendía dejarnos claro que alguien al mando de una operación irlandesa sabía que somos agentes del SIS. Eso podría significar que tenían alguna idea de nuestros objetivos en Irlanda. En cuanto a quién pagó a Cassidy, presumiblemente fue un grupo irlandés sedicioso, quizá con vínculos con Alemania. Si es así, su objetivo debía de ser eliminar cualquier presencia británica que pudiera poner en peligro sus esfuerzos por alinear a Irlanda con la Alemania nazi. En este punto, Adolf Mahr y la NSDAP/AO son candidatos principales.

Donald hizo una pausa y consultó sus notas.

—Esto nos lleva a Smythe. Estoy seguro de que has concluido que es un traidor y la fuente de las filtraciones desde nuestro consulado de Dublín. Aún no sabemos si fue responsable de la filtración que permitió identificar y capturar al agente del MI6. Eso derivó en el ataque contra ti en el museo. Pero, dado su puesto, desde luego podría estar transmitiendo información del FO a Berlín. Ahora está claro que Conlan es el topo dentro de The Chase. Estar fugado es prácticamente una admisión de culpabilidad. Cuando el ataque en el museo no consiguió que te marcharas de Irlanda, se pusieron desesperados y torpes. He de decir que el plan, bastante lamentable, de secuestrarte a ti y a Bea ni estuvo bien pensado ni se ejecutó con eficacia. Pretendía disuadiros a ti, a Bea y, presumiblemente, también a James y a mí de continuar nuestras pesquisas en Irlanda. De hecho, de no haber escapado, los cuatro habríamos embarcado sin duda en el ferry a Holyhead el fin de semana pasado. El hecho de que el objetivo fueran Louise y Bea implica que quienes manejaban esta operación tenían alguna noción de nuestros trabajos en el MI5 y el MI6.

Louise bufó.

—Por el amor de Dios, Donald, eso es palmario. Los cuatro somos conocidos por la Wehrmacht. Usamos nuestras identidades y pasaportes reales en los dos últimos viajes a Alemania. Es evidente que existen líneas directas de comunicación entre Dublín y Berlín. Una vez más, debemos centrar el foco en Mahr y Smythe.

Donald prosiguió con sus análisis.

—No conocemos qué información pudo pasar O'Brien a los nazis. Corresponderá a la Garda interrogarlo y luego reforzar sus defensas.

Louise interrumpió:

—Donald, estás perdiendo la visión de conjunto al fijarte en los detalles. Aunque Irlanda es neutral en lo político y diplomático, nosotros cuatro nos hemos convertido en catalizadores. Nuestra mera presencia desató sus reacciones extremas porque estábamos interfiriendo con su objetivo principal: colocar de forma encubierta a la neutral Irlanda bajo el paraguas nazi. Por eso improvisaron esos planecillos patéticos para quitarnos de en medio.

—Pero no debemos olvidar nuestra otra directriz principal aquí en Irlanda. El año pasado, en Baviera, descubrimos un vínculo entre los asilos irlandeses y el programa Lebensborn. Por ello, la organización nazi en Dublín necesitaba asustarnos para que no interrumpiéramos su tráfico. Kitty y Betty, las dos jóvenes a las que rescatamos, nos contaron que había decenas de chicas irlandesas rubias retenidas en Heim Hochland. Irlanda era —y sigue siendo, a todas luces— una fuente importante de "criadoras" para proporcionar supuestos bebés arios al Tercer Reich. No necesitan elaborados planes de secuestro, dado que las chicas irlandesas ya habían sido internadas por la Iglesia católica y ahora sabemos que las rubias se vendían al Lebensborn. Recuerden que la responsable de la lavandería de Gloucester Street dijo que no aceptaban prostitutas que pudieran tener enfermedades venéreas y sólo admitían no vírgenes cuando estaban embarazadas de su primer hijo.

—La Madre Superiora prácticamente admitió que su operación estaba guiada por consideraciones económicas. Son empresas comerciales que utilizan mano de obra no remunerada y, legalmente, pueden eludir tasas municipales y tributos estatales. Además parecen dedicarse a vender bebés en adopción. Los nacidos de las muchachas embarazadas a las que se permite entrar en las lavanderías, así como los niños de sus orfanatos y hogares para madres y bebés, se vendían de forma rutinaria a matrimonios adinerados sin descendencia. Aparte de ese negocio de adopciones, ahora hemos establecido que las propias chicas rubias tienen un valor monetario intrínseco. Podían "obsequiarse" al programa Lebensborn a cambio de la compensación pertinente.

Donald preguntó:

—¿Y ahora qué?

—Habiendo identificado los dos objetivos principales de los nazis aquí —acercar a Irlanda a la Alemania nazi como aliada y traficar con chicas rubias hacia Alemania—, debemos concertar con urgencia una reunión con Aubrey. Apuesto a que las jóvenes llevadas en autobús desde Gloucester Street están retenidas en un lugar cercano o quizá junto a la costa. Presumiblemente, su intención es trasladarlas a un buque de bandera alemana que espere fuera del límite de doce millas de aguas territoriales irlandesas. Como G2 tiene atribuciones para vigilar fronteras y tráfico marítimo, lo único que podemos hacer es exponer a Aubrey nuestras sospechas y dejarle el resto.

Donald fue al teléfono, llamó a G2 y finalmente localizó a Aubrey Wishart. Estuvo fuera unos veinte minutos y regresó al salón de la mañana.

—Louise, Aubrey aceptó tu análisis y ha activado una alerta en todos los puertos para Aduanas e Impuestos Especiales. También ha avisado a la Armada irlandesa para que vigile los movimientos de los mercantes alemanes.

La casa, con poco personal, se preparaba para la cena de esa noche. La mesa del comedor ya estaba puesta y Nicholas dijo que había pedido a la Cocinera preparar Dublin Lawyer.

Louise, desconcertada, preguntó qué podía ser.

—Es langosta, whiskey irlandés y nata doble —dijo Nicholas.

—Sí, pero ¿por qué se llama Dublin Lawyer?

Nicholas sonrió.

—Porque con esos ingredientes queda tan rica como un abogado dublinés.

A las 6:30 todos se retiraron a sus habitaciones para vestirse. A las 7:30 se reunieron en el salón para recibir a los invitados. Con cócteles y aperitivos, Louise y Bea charlaron con Edward Gwynn, el rector de Trinity.

En la cena, Bea y Louise se aseguraron de sentarse junto a Lady Maureen Scott-Piper.

Bea abrió el fuego preguntándole por su labor benéfica en Dublín.

—Pertenezco a varias organizaciones cuyo objetivo es mejorar la vida de los menos afortunados que nosotros. Estoy en la junta del Partido de los Trabajadores de Irlanda. Ofrecemos apoyo económico para que nuestros miembros puedan sobrevivir en las calles durante el invierno. Todos son pobres y, dado el clima económico actual, carecen de empleo. La mayoría no tiene hogar, así que proporcionamos comedores y patrocinamos albergues para sacarlos de la calle.

—¿Está involucrada en otros grupos? —preguntó Louise.

—Desde luego. Hay muchos antiguos miembros del Ejército Republicano Irlandés que lo dieron todo por nuestra causa. Como sucede con todos los veteranos, quedan en el olvido cuando termina el conflicto. Les damos de comer, los alojamos y les buscamos trabajo en la medida de lo posible. Patrocino organizaciones de veteranos y también he alentado la fusión entre el viejo IRA y Fianna Fáil. Muchos excombatientes han emigrado porque sus posibilidades de encontrar empleo y una vida nueva en Irlanda son remotas.

—Supongo que la mayoría va a América.

—Algunos sí, otros han encontrado trabajo en otras partes de Europa. Hemos organizado pasaje para varios hacia Alemania, donde hay abundancia de empleo. Los enormes programas de infraestructura del Nacional Socialismo requieren mano de obra para lograr su objetivo de devolver a Alemania su primacía europea de antes de la guerra.

Lady Maureen hizo una pausa.

—Ahora cuéntenme un poco de ustedes.

—James y yo nos conocimos cuando éramos estudiantes en Cambridge. Nos casamos en julio del año pasado. James tiene que ocuparse de la explotación agrícola familiar en Surrey y, juntos, hemos invertido en el viñedo de mi tío en Borgoña. Por fortuna, ahora somos padres y los gemelos nos tienen ocupadísimos. Fuera de eso, nada emocionante que contar.

—Donald y yo nos casamos en noviembre, y ahora tenemos una niña —dijo Bea.

James seguía conversando en voz baja con Lochlan y Donald charlaba con Aubrey. Louise comprendió que tendría que esperar al final de la velada para saber si habían averiguado algo que pudiera afectar sus doce preguntas.

Hacia medianoche, la mayoría de los invitados ya había regresado a sus casas. Los Cavanaugh y los Wishart se quedaron para una última copa de oporto; sus chóferes de la Garda habían cenado con el resto del servicio.

Roake entró en la estancia.

—Con el permiso del general, hay un caballero en la puerta que desea hablar con el comisario Cavanaugh.

Lochlan se levantó y siguió a Roake hacia el vestíbulo. Cuando volvió, no venía solo.

—Creo que todos conocen al inspector detective Devlin Hunter.

Nicholas invitó al agente a sentarse y le ofreció un trago de Jameson. Hunter declinó.

—Sigo de servicio, general.

—¿Qué lo trae a buscarme pasada la medianoche de un domingo? —preguntó Lochlan.

—Los equipos de Stalker y el mío creemos haber resuelto el caso. Estaba seguro de que querría conocer los detalles antes de que se entere la prensa.

—Todos aquí están al tanto de las distintas investigaciones —dijo Lochlan—, así que puede hablar con libertad.

—Permítanme dar los detalles en orden cronológico para que se entienda la naturaleza del avance.

Hizo una pausa para consultar su cuaderno.

—El sábado por la mañana, localizamos al propietario del charabán que recogió a las chicas en la lavandería de Gloucester Street. El grupo que alquiló el autobús aportó su propio conductor, pero la empresa de alquiler tomó los datos de su licencia a efectos del seguro. Lo trajimos para interrogarlo y, tras unas horas —en las que le advertimos de posibles cargos por delito grave—, nos dio la ubicación donde dejó a sus pasajeros. También nos proporcionó datos del grupo que alquiló el vehículo. La organización se hacía llamar Partido de los Trabajadores de Irlanda.

Louise se puso en pie para captar la atención de Lochlan.

—Perdón por interrumpir, pero esta noche estuve hablando con Lady Maureen Scott-Piper. Admitió que no sólo forma parte de esa organización, sino que es su principal mecenas.

—En un minuto explicaré cómo encaja eso con lo que hemos averiguado. En fin, fuimos al lugar donde habían dejado a las chicas. Es un almacén al norte del Liffey. Allí encontramos colchones de crin y vajilla sucia esparcidos por todas partes. No había rastro de las muchachas ni de nadie más. Contactamos con el dueño del almacén, que nos dijo que lo había alquilado por un mes el Museo Nacional de Irlanda. El contrato lo firmó Adolf Mahr.

Hunter hizo otra pausa.

—Hemos intentado entrevistar a Mahr, pero sigue en paradero desconocido. Colgamos su fotografía y descripción en los puertos principales y secundarios. Eso dio fruto a primera hora de esta mañana. El capitán del puerto de Rosslare vio a Mahr, aparentemente negociando con el propietario de un gran pesquero. El capitán del barco lo denunció a la policía local por su marcado acento alemán. Mahr fue interrogado por la Garda de Rosslare, que le preguntó qué hacía allí. Dijo que había ido a reunirse con un colega arqueólogo, cita concertada por su amigo Cameron Smythe. Al parecer, debía celebrarse en un almacén de St Martin's Road. Mahr dijo que la reunión se canceló a última hora y que, al final, él y Smythe pasaron el día junto al mar.

—A raíz de ese interrogatorio, los agentes de Rosslare se pusieron en contacto con nosotros. Con sirenas y luces, condujimos hacia el sur hasta el puerto de Rosslare. Llegamos en menos de dos horas, lo cual debe de ser algún récord. Los equipos de Stalker y el mío cercaron el almacén. Los de dentro se negaron a salir e incluso hicieron unos disparos en nuestra dirección. Tras media hora, asaltamos el edificio y nos hicimos con el control sin que se disparara otro tiro. Diez miembros del Partido de los Trabajadores de Irlanda han sido detenidos y se han incautado varias armas.

—Sí, pero ¿y las chicas? —lo interrumpió Bea.

—A eso iba. En el interior del almacén encontramos a doce adolescentes acurrucadas en un anexo de almacenamiento donde normalmente se guarda pescado. Estaban frías, húmedas y hambrientas. Contacté con Servicios Sociales, que envió un autobús para llevarlas a las oficinas del Consejo de Rosslare, donde se están recuperando. Esta noche serán alimentadas y alojadas en un hostal local mientras intentamos determinar su identidad y hasta qué punto, como ciudadanas irlandesas, se han vulnerado sus derechos civiles. Todas están a salvo y en buen estado, pero muchas se encuentran en estado de shock. Por la mañana, el Ayuntamiento de Rosslare ha dispuesto que las chicas sean llevadas a un hospital local para una evaluación física y mental.

—Me gustaría visitarlas, si se permite —dijo Bea.

—Lo organizaré para mañana por la mañana.

Louise tocó el brazo de su cuñada.

—Bea, iremos juntas.

Hunter siguió de pie.

—En realidad, hemos avanzado aún más. En el Ferrycarrig Hotel, al norte de Wexford, el registro mostraba que un hombre que se hizo llamar Mr Cameron se inscribió como huésped la noche anterior. Ya había hecho el check-out, pero esto podría vincular a Smythe con la conspiración para trasladar a estas chicas a Alemania.

Esta mañana supimos que un pasajero masculino solitario embarcó en un pesquero de Rosslare a primera hora del domingo. El capitán del puerto identificó al propietario del barco. Ahora mismo está en alta mar e ignora las comunicaciones por radio. La Armada irlandesa ha sido enviada a ese sector del mar de Irlanda. Estamos a la espera de su informe.

—Es un progreso enorme —dijo Louise—. Han rescatado a algunas de las chicas y hemos vinculado a Mahr y a Smythe con la conspiración. Él está huyendo, pero no llegará lejos. Tendremos que dejar eso en manos de la Armada irlandesa, la Garda y G2.

—Louise, ¿qué quisiste decir cuando hablaste de que sólo se había rescatado a algunas de las muchachas? —preguntó Donald.

—Ese autobús que vimos salir de la lavandería llevaba al menos el doble de chicas. En algún punto debieron separarlas. Mañana, cuando Bea y yo vayamos a Rosslare, sabremos más después de entrevistar a las rescatadas.

Capítulo 31

Domingo, 1 de noviembre, Rosslare, condado de Wexford

Louise y Bea se saltaron el desayuno y pidieron prestado el Riley para conducir hacia el sur, rumbo a Rosslare.

Nadie en la casa durmió del tirón: el teléfono estuvo sonando casi cada hora durante la noche. En el desayuno, Nicholas seguía con la ropa de etiqueta de la cena y parecía exhausto.

—Los equipos de Hunter y Stalker han sacado múltiples copias de la fotografía oficial de Smythe del Foreign Office —dijo Nicholas—. Están peinando hoteles y casas de huéspedes, pero, aparte de ese hotel donde anoche se registró un tal "Mr Cameron", no han encontrado ni rastro. Están entrevistando a taxistas y a agencias de alquiler de coches. Por el delegado sindical de la rama de Rosslare del Sindicato de Marineros y Trabajadores Portuarios de Irlanda hemos sabido que Smythe alquiló un arrastrero del Atlántico para llevar al menos a una docena de pasajeros al mar de Irlanda y encontrarse con un mercante alemán. El dueño del barco canceló ese contrato porque Smythe cambió la fecha a última hora. Sin embargo, G2 ha sabido ahora que se ha contratado un arrastrero más pequeño para llevar a un único pasajero al mar de Irlanda. La Armada irlandesa está siguiendo todos los movimientos cerca del límite territorial de doce millas. Y añado: se ha alertado a una fragata de la Royal Navy británica, que navega para tomar posición frente a Rosslare.

El resto del día trajo pocas novedades. Al caer la tarde, sonó el teléfono y Roake avisó a Nicholas. Estuvo varios minutos en el vestíbulo y luego volvió al salón.

—Misión cumplida —anunció—. La Armada irlandesa y la Royal Navy cooperaron para interceptar el arrastrero a unas veinte millas de Rosslare. Estaba parado, amarrado al costado de un submarino alemán en superficie. Cuando se aproximaron las dos fragatas, el submarino, identificado como U-26, cerró escotillas, se sumergió y se marchó. Se trasladó a un único pasajero del arrastrero a la fragata irlandesa, que puso rumbo inmediato al puerto de Dublín. Está previsto que atraquen a primera hora del lunes.

—¿Sabemos la identidad del pasajero? —preguntó Donald.

—Se niega a responder.

—Entonces, probablemente sea Smythe. Tengo experiencia interrogando sospechosos. Como Smythe es súbdito británico, voy a solicitar que, como representantes del gobierno británico, James y yo estemos presentes cuando lo entrevisten y lo imputen.

Donald fue al teléfono del vestíbulo y volvió a los pocos minutos.

—Si el pasajero del arrastrero resulta ser Smythe, Aubrey y Lochlan han aceptado que acudamos como observadores a la entrevista. Está programada para mañana a mediodía en la Jefatura de la Garda. Habrá que esperar a que atraque la fragata y usar la foto del consulado para confirmar la identidad del pasajero.

A las 10:00, Louise y Bea llegaron a las oficinas del Consejo del Condado de Wexford, en Rosslare. Aunque era domingo, aquello era un hervidero. Se identificaron como funcionarias británicas y mostraron sus credenciales del SIS al personal del consejo. Bea explicó que formaba parte del consejo de administración de la Chertsey Mother and Baby Home, en Surrey, Inglaterra.

Poco después, Bea se presentó ante el presidente del consejo, que le preguntó el motivo para hablar con las chicas.

—Nuestra preocupación principal es asegurarnos de que las jóvenes están a salvo y en buen estado. En la entrevista, nuestro objetivo será averiguar sus nombres para poder localizar a sus familias.

El presidente consultó con el letrado del consejo. Este aceptó que las entrevistas siguieran adelante, siempre que fueran supervisadas por personal de servicios sociales y por técnicos médicos.

Bea y Louise fueron al albergue cercano donde estaban alojadas las doce chicas.

—Las han examinado médicos y psiquiatras —dijo una enfermera jefe—. El personal sanitario ha confirmado que todas están lo bastante bien como para ser entrevistadas.

Les cedieron una sala privada para las entrevistas. También estaban presentes una médica residente y una alta funcionaria de servicios sociales.

La primera en ser entrevistada se identificó como Caitlin Kelly. Tenía el pelo rubio, largo y ondulado, y unos ojos azules profundos.

—Me llamo Beatrice Hutchinson. Esta es mi colega, Louise Harcourt-Heath. Estamos ayudando a las autoridades irlandesas a identificarlas y a entender en qué circunstancias se encontraron en aquel almacén de Rosslare.

Louise tomó un bloc A4 y empezó a tomar notas. Bea preguntó primero su edad y su domicilio anterior.

—Acabo de cumplir dieciséis y vivo en Muckross Park, en el barrio de Donnybrook, en Dublín.

—¿Tus padres siguen viviendo en esa dirección?

—No lo entienden. Esa es la dirección de la lavandería Magdalena, llevada por las Hermanas de la Caridad. Estoy allí desde hace dos años.

—¿Y tus padres y abuelos?

—Ah, ellos. Supongo que siguen en Dublín. No los he visto ni he sabido de ellos desde que me mandaron con las monjas.

—¿Podrías darnos sus direcciones?

Le dio el nombre de la calle y número de la casa de sus padres y del piso de sus abuelos. Louise consultó su plano de Dublín y vio que ambos vivían al norte del Liffey, cerca de Smithfield.

—¿Qué edad tenías cuando fuiste a Muckross Park? —preguntó Bea.

—Acababa de dejar la escuela, a los catorce. Quería seguir para sacar algún título. El sacerdote que dirigía mi escuela habló con mis padres y les dijo que yo hablaba con chicos de mis clases. Fue una estupidez. Claro que hablaba. Teníamos proyectos conjuntos y compartíamos el recreo. Muchos cantábamos juntos en el coro de la iglesia. Después de eso, mis padres me dijeron que me mandaban con las monjas porque el cura dijo que yo tenía el ojo alegre y que era cuestión de tiempo que me quedara embarazada o me hiciera prostituta. Les dijo que Dios le había hablado y le había encargado salvar mi alma. Firmaron unos papeles y me enviaron a Muckross Park.

—¿Cómo era allí? —preguntó Louise.

—Trabajábamos turnos de diez horas, seis días a la semana. Nos daban de comer dos veces al día, una papilla tibia, y recibíamos instrucción religiosa mañana y tarde. Al llegar, nos ponían nombres religiosos nuevos. Algunas mujeres mayores solo tenían un número. Nos quitaron la ropa y nos dieron este uniforme raído.

—¿Cuántas chicas había a la vez?

—Calculo que unas cien. Dormíamos en un dormitorio común y no teníamos nada de intimidad. Era muy vergonzoso porque muchas estábamos con nuestros primeros periodos. Las monjas nos humillaban por manchar la ropa y las sábanas.

—¿A alguna chica le permitían volver a la sociedad?

—Eso era raro. Las únicas que salían eran, como yo, rubias. Todas las demás chicas y mujeres se quedaban allí siempre.

—¿Qué tipo de trabajo hacían?

—Lavábamos la ropa a mano, planchábamos camisas y pantalones, y lavábamos manteles de restaurantes y servilletas de lino. Las monjas presumían de varios clientes. Tenían contratos con el Ejército y la Marina irlandeses y con distintos departamentos del Servicio Civil. Inspeccionaban nuestro trabajo y, si no era perfecto, nos castigaban. Había que tener especial cuidado con los contratos del gobierno. La Madre Superiora decía que pagaban bien.

—Hablando de pagar, ¿qué salario recibían?

—Está bromeando. ¿Para qué querríamos dinero? Las ventanas tenían rejas y no nos permitían salir del edificio.

—¿Cómo trataban las monjas a las chicas?

—Si se nos caía una prenda o derramábamos agua en el suelo, nos azotaban con una vara. A algunas chicas incluso las rapaban.

—¿Y abuso sexual?

Caitlin vaciló y respondió con timidez:

—Algunas monjas se buscaban favoritas y las invitaban a sus habitaciones. Había incentivos, porque teníamos jornadas más cortas y mejor comida.

—¿Y hombres?

Caitlin miró sus manos y echó a llorar. Bea la abrazó hasta que pudo continuar.

—Cada pocas semanas, seleccionaban a varias para recibir "dirección espiritual" con un sacerdote o con algún amigo del sacerdote. Había un dormitorio especial para eso. Las elegidas nos avisaban, porque tenían que prestar favores sexuales a los hombres y, en muchos casos, soportar el coito. En mi tiempo, varias chicas se quedaron embarazadas. Daban a luz en Donnybrook y, al mes más o menos, volvían al trabajo. No volvían a ver a sus bebés. El rumor era que los daban en adopción.

Louise y Bea sospechaban un régimen severo, quizá con abusos físicos; no habían imaginado ni por un momento una explotación sexual institucionalizada. Caitlin estaba descompuesta al relatarlo.

Louise le dio las gracias por su ayuda y le dijo que intentarían, mediante sus contactos, localizar a sus parientes.

—Si te ves con fuerzas, ¿puedo hacerte una pregunta más?

Caitlin asintió.

Louise sacó un papel con los nombres de las cuatro irlandesas que Kitty y Betty habían identificado en Heim Hochland.

—¿Llegaste a conocer a alguna de estas chicas: Siobhan Walsh, Niamh O'Connor, Saoirse Nolan y Saivin O'Farrell?

Caitlin sonrió.

—Las conocía a todas. Eran un par de años mayores y se fueron hace unos dos años. Yo supuse que habían vuelto con sus familias o que, al cumplir los dieciséis, las mandaron al mundo real a buscar trabajo —y añadió con timidez—, y novios.

Bea se levantó y abrazó a la asustada muchacha, que preguntó:

—¿Qué va a ser de mí?

—Te lo prometo —respondió Louise—: nosotras y el gobierno irlandés velaremos por ti. Buscaremos a tus parientes, y si no quieren saber nada, Beatrice y yo nos aseguraremos de que encuentres trabajo, un lugar donde vivir y que jamás tengas que volver a las duras condiciones de la lavandería.

—No pueden confiar en el gobierno irlandés —replicó Caitlin con amargura—. Han permitido que existan esas condiciones y hasta les dieron dinero a las lavanderías por limpiar sus uniformes, su ropa interior sucia y su ropa de cama.

La siguiente chica entrevistada dijo llamarse Ciara Byrne.

—Ciara, ¿dónde vivías en Dublín? —preguntó Bea.

—Ay, no, señora, no soy de Dublín. Nací y me crié en Limerick. Me sacaron de la escuela cuando tenía trece años y me enviaron a la lavandería Magdalena del Buen Pastor, justo al sur de O'Brien's Park. Estuve allí casi tres años. La semana pasada, el día que cumplí dieciséis, me mandaron a esa lavandería de Gloucester Street. Me quedé allí un par de noches y luego a un grupo de nosotras nos llevaron en autobús a un almacén. A los pocos días nos separaron y a doce nos llevaron a Rosslare. Nos dejaron tiradas en ese almacén de pescado.

—¿Qué pasó con las otras chicas?

—Quizá sigan en ese almacén de Dublín.

—¿Cómo fueron esos tres años en la lavandería del Buen Pastor?

—Duros, con palizas y más cosas. Las monjas imponían un estricto código de silencio, así que ni siquiera podíamos hablar con nuestras amigas mientras trabajábamos. Trabajábamos diez horas al día, sin descanso ni siquiera en el día del Señor.

Bea preguntó:

—¿Alguna de las chicas volvió a la vida normal?

—Las chicas rubias a menudo se iban a los pocos meses. Otras, a las que habían golpeado mucho, las llevaban a la enfermería y nunca volvían al trabajo. No sé qué fue de ellas.

—¿Y en cuanto a los abusos sexuales?

Ciara hizo una pausa.—Así que ya saben de eso. Era habitual que a algunas nos llevaran a una habitación especial para estar con hombres; algunos decían ser sacerdotes. Otros admitían ser comerciantes locales. Teníamos que realizar actos sexuales con ellos. Era repugnante. Eran viejos gordos. A las chicas rubias nunca nos obligaban a llegar hasta el final, pero otras me dijeron que a ellas las violaban de verdad.

—Nos estamos haciendo una idea de la vida dentro de estas instituciones. Voy a prometerte a ti y a todas las chicas aquí que nos aseguraremos de que podáis volver a una vida normal y, con el tiempo, olvidar esta experiencia terrible y la pérdida de vuestra infancia.

Ciara se levantó, hizo una reverencia y les dio las gracias por haberla rescatado.

Esperaban terminar las diez entrevistas restantes hoy. En una pausa para el almuerzo, Louise llamó a James a The Chase.

—No volveremos esta tarde, porque aún no hemos terminado aquí. Hemos descubierto que el grupo que iba en ese autocar fue dividido. Aquí hay doce chicas, pero ¿quién sabe dónde estarán las demás? Por lo que vimos, en el autobús había al menos el doble.

La imagen que surgió de las entrevistas del resto de las chicas fue muy similar. Algunos provenían de dos instituciones separadas en Dublín: Donnybrook y Gloucester Street. Otros dos vinieron de las lavanderías The Good Shepherd Magdalene en Limerick y otro de Waterford. Una de las niñas venía de una lavandería de Cork dirigida por las Hermanas de la Caridad. Otro vino de Irlanda del Norte. Fue transportada hacia el sur desde la lavandería de las Hermanas del Buen Pastor en Ormeau Road, Belfast. Louise aceptó que solo habían descubierto una muestra de lo que podrían ser miles de niñas y mujeres en Dios sabe cuántas otras lavanderías. Todas las niñas denunciaron duras condiciones y abuso sexual. Al igual que con sus entrevistas anteriores, quedó claro que las niñas tenían que proporcionar favores sexuales a los sacerdotes o a sus amigos, pero las niñas rubias no eran sometidas a violación. Aparentemente, eso estaba reservado para los demás.

Esa tarde, Bea y Louise fueron al comedor de su hotel. Pidieron que las sentaran en un rincón tranquilo para discutir lo que habían averiguado.

Los puños de Bea estaban apretados. —Es obvio, las chicas rubias se guardaban como vírgenes para ser vendidas al programa Lebensborn. No puedo imaginar lo que sería tener trece o catorce años y ser sometida a este tipo de abuso físico, mental y sexual.

Louise asintió. —Debemos rescatar y luego proteger a estas chicas. De las entrevistas de James y Donald a las familias de dos de las chicas de Heim Hochland, parece que no les servían de nada y las consideraban almas perdidas.

—En realidad, me he encontrado con situaciones similares en mi orfanato de Addlestone. En un pequeño número de casos, la familia y los parientes vivían cerca pero no estaban dispuestos a aceptar a las chicas en sus hogares. En su mayoría, era por razones económicas. Podría haber otras explicaciones, como disputas familiares o que temieran que parientes varones intentaran aprovecharse de las chicas huérfanas. Cualesquiera que fueran las circunstancias, mis chicas necesitaban amor, orientación, educación y cuidados para que pudieran volverse lo suficientemente fuertes como para entrar en la sociedad a los dieciséis.

Cuando regresaron a su habitación, Louise dijo que prepararía un baño y se pondría lista para dormir. Una hora después, salió en camisón y se sentó al pie de la cama de Bea.

—He estado pensando en las lavanderías. No solo las chicas rubias necesitan nuestra ayuda. Están todas las demás chicas que son, en la práctica, esclavas. Es más, debe de haber cientos, si no miles, de mujeres que fueron internadas en esas instituciones hace años. Trabajan turnos de diez horas solo por comida y un techo. Todas necesitan nuestro apoyo.

—¿Qué podemos hacer? No somos irlandesas. La Garda dijo que la Iglesia católica, y por lo tanto las lavanderías y las demás instituciones católicas, son prácticamente autónomas y están fuera del control del Estado.

—Para lo que estoy a punto de sugerir, tendremos que hablar con nuestros maridos. Estoy segura de que Nicholas y Helen estarían dispuestos a ayudar. Están bien posicionados en la sociedad irlandesa y tienen docenas de amigos influyentes que podrían respaldar lo que voy a proponer.

—Estoy segura de que la familia de Donald y la nuestra aportarían si lo que buscas es respaldo financiero.

—Esa es solo una parte. Lo primero que debemos hacer es usar todos los medios disponibles para publicitar los abusos que ahora sabemos que existen dentro de las lavanderías y posiblemente dentro de otros asilos católicos también. No requerirá mucha investigación, ya que Nicholas dijo que la participación de la Iglesia en las lavanderías es bien conocida entre los irlandeses. El problema es que nadie ha estado dispuesto a enfrentarse al poder y la riqueza de la Iglesia católica. Nicholas dijo que los barones de la prensa irlandesa son muy de derechas, sus editoriales son tanto antiinglesas como, en consecuencia, procatholiques. Esa es una buena política si quieres vender periódicos y publicidad. Si los periodistas de investigación no aceptan el desafío, podríamos lanzar nuestro propio periódico de gran formato para distribuirlo en las esquinas por gente que contratemos. Estoy segura de que los sin techo y los desempleados, abandonados por la sociedad irlandesa, estarían encantados de aceptar esta tarea. Podrían hacer algo positivo para desafiar las normas sociales que los han dejado atrás. Podríamos llamar al periódico gratuito algo como el Irish Issue. Cada edición semanal podría nombrar y avergonzar a una de las numerosas instituciones dirigidas por la Iglesia y respaldadas por el Estado. Aquí incluyo las lavanderías, los hogares para madres e hijos, los asilos, los orfanatos y los manicomios. Debe de haber docenas de estos repartidos por el Estado Libre Irlandés y en el norte. Publicitaríamos las condiciones de trabajo esclavistas en las lavanderías, además de insinuar los abusos sexuales. Podríamos pedir a los lectores que proporcionen información anónima sobre otras lavanderías y otras instituciones propiedad de la Iglesia y operadas por ella. Podríamos recopilar una lista de los nombres de las chicas y mujeres que han sido puestas al cuidado de la Iglesia. También podríamos cubrir otros temas relevantes para los irlandeses sin hogar e impoveridos.

—Sí, pero ¿qué podemos hacer por las chicas y las mujeres mayores que siguen atrapadas en las lavanderías?

—La campaña de prensa es solo el primer paso. Después, debemos contratar a un equipo de abogados, procuradores y detectives privados irlandeses para investigar y catalogar todas las instituciones católicas subvencionadas por el Estado. Idealmente, podrían intentar localizar al menos a algunas de las chicas y mujeres que han sido arrojadas a ese atroz sistema de lavanderías.

—Pero ¿cómo averiguaremos algo sobre ellas? Esa Madre Superiora se negó a revelar cualquier información sobre sus internas.

—Bea, olvidas que ahora tenemos a doce chicas que vienen de dos lavanderías de Dublín, de otras tres en el sur y de una de Belfast. Es imprescindible que nuestras abogadas las entrevisten para que nos den los nombres y quizá más detalles de las otras chicas y mujeres que conocieron mientras trabajaban allí. Para que eso ocurra, deben estar protegidas e instaladas en un alojamiento seguro. Aquí es donde entramos nosotras. Propongo que tú y yo compremos un hotel en Dublín.

—Piensas a lo grande, desde luego. Eso será caro, ya lo sabes.

—Dudo que los hoteles estén haciendo su agosto cuando ya vamos por el sexto año de una depresión mundial. Mañana, cuando volvamos a Dublín, iremos a ver a algunas inmobiliarias y pondremos todo en marcha. Estoy segura de que James apoyará este plan y sospecho que tu Donald también. Juntas hablaremos con Nicholas y Helen para calibrar su reacción. James puede llamar a Humphrey y Dorothy para presentarles nuestra propuesta.

—¿Por qué crees que mi hermano estaría de acuerdo? Ya está comprometido económicamente con la gestión de Woburn y con el viñedo borgoñón.

—Voy a contarte algo que nunca he compartido con nadie. El pasado octubre, le cuestioné a James los gastos considerables asociados a su propuesta de ayudar a Christina Sherman a montar su consulta dental. Sus palabras exactas fueron: «Tener medios impone responsabilidad». Esa declaración me convenció de unirme a él en sus iniciativas benéficas.

—Estoy segura de que Donald y su familia ayudarán, pero tendremos que presentarles nuestros planes.

—Aún no he terminado. Una vez rescatemos a las mujeres y a las chicas, no solo necesitaremos alojarlas, también habrá que darles formación básica. Muchas no terminaron la escuela y no tienen habilidades para sobrevivir en la sociedad actual. Correrían el riesgo de recurrir a la prostitución para salir adelante en la calle. Propongo que nuestro hotel se convierta en una academia residencial donde ofrezcamos educación al mayor número posible de internas de las lavanderías que logremos localizar. Sería una organización sin ánimo de lucro, exenta de impuestos, y se daría a conocer para animar a las mujeres a inscribirse en los cursos. Dado el pobre régimen alimenticio y los abusos físicos que han sufrido, deberíamos considerar montar una clínica médica en el hotel para tratar y orientar tanto a las chicas como a las mujeres mayores.

—Louise, hablas en serio. ¿Cómo llamaríamos a este instituto?

Louise sonrió.

—Cuando era estudiante de grado en Newnham College, Cambridge, James me invitó a una cena en King's. Allí conocí a Allen Beville Ramsay, el director de Magdalene College. Por lo visto, Ramsay fue alumno de King's y se graduó justo después del cambio de siglo. James lo conoce bien y entre los dos esperamos convencerle del valor de prestar el apoyo nominal del College a nuestra academia. Magdalene College, Cambridge, es colegio hermano de Magdalen College, Oxford. Sé que esto puede requerir largas negociaciones, quizá con una donación importante a las campañas de becas de ambos colleges. Si todo sale bien, podríamos llamar a nuestra nueva institución residencial La Academia de Irlanda para Mujeres. Bajo ese rótulo, podríamos añadir que cuenta con el patrocinio de Magdalene College, Cambridge, y Magdalen College, Oxford, con la leyenda: Se aceptan solicitudes. Incorporar el nombre Magdalene sería un dedo en el ojo para la Iglesia católica irlandesa.

—Te das cuenta de que mi Donald sacó first en Lenguas Modernas en Magdalen College, Oxford.

—Lo había olvidado. ¿Puedes pedirle ayuda para conseguir su respaldo?

—Por supuesto. Louise, esto será caro, pero yo me apunto. Estoy segura de que podremos recaudar fondos entre irlandeses, angloirlandeses y británicos. Una vez que la gente conozca los abusos sistémicos en las lavanderías y que tenemos un plan para rescatar a las mujeres, contribuirán con gusto. Con los contactos de Nicholas en el gobierno irlandés, espero que al menos podamos obtener su aprobación tácita a nuestra campaña y quizá incluso ayuda económica local.

—Bea, el presidente del Consejo de Rosslare nos dijo que las chicas estarán alojadas, alimentadas y a salvo por el momento. Mañana, a primera hora, les informaremos de que cuidaremos de ellas en Dublín.

CAPÍTULO 32

LUNES, 2 DE NOVIEMBRE, PHOENIX PARK

Tras hacer el registro de salida del hotel, Bea y Louise regresaron al albergue de Rosslare.

Convocaron una reunión en el dormitorio común para tranquilizar a las doce chicas y asegurarles que se harían arreglos para alojarlas en Dublín. Volvieron a reunirse con el presidente del Consejo de Rosslare y confirmaron que, dentro de la semana siguiente, asumirían plena responsabilidad por las muchachas. A las diez en punto ya iban por la carretera costera de vuelta a Dublín.

A la misma hora, Donald y James tomaron un taxi hasta la Jefatura de la Garda en Dublín. Se reunieron con Lochlan Cavanaugh y Aubrey Wishart para debatir la estrategia de las entrevistas de ese día. Lo primero que supieron fue que se había confirmado que Cameron Smythe era el pasajero del pesquero. Smythe y Mahr habían sido formalmente advertidos de sus derechos y ambos contrataron de inmediato a abogados para que los asesoraran sobre su derecho a no autoincriminarse. Aubrey dirigiría la entrevista con Smythe, por considerársele una amenaza para la seguridad nacional. Lochlan sería el principal interrogador de Mahr, por tratarse de un residente legítimo en Irlanda. Como comisario de la Garda, era su responsabilidad impedir un posible terrorismo interno, así como las eventuales infracciones de la ley irlandesa.

Dado que se encontraban en la Jefatura de la Garda, Lochlan decidió hablar primero con Adolf Mahr.

—La fecha de hoy es 2 de noviembre de 1936. La hora, las diez y treinta y cinco de la mañana. Estoy realizando esta entrevista preliminar en la sala número 23 de la Jefatura de la Garda en Dublín. Mi nombre es Lochlan Cavanaugh. Soy el comisario de la Garda Síochána. También están presentes el coronel Aubrey Wishart, jefe de G2, la Dirección de Inteligencia Militar (Irlanda); Donald Hutchinson, jefe de la sección de Alemania del MI6 del Servicio Secreto de Inteligencia británico (SIS); y James Harcourt-Heath, un operativo senior del SIS, sección MI5.

—La persona entrevistada es Adolf Mahr. Está representado por su abogado, Patrick Cadogan, del despacho dublinés A&P Stanley. A mi izquierda hay una grabadora de hilo magnético. Haremos pausas para cambiar la bobina, que tiene una capacidad de treinta minutos. He solicitado al señor Mahr y al señor Cadogan que respondan verbalmente a todas las preguntas y no con asentimientos o negaciones de cabeza, de modo que la grabación refleje con exactitud sus respuestas.

—Señor Mahr, indique su nombre completo, fecha de nacimiento, edad, lugar de nacimiento, raza, religión, nacionalidad, domicilio y empleador actual.

Mahr respondió con un marcado acento alemán:

—Mi nombre es doctor Adolf Mahr. Nací el 7 de mayo de 1887. Tengo cuarenta y nueve años y nací en Trento, en el Imperio austrohúngaro. Actualmente vivo con mi esposa y nuestros cuatro hijos en el 37 de Waterloo Place, Dublín. Fui criado como católico, pero la religión no me importa en exceso. Soy ciudadano austríaco y tengo permiso de residencia permanente en Irlanda. En mi pasaporte figuro como miembro de la raza aria: significa que no hay sangre judía mancillada en mi familia, cuya ascendencia ha sido rastreada hasta comienzos del siglo XVIII. Estoy empleado por el Gobierno irlandés como director del Museo Nacional de Irlanda.

—Entendemos que también es el jefe de la organización nazi que recluta miembros fuera de Alemania, en este caso, en el Estado Libre Irlandés. Su título oficial es Ortsgruppenleiter del Partido Nacionalsocialista Obrero Alemán (NSDAP/AO). Esa organización es para miembros en el extranjero, de ahí las siglas AO, que remiten al compuesto alemán Auslands-Organisation.

—Así es. Ocupo ese cargo desde hace varios años.

Intervino el abogado de Mahr:

—Como sin duda saben, la presencia y actividades de esa organización es perfectamente legal en Irlanda. No es más que un club social donde residentes germanoparlantes pueden reunirse para mantener tertulias intelectuales en su lengua materna. No pueden ni deben inferir nada de la pertenencia de mi cliente.

—Señor Cadogan, le agradezco su aportación. Me limitaba a confirmar información de contexto que mis agentes ya han recabado de testigos. Hasta que usted lo ha mencionado, ni siquiera había considerado establecer conexión alguna entre esa organización y nuestras pesquisas actuales.

El abogado bajó la vista hacia su bloc jurídico y no añadió nada.

Lochlan prosiguió:

—Señor Mahr, desde hace aproximadamente una semana hemos intentado concertar una entrevista con usted. Su esposa nos dijo que no tenía idea de dónde se encontraba.

—Estaba supervisando la excavación de un yacimiento vikingo en Ballinderry, condado de Westmeath. Un grupo de antropólogos de élite de Harvard mostraba las técnicas de excavación más modernas para preservar todos los datos y conocimientos pertinentes. Antes de mi llegada a Irlanda, los arqueólogos de museo se limitaban a recoger baratijas para las vitrinas, perdiendo gran parte del contexto de la sociedad que pretendían estudiar.

—¿Por qué no informó a su esposa de que estaría fuera?

—Eso no es de su incumbencia. Además, nunca se interesa por mi trabajo. Solo se preocupa por su música y por nuestros cuatro hijos. Para ella, soy una distracción irrelevante. La arqueología está por encima de cualquier otra cosa. Siempre soy el primero en llegar y el último en irme del museo. A menudo me quedo hasta altas horas de la madrugada y, en ocasiones, duermo en un sofá de mi despacho.

—¿Cuáles son sus opiniones sobre el pueblo judío?

De nuevo interrumpió el abogado:

—Esa pregunta carece de pertinencia. De hecho, le sugiero que acuse formalmente a mi cliente de inmediato o que lo ponga en libertad con disculpas.

—Me temo que la entrevista está en su fase inicial y aún queda terreno por cubrir. Preguntaba porque varias personas a las que hemos interrogado han sugerido que es antisemita. Podría ser relevante dado su vínculo con el Partido Nazi, que sostiene idénticas creencias.

Mahr dijo:

—Todo el mundo sabe que los judíos buscan la dominación mundial. El judaísmo internacional es una conspiración que destruirá el mundo civilizado si no se detiene.

El abogado posó la mano sobre el antebrazo de su cliente para frenarlo. Volvió a exigir que el comisario explicara la pertinencia de esa línea de preguntas.

Lochlan aprovechó para interrumpir la entrevista y cambiar la bobina de la grabadora. Después, deslizó una hoja por la mesa.

—Señor Mahr, ¿reconoce este documento y es esa su firma?

El abogado se lo arrebató antes de pasárselo a su cliente. Era el contrato de alquiler del almacén de Dublín donde se retuvo a las chicas tras ser trasladadas en autobús desde el refugio de Gloucester Street.

—Esa es mi firma. Lo alquilé para el almacenamiento temporal de algunos de los hallazgos recogidos en las excavaciones de Ballinderry. Mi personal debía ordenar, etiquetar y catalogarlos antes de trasladarlos al sótano del museo.

—Sigamos. ¿Reconoce este segundo documento y es esa su firma? —le pasó el contrato de alquiler del charabán, firmado la semana anterior.

—También es mi firma. Alquilé ese autobús en nombre de mi organización NSDAP/AO para una excursión que estábamos planificando esa semana.

—Me resulta curioso. La empresa de alquiler nos informó de que el autobús fue contratado en nombre de una organización llamada The Workers' Party of Ireland. ¿Qué puede decirnos al respecto?

Mahr vaciló, miró a su abogado y respondió:

—Verá, es sencillo. El Partido de los Trabajadores se ofreció amablemente a pagar el alquiler. Primero utilicé ese autobús para llevar a unos hombres desempleados a mi excavación en el condado de Westmeath. Necesitábamos hombres fuertes para retirar toneladas de capa superficial antes de alcanzar el nivel del asentamiento de época vikinga. El museo les paga por su trabajo.

—¿Y sobre el destino final del autobús? Entendemos que los miembros de su NSDAP/AO planeaban ir a Malahide para pasar un largo fin de semana. ¿Pensaba usted unirse a ellos?

—Estoy demasiado ocupado. En los últimos tres veranos he alquilado una casa grande en Malahide para mí y mi familia. El propietario es un amigo que la arrienda para financiar sus viajes a Baviera a ver a su familia. Malahide es una localidad costera con playas de arena blanca. Pensé que a mis amigos del NSDAP les gustaría la zona, aunque no sea época de baño. Hay restaurantes, cafés y paseos marítimos para disfrutar.

—¿Puede darnos la dirección de esa casa?

—4 de Millview Road, Malahide, condado de Dublín.

—¿Le sorprendería saber que, cuando inspeccionamos el almacén que usted alquiló supuestamente para sus hallazgos arqueológicos, no encontramos más que platos sucios, colchones de crin, mantas y prendas desechadas de ropa femenina?

—Eso es imposible. Aunque nunca fui, mi personal estaba a cargo de catalogar los descubrimientos. No puedo explicar lo que dicen haber hallado ni ayudarles más. Quizá deban entrevistar a mis empleados. Como director del museo firmo numerosos contratos para mantenerlo en funcionamiento.

El abogado de Mahr se puso en pie.

—Comisario Cavanaugh, con el debido respeto, ¿puedo sugerir que haga su trabajo antes de hacernos perder el tiempo? Debería haber interrogado ya al personal de mi cliente antes de presumir que cualquier papel que firma es relevante y que insinúe la culpabilidad en algún delito todavía no especificado. Como sabe, el señor Mahr no ha sido acusado y todo lo que han insinuado es pura especulación.

Lochlan ignoró la intervención y continuó:

—¿Ha conocido usted a Cameron Smythe? Es un diplomático del Foreign Office destinado en el Consulado británico de Merrion Square Park.

—Almorzamos varias veces por semana en el Hotel Merrion, porque está cerca de nuestras oficinas. Nos conocimos allí el año pasado y disfrutamos de la compañía mutua. A él le interesa la arqueología, y a mí me gusta conversar con él para mejorar mi dominio del inglés. Me cuesta seguir los toscos acentos dublineses. Además, la cocina del Hotel Merrion es excelente y supone un respiro agradable en mi ajetreado día. Fuera de eso, no hemos tenido relación social ni profesional alguna.

—Dado que su última afirmación se formula bajo juramento, ¿puede decirme qué hacía usted con Smythe el fin de semana pasado en Rosslare? Smythe fue detenido en un pesquero en el mar de Irlanda en una operación conjunta de las marinas irlandesa y británica.

—Me expresé mal. Cameron me invitó a Rosslare para presentarme a un arqueólogo que actualmente trabaja en el British Museum. Dijo que lo había conocido cuando estuvo destinado en Londres y que ese caballero había realizado investigaciones independientes sobre asentamientos vikingos en Wexford.

El abogado volvió a interrumpir:

—Creo que aquí hemos terminado. Mi cliente ha sido franco, ofreciéndoles explicaciones claras sobre sus movimientos en los últimos diez días. A menos que tengan algo concreto con lo que acusarlo —aparte de conjeturas y sospechas infundadas—, les sugiero que presenten al señor Mahr una sincera disculpa por la perturbación causada a su vida, su reputación y su trabajo esencial para el Gobierno irlandés.

Lochlan miró a Aubrey, Donald y James; los tres negaron con la cabeza, indicando que no tenían más preguntas.

—Señor Mahr, le agradezco su tiempo y paciencia, y le pido disculpas por cualquier inconveniente. Si de nuestra parte surgieran más cuestiones, confío en que se pondrá a disposición para una entrevista posterior.

El abogado de Mahr asintió y, consciente de que se grababa, dijo:

—Por supuesto, pero la próxima vez hagan los deberes y no nos hagan perder el tiempo.

Frente al micrófono, Lochlan añadió:

—Esta entrevista queda suspendida. La hora es las once y quince de la mañana, 2 de noviembre de 1936.

Cuando Mahr y su abogado se marcharon, Lochlan dijo:

—Tiene explicaciones claras para la documentación. Además, está bien conectado en Irlanda. El presidente Éamon de Valera es mecenas de las artes y un conocido cercano de Mahr tanto en lo social como en el ámbito artístico. Sería un desastre político acosarlo sin un caso sólido que presentar ante los tribunales.

James dijo:

—Parecía bien preparado. Su abogado seguramente vio venir esto y estaba listo para cualquier andanada. Hemos aprendido algo que quizá Mahr no pretendía revelar: ha admitido viajes frecuentes a esa casa de alquiler en Malahide y que su propietario es alemán. Mahr la alquila para las vacaciones familiares, pero ahora sabemos que la NSDAP/AO también la ha utilizado. Lochlan, ¿cree que fue un desliz y que debería investigarse esa casa?

—Más tarde. Primero quiero entrevistar a Cameron Smythe. La he programado para las dos y media de esta tarde.

Tras un almuerzo ligero en el comedor de la Garda, los mismos interrogadores se reunieron en la sala 23. Dado que Smythe es ciudadano británico, Aubrey Wishart actuó como entrevistador principal. Aubrey, James, Donald y Lochlan Cavanaugh se sentaron a un lado de la gran mesa de roble; al otro, estaban Cameron Smythe y su abogado.

Aubrey comenzó formalmente:

—La fecha es 2 de noviembre de 1936. La hora, las dos y treinta y cinco de la tarde. Estamos realizando esta entrevista preliminar en la sala de reuniones 23, segunda planta, de la Jefatura de la Garda en Phoenix Park, Dublín. Como esta entrevista está siendo grabada, ruego respondan a todas las preguntas de forma verbal.

Tras presentar a todos los presentes de su lado de la mesa, Aubrey pidió al abogado de Smythe que se identificara. Entregándole su tarjeta, dijo:

—Mi nombre es Jonathan Fitzpatrick. Soy abogado colegiado y también barrister. Soy socio principal del bufete James Duncan Solicitors, que ha defendido a clientes inocentes desde poco después de que su reina Victoria ascendiera al trono.

Aubrey comenzó:

—Señor Smythe, indique su nombre completo, fecha y lugar de nacimiento, edad, religión, nacionalidad, domicilio actual y empleador.

—Mi nombre es Cameron Aloysius de Montfort Smythe. Nací en Grosvenor Square, Londres, la Noche de Guy Fawkes de 1898. En tres días cumplo treinta y ocho. Soy británico y miembro practicante de la Iglesia de Inglaterra. Estoy alojado en un piso de alquiler, el B del número 12 de Fitzwilliam Lane, en el South Georgian Core, a unas calles del Consulado británico donde trabajo. Mi cargo es secretario adjunto del Foreign Office. Por las tensas relaciones actuales entre nuestros dos gobiernos, soy el funcionario británico de mayor rango destinado en Dublín. Reporto directamente al Alto Comisionado, que reside en Londres. Nos comunicamos por teléfono seguro y valija diplomática cuando surgen asuntos sensibles. Es protocolo del Foreign Office añadir que, por razones de seguridad nacional, no se me permite responder a preguntas posteriores.

Aubrey replicó:

—Donald Hutchinson y James Harcourt-Heath disponen del máximo nivel de habilitación de seguridad del Gobierno británico. Sus respuestas serán consideradas información privilegiada conforme a las leyes británica e irlandesa. Lo mismo rige para mí, como jefe de G2, y para Lochlan Cavanaugh, comisario de la Garda Síochána.

El abogado de Smythe intervino:

—¿Podemos ir al grano? Todos somos personas ocupadas con trabajos importantes. Ninguno desea perder el tiempo en una especie de caza de brujas emprendida por funcionarios irlandeses contra un diplomático acreditado de otro Estado soberano.

—De acuerdo. ¿Puede decirme qué hacía a bordo de un pesquero a veinte millas náuticas del puerto de Rosslare ayer, 1 de noviembre?

—Pescando, por supuesto. ¿Puede imaginar otra cosa que hacer en un pesquero en mitad del mar de Irlanda?

—¿Conoce a Adolf Mahr?

—Almorzamos varias veces por semana en el Hotel Merrion. Ambos trabajamos cerca y trabamos amistad en el último año. ¿Hay algún problema?

—Ninguno, salvo que usted es un alto funcionario del Foreign Office y Mahr es el líder de una organización nazi aquí en Dublín.

—Vaya, no tenía la menor idea. Nunca hablamos de política. Me interesa la historia antigua y Mahr es su hombre en culturas vikingas y celtas.

En ese punto, el abogado de Smythe intercedió:

—Seguro que no pretende insinuar culpabilidad por asociación cuando se trata de una relación meramente social.

—Nada de eso. Solo tratamos de establecer una cronología de los movimientos de su cliente. Tengo entendido que ya conocía a Donald Hutchinson y a James Harcourt-Heath.

Smythe asintió. Aubrey le pidió que respondiera de palabra.

—Salía con la hermana de Donald, Florence. Ambos trabajábamos para el Gobierno británico y tuvimos unas cuantas citas. Ella era una recién llegada al Home Office y yo tuve la amabilidad de ayudarla a familiarizarse con los protocolos de sus funciones. En realidad, no congeniamos. La encontré inmadura y veleidosa, pero afortunadamente tenía un apetito sexual saludable.

Donald se puso en pie con los puños cerrados. Aubrey le dirigió una mirada que le indicó que no interviniera.

—Por lo que recuerdo, pasé una Navidad terriblemente aburrida con la familia Harcourt-Heath en Surrey. Eran un grupo de cursis pomposos. Decidí que lo mejor era salir de esa relación y la dejé casi de inmediato.

Aubrey se levantó para cambiar la bobina de hilo magnético.

—¿Conoce o ha conocido a alguno de los siguientes: Harriet Pennington, Max Kingsley-Paige o William Joseph?

Smythe se removió en la silla antes de contestar:

—A ver. Creo que Pennington y Kingsley-Paige también son funcionarios británicos. He tenido contactos sociales ocasionales con ambos en los últimos años. Hemos coincidido en fiestas navideñas y en reuniones hípicas patrocinadas por la Administración, como las Thousand Guineas y el Saint Leger. No tengo constancia de ningún William Joseph. Suena a nombre bastante común. Es perfectamente posible que lo haya visto en mis funciones oficiales o en algún evento social. Debo decir que el nombre no me suena.

—Estoy seguro de que se le ha informado de que los tres formaban parte de una célula traidora dentro de departamentos del Gobierno británico. Actualmente están en prisión preventiva sin fianza, a la espera de juicio.

Donald rozó el brazo de Aubrey, que asintió.

Tras el comentario de Smythe sobre su hermana, Donald decidió intentar un farol, ya que nadie allí podía desmentirlo.

—He interrogado a los tres mientras permanecen en prisión preventiva. Quizá le sorprenda saber que cada uno, de forma independiente, ha dado su nombre como cuarto miembro superviviente de una célula que copiaba y fotografiaba documentos clasificados. Sir Hugh Paget Sinclair, jefe del MI6, me ha enviado a Dublín para interrogarle en relación con el robo de documentos clasificados. Como sabrá, la traición es un delito capital castigado con la horca o con reclusión sin posibilidad de libertad condicional. Le formulo ahora cargos formales por traición y le detengo en nombre de Su Majestad. Permanecerá en un calabozo de la Garda hasta que los tribunales irlandeses aprueben los trámites de extradición.

El abogado de Smythe se puso en pie:

—La traición queda fuera de mi competencia. Debo renunciar a seguir representando al señor Smythe. Buenos días, caballeros.

Lochlan dijo:

—Señor Fitzpatrick, no tenga tanta prisa. Su cliente también afronta varios cargos domésticos bastante graves: en concreto, secuestro y conspiración para secuestrar a menores.

—¿Puede concretar?

—Por supuesto. Tenemos testificales que sitúan al señor Smythe implicado en el traslado de doce menores desde un almacén en el centro de Dublín hasta Rosslare. Contamos con testigos que confirman que, junto con otra persona, trató de alquilar un pesquero en Rosslare con la intención de entregar a esas chicas en un encuentro con un submarino alemán fuera de las aguas territoriales irlandesas. Además, hemos sabido que un número similar de menores fue llevado a otro lugar todavía desconocido. Si su cliente colabora con nuestras pesquisas, estoy seguro de que los magistrados irlandeses verán con buenos ojos su cooperación al valorar tanto la gravedad de los cargos como las penas. Debo añadir que, en Irlanda, los cargos domésticos tienen prioridad. Si es hallado culpable, será recluido en la prisión de Kilmainham, donde están internados los peores excombatientes del IRA. Dado que todos lucharon contra los británicos, estoy seguro de que les encantará conocer a un diplomático inglés de acento afectado. Si sobrevive a su reclusión y algún día es puesto en libertad, sería inmediatamente extraditado al Reino Unido.

Donald intervino de nuevo:

—Permítame añadir que quizá pueda persuadir a la judicatura británica para que considere mitigar la duración de su condena si su ayuda resulta precisa y útil. En juicio, los cargos se referirían a intentos fallidos de entregar —y posiblemente vender— documentos confidenciales, secretos y ultrasecretos a un gobierno enemigo. Al parecer, ningún documento llegó a manos de los nazis. Si testifica contra Kingsley-Paige, Pennington y Joseph, estaría dispuesto a recomendar una pena leve o incluso un indulto. Entre tanto, quedará en un calabozo de la Garda a la espera de juicio por secuestro.

Añadió Lochlan:

—La Garda también agradecería cualquier ayuda del señor Smythe para localizar al resto de las niñas desaparecidas. Si su testimonio resultara útil, también estoy dispuesto a considerar una reducción de cargos y recomendar una pena menor al magistrado.

Smythe miró suplicante a su abogado, que dijo:

—Caballeros, ¿podría mantener una breve consulta con mi cliente?

Lochlan apagó la grabadora de hilo y dejaron a Smythe y a su abogado en la sala de entrevista. Mientras aguardaban en el despacho de Lochlan, un sargento les sirvió té y galletas.

Diez minutos después, un agente llamó a la puerta: Smythe y Fitzpatrick deseaban reanudar la entrevista. De vuelta en la sala 23, Lochlan cambió la bobina, encendió la grabadora y reanudó formalmente:

—La hora es las tres y quince de la tarde del 2 de noviembre de 1936. —Enumeró a los presentes e invitó al abogado de Smythe a intervenir si él o su cliente deseaban añadir algo.

Fitzpatrick dijo:

—Mi cliente me ha instruido para informar a la Garda, a G2 y al Gobierno de Su Majestad de que desea confesarse de todos los asuntos tratados en la entrevista anterior.

Smythe añadió:

—Nunca quise cometer traición ni implicarme en el plan para secuestrar a esas chicas. Responderé a todas las cuestiones con exactitud y según mi leal saber y entender. Verán, estaba siendo chantajeado por Wilhelm Joseph.

Donald preguntó:

—Antes de entrar en el fondo de su declaración, ¿puede indicarnos la naturaleza de ese chantaje?

—Joseph descubrió que había plagiado mi tesina final de grado en PPE en Oxford. También me facilitó las preguntas del examen de acceso a la Función Pública para que pudiera obtener un sobresaliente. Eso me permitió ascender con rapidez dentro del Foreign Office. Ahora me doy cuenta de que era para que fuera más útil proporcionando información sensible y clasificada a la Abwehr.

Donald prosiguió:

—Aclarado el motivo, queda por saber qué información confidencial y ultrasecreta ha transmitido a Berlín durante su destino en nuestro Consulado de Dublín.

—Solo he recibido informes generales del Foreign Office. Sospecho que Londres es consciente de los riesgos y posibles consecuencias de filtraciones desde Dublín a Berlín. Lo que he proporcionado a Berlín han sido cambios menores en asignaciones operativas de nuestros departamentos en el extranjero; nada de valor estratégico.

—¿Cómo se comunica con Berlín?

—Se me asignó un contacto aquí en Dublín que se comunica con sus superiores de la Abwehr mediante radio de onda corta codificada y segura.

Preguntó Aubrey Wishart:

—¿Está dispuesto a decirnos quién le facilitó ese enlace de comunicaciones?

—Fue Adolf Mahr.

—¿Está dispuesto a revelar el nombre y la ubicación del operador de la radio de onda corta?

—Por supuesto. Quiero ayudar a mi gobierno en todo lo que pueda. Se llama Gerhard Schechter. Es alemán y, al parecer, emigró a Irlanda en torno al cambio de siglo. Me dijo que es dueño de una panadería que elabora un tipo de pan apreciado por la comunidad judía y que no pueden conseguir en los hornos tradicionales irlandeses.

Aubrey se volvió hacia los demás:

—Schechter nos consta como miembro de la NSDAP/AO. Hasta ahora no habíamos logrado vincular a ninguno de sus miembros con actividades ilegales o de traición.

Smythe continuó:

—Me preguntaron por Mahr y sus amigos alemanes. Me dijo que a menudo se van de vacaciones juntos, sobre todo en verano, pero también en otras épocas del año.

—¿Le han invitado a alguna de esas salidas?

—Desde luego que no. No hablo alemán y dudo seriamente que me quisieran allí. Los krauts son muy suyos, ya sabe.

Preguntó Aubrey:

—¿Van a algún lugar de forma habitual?

—Creo que Mahr los lleva a visitar algunas de sus excavaciones. También les gusta ir a la costa para hacer caminatas.

—¿Algún sitio en particular?

—Tengo entendido que los lleva a Malahide, una localidad costera a media hora al noreste de Dublín. Me dijeron que Mahr alquila una casa grande a un alemán casado con una irlandesa.

Lochlan interrumpió la entrevista y se ausentó. Regresó cinco minutos después y volvió a poner en marcha la grabadora.

—Una última pregunta. Antes le pregunté qué hacía en un pesquero a veinte millas náuticas de Rosslare.

—Esperaba escapar a Alemania. Me dijeron que allí me recibirían como a un héroe de la Patria.

—¿Desea añadir algo en su descargo antes de dar por terminada esta entrevista?

—Solo que lamento haberme dejado arrastrar a esta conspiración traidora. Wilhelm Joseph es un individuo rico, poderoso y persuasivo. Además, amenazó con arruinar mi carrera.

Lochlan comentó:

—Parece que eso lo ha logrado usted solito.

El abogado de Smythe dijo:

—Si tuvieran más preguntas, mi cliente me ha asegurado que responderá sin vacilar y con total franqueza.

—Esta entrevista queda suspendida. La hora es ahora las cuatro y treinta y cinco de la tarde, lunes 2 de noviembre de 1936.

Un agente uniformado fue llamado; esposó a Smythe y lo condujo a un calabozo del sótano.

James preguntó:

—¿Por qué interrumpió la entrevista?

Aubrey dijo:

—Cuando salí, localicé a Hunter y Stalker. Ellos y sus equipos ya van camino de Malahide. Como está cerca de Dublín, espero tener más información en el plazo de una hora. Se hace tarde. Propongo que volváis a The Chase mientras Lochlan y yo decidimos nuestro siguiente paso.

Tras la cena, sonó el tirador de la puerta. Roake hizo pasar a Lochlan Cavanaugh y a Aubrey Wishart. Les acompañaban los inspectores Hunter y Stalker.

Nicholas dijo:

—Uníos a nosotros para el postre y quizá una copa de oporto.

Lochlan se lo agradeció:

—La verdad es que no hemos probado bocado desde el mediodía.

Hunter y Stalker aceptaron una porción de gâteau de chocolate, pero rehusaron el alcohol: seguían de servicio.

Toda la familia se sentó a la mesa mientras el servicio traía el postre y Nicholas hacía circular el decantador de oporto.

Habló primero Devlin Hunter:

—Esta tarde, hacia las cuatro y media, Stalker y yo, junto con dos equipos de seis agentes armados, llegamos a esa casa de campo en Malahide. Antes incluso de bajar de los coches, se nos abrió fuego con armas automáticas desde la casa y desde los establos. Inmediatamente radié para pedir apoyo a la Garda local. Llegaron diez minutos después. Con un megáfono, el sargento les dijo que estaban rodeados y les ordenó deponer las armas y salir por la puerta principal con las manos en alto. La respuesta fue más fuego a ráfagas con armas automáticas. Los agentes de la Garda devolvieron el fuego apuntando a las ventanas delanteras, que quedaron completamente destrozadas.

—Después hubo una pausa. Algunos de los defensores debieron salir por una puerta trasera. Rodearon la casa por ambos lados disparando ametralladoras. Lo anticipamos y colocamos agentes armados parapetados tras los coches. Disparamos y abatimos a todos los que intentaron atacarnos por los flancos izquierdo y derecho. No pasó nada más durante quince minutos. Entonces salió un hombre solo por la puerta principal agitando una servilleta blanca. Casey Stalker lo cacheó, le leyó sus derechos y lo detuvo.

Hunter tomó un bocado de gâteau y recuperó el aliento.

—El hombre que salió se identificó como Murray Malone. Nos consta que fue capitán del 2.º Batallón de la Brigada de Dublín del IRA. Tras hablar con él, ordenó a sus hombres que abandonaran la casa de forma ordenada, desarmados y con las manos en alto. En total, veintidós hombres fueron esposados y arrestados.

Bea preguntó:

—¿Pero encontraron a las otras chicas secuestradas?

—Voy a ello. Al entrar en la casa, descubrimos a doce chicas acurrucadas en el sótano. Por los disparos, estaban aterradas y llorando. Nuestros agentes las escoltaron arriba, al salón. Usé el teléfono de la casa para pedir a nuestra Garda de Dublín que enviara un autobús a recogerlas. Registramos toda la propiedad y confiscamos varias armas, incluidos subfusiles Thompson estadounidenses, así como una remesa de pistolas Luger y Mauser alemanas y varios subfusiles MP-40 —los llamados Schmeisser—. Era evidente que la banda llevaba allí buena parte de la semana por el estado de los dormitorios y el desorden en la cocina.

Louise se encolerizó:

—¡Maldición, Stalker, ¿y las chicas?! Claro que estaban asustadas. ¿Cómo estaban físicamente?

—Lo primero que hice fue llamar al médico de cabecera local. Acudió a la casa y practicó un reconocimiento básico a cada una. Todas estaban aparentemente ilesas, aunque, obviamente, muertas de miedo.

—Al subir al autobús, varias dijeron que tenían hambre. Radié a la Jefatura de la Garda y pedí a nuestras cocinas que prepararan comidas para las doce. Al mismo tiempo, dispuse que, tras cenar, fueran llevadas al Hospital St. James. Pasarán allí la noche y recibirán cualquier atención médica que se considere necesaria.

Bea dijo:

—Confío en que Louise y yo podamos entrevistarlas por la mañana.

—Lo tenía previsto. Pedí a la dirección del hospital que os concedieran acceso y una sala privada para las entrevistas.

Stalker prosiguió:

—Quedan varios cabos sueltos. Creemos que debía de haber, al menos, una persona de nivel superior —o un grupo de exmiembros de células del IRA— que coordinara los secuestros.

James aventuró:

—También es posible que otros mandos de la Garda hayan sido cómplices. Hasta ahora solo conocemos la implicación del exsargento O'Brien y del agente Patrick Doyle en el secuestro de Bea y Louise. Dado que la Garda ha sido comprometida, cabe la posibilidad de que G2 también lo esté.

Lochlan y Aubrey se miraron. Fue imposible discernir el sentido del rápido intercambio de miradas.

Lochlan concluyó:

—A primera hora de la mañana organizaré una entrevista grabada con Murray Malone, el cabecilla del grupo de Malahide. Voy a traer a declarar a Gerhard Schechter, el panadero alemán que era el contacto nazi de Smythe. Y concertaré una segunda entrevista con Adolf Mahr, puesto que fue su casa de alquiler la que se empleó para retener a las chicas secuestradas. Según Smythe, fue el propio Mahr quien lo puso en contacto con Schechter.

Capítulo 33

Martes, 3 de noviembre, Phoenix Park y Hospital St. James

Después del desayuno, Roake llevó a James y a Donald a la Jefatura de la Garda para la segunda entrevista de Adolf Mahr.

En la sala 23 estaban los mismos asistentes de la vez anterior, incluido el abogado de Mahr, Jonathan Fitzpatrick. Este se opuso de inmediato. —Sin duda, ya recorrimos este terreno ayer por la mañana. Mi cliente proporcionó relatos exactos y verificables de sus movimientos durante el período pertinente.

Lochlan ignoró el comentario del abogado y dio comienzo a la entrevista formal. —Son las 10:35 de la mañana, martes, 3 de noviembre de 1936. Se está realizando una transcripción de esta entrevista mediante una máquina de grabación por hilo. Como antes, todas las respuestas deberán darse en voz alta a fin de producir una reproducción fiel de una transcripción testimonial que pueda aportarse como prueba en futuros procedimientos penales.

—Señor Fitzpatrick, desde nuestra entrevista anterior ha salido a la luz nueva información. Agentes de la Garda de Dublín y de la policía de Malahide han visitado la casa de alquiler del señor Mahr. Allí nos encontramos con treinta hombres armados que abrieron fuego contra nuestros agentes sin provocación. Abatimos a ocho, capturamos y posteriormente detuvimos a veintiún antiguos miembros de la Brigada del IRA de Dublín, entre ellos un tal Murray Malone. También hemos detenido a un hombre llamado Liam Conlan.

—Esta misma mañana, Malone nos dijo que su cliente, Adolf Mahr, le presentó al propietario alemán de esa gran casa en Malahide.

Mahr dijo: —El reverendo Wilhelm Tanner es un amigo íntimo. Siempre busca ingresos de alquiler para financiar sus viajes a Baviera.

—Le preguntaré una vez más y bajo juramento: ¿tiene usted alguna relación con antiguos mandos del IRA de Dublín? ¿Conoce o ha conocido a un hombre llamado Murray Malone, antiguo capitán en la Brigada de Dublín del IRA? ¿Conoce o ha conocido alguna vez a un individuo llamado Liam Conlan?

—Como ya declaré, no tengo conocimiento de ningún miembro del Ejército Republicano Irlandés. Di a uno de mis trabajadores los datos de la casa del reverendo Tanner en Malahide. No recuerdo su nombre. Y, además, no hay absolutamente ninguna razón para que yo trate con un criado de baja categoría en un hogar angloirlandés de Dublín.

Lochlan sonrió. —Yo no he mencionado que Conlan trabajara como criado doméstico.

Mahr farfulló algo acerca de haber hecho una suposición aparentemente infundada. —En cuanto a Malahide, debe comprender que soy uno de varios que alquilan esa casa en todas las épocas del año.

—Una última pregunta. Hemos obtenido una declaración jurada según la cual usted presentó a Cameron Smythe a un alemán llamado Gerhard Schechter. ¿Es cierto?

—Sí. Hace unos meses, Gerhard me acompañó a almorzar al Merrion Hotel. Cameron también se nos unió. Supongo que fue allí donde se conocieron.

El abogado de Mahr dijo: —Señores, creo que hemos terminado aquí. A menos que deseen formular cargos contra mi cliente, exijo de nuevo que lo pongan en libertad, acompañado de sus sinceras disculpas por interrumpir su importante labor para nuestro gobierno irlandés.

Todos asintieron, conscientes de que no tenían cargos concretos que justificaran seguir interrogando.

Lochlan habló al micrófono situado en el centro de la mesa de roble. —Por favor, permanezca a disposición si surgiera nueva información.

Añadió: —Esta entrevista concluye a las 11:04 de la mañana, 3 de noviembre de 1936 —y apagó la grabadora de hilo.

Tras marcharse Mahr y su abogado, debatieron la estrategia. Lochlan dijo: —Ayer supimos que el reverendo Wilhelm Tanner, propietario de esa casa de Malahide, no está disponible para ser entrevistado. Él y su esposa se encuentran de visita con su familia en Ebersberg, un pequeño pueblo a las afueras de Múnich.

—Mañana por la mañana, tenemos previsto interrogar a Gerhard Schechter y a Murray Malone. Ustedes dos pueden volver a The Chase y yo les mantendré informados de cualquier novedad.

Mientras tanto, Bea y Louise habían tomado prestado el Riley y condujeron hasta el St James's Hospital. A las niñas las habían ingresado en una sala normalmente reservada para pacientes geriátricos.

Bea se acercó a la matrona y se presentó junto con Louise. Le explicó la situación, informándole de que aquellas jovencitas estaban entre veinticuatro muchachas que habían sido secuestradas y llevadas a Rosslare y Malahide.

—Ya hemos entrevistado a las doce chicas que se encontraron en Rosslare. Hemos organizado que se las atienda hasta que pueda disponerse un alojamiento más permanente. ¿Puedo preguntar si las doce han sido examinadas por el personal médico, incluidos especialistas en trauma?

—Eso se hizo inmediatamente a su llegada anoche. No presentan lesiones físicas y ninguna ha sido agredida sexualmente. Sin embargo, la mayoría está confusa e incapaz de comprender lo que les ha ocurrido. No nos compete hurgar en sus circunstancias. Eso es asunto de la Garda, dado que han sido víctimas de secuestro.

Bea dijo: —Tengo seis años de experiencia con niñas de orfanato que sufrieron un abandono similar por parte de sus familias. La señora Harcourt-Heath y yo quisiéramos entrevistar a las chicas individualmente para determinar sus nombres, edades y domicilios anteriores. ¿Podría facilitarnos un despacho?

—Pueden usar mi oficina. Una de mis enfermeras acompañará a cada chica a su entrevista.

Bea dio las gracias a la matrona, que parecía una mujer comprensiva, tan distinta de las habituales matronas autoritarias que tratan los hospitales como sus pequeños reinos.

Una enfermera condujo a la primera muchacha al despacho de la matrona. Se presentó como Caitlin Callahan. Hizo una reverencia y luego bajó la vista a los pies. Temblaba y era incapaz, o no quería, mantener el contacto visual.

Bea la invitó a sentarse en la única silla disponible. —Ya hemos hablado con algunas de las otras chicas que iban con usted en aquel autobús desde la lavandería de Gloucester Street. Desde este mismo momento, está a salvo y no volverá a ser colocada en las circunstancias que soportó con las monjas.

La muchacha alzó la vista por primera vez. Esbozó una sonrisa vacilante, pero enseguida pareció preguntarse si aquellas dos desconocidas estaban realmente allí para ayudarla. Era evidente que tenía problemas de confianza tras haber sido engañada, manipulada y controlada por adultos durante gran parte de su corta vida.

Louise comprendía su ansiedad. —Nuestras familias están planeando crear aquí en Dublín una institución residencial en la que las chicas y mujeres atrapadas en el sistema de lavanderías de las Magdalenas puedan adquirir algunas habilidades e incorporarse de nuevo a una vida normal, ya sea aquí en Irlanda o incluso en el extranjero.

Tomaron sus datos de nombre completo, fecha de nacimiento y dirección de sus padres.

Caitlin les dio las gracias, nerviosa, y la enfermera la acompañó fuera.

Las demás entrevistas transcurrieron de forma similar a las de Rosslare. Todas las niñas habían sido raptadas y sometidas a condiciones parecidas a la esclavitud, habían sufrido abusos sexuales y físicos y habían perdido toda esperanza de ser rescatadas para llevar una vida medianamente normal. Dos de las chicas admitieron que habían intentado escapar. La Garda local, siguiendo órdenes del tribunal de magistrados de Dublín, las devolvió al asilo de Gloucester Street. Todas habían perdido su infancia y tanto Louise como Bea sabían que podrían pasar años antes de que recuperaran la confianza suficiente para reinsertarse en la sociedad. Muchas les hablaron de sus sueños de tener un novio, más tarde un marido, hijos y amigas con las que poder ir a bailes y al cine.

CAPÍTULO 34

MIÉRCOLES, 4 DE NOVIEMBRE, SALA Nº 23

Tras el desayuno, Roake llevó a James y a Donald a Phoenix Park para asistir a las entrevistas preliminares de Murray Malone y Gerhard Schechter.

Dos agentes acompañaron a un individuo esposado a la sala 23. Aubrey comenzó: —Murray Malone, lo hemos identificado como antiguo capitán de la 2.ª Brigada de Dublín de lo que ahora se conoce como el antiguo IRA. Tras su disolución en 1922, usted se incorporó al ala militar de Fianna Fáil. Ahora le imputo formalmente el delito de secuestro de doce niñas, así como el intento de asesinato de agentes de la Garda.

—No voy a decir nada a la policía.

—Eso no importa. Por el momento, me limito a exponer los cargos contra usted. Tenemos testimonio jurado de un hombre llamado Liam Conlan según el cual usted transportó a doce niñas desde un almacén de Dublín a una gran casa en Malahide. Se le ha identificado como el jefe de un destacamento de más de dos docenas de hombres alojados en una casa del número 4 de Millview Road, propiedad del reverendo Wilhelm Tanner. Tras un enfrentamiento armado con la Garda de Dublín y la policía local, usted acabó saliendo de la casa con una bandera blanca e indicó a sus hombres que se entregaran a la policía. De allí fue conducido a un calabozo de la Garda, donde quedó en prisión preventiva hasta la fecha del juicio. Si desea asistencia letrada, hoy mismo le asignaremos un abogado de oficio.

—Que os den a todos.

—Sabemos que es usted un maleante de poca monta con un largo historial de detenciones por delitos menores. Esta vez es distinto. Ahora se le acusa de delitos graves, entre ellos secuestro e intento de asesinato. Los cargos podrían reducirse e incluso aplazarse si coopera con nuestra investigación. Para nosotros es evidente que usted recibía instrucciones de una o varias personas situadas más arriba en la cadena de mando. Si nos facilita sus nombres, estoy seguro de poder convencer al juez que presida el caso de aceptar algún tipo de acuerdo de clemencia. A día de hoy, se enfrenta a cadena perpetua. En justicia debo añadir que también hay una investigación en curso por el asesinato de un agente británico cuyo cadáver, con signos de tortura, fue hallado cerca de donde usted vive y donde se reúnen sus ex soldados del IRA. En este momento, testigos de ese asesinato están colaborando con nuestras pesquisas.

—No tenéis nada contra mí. Todo es mierda.

—En realidad, contamos con la declaración jurada de Conlan en la que lo identifica a usted como jefe del pelotón de Malahide. También hemos obtenido declaraciones juradas de que usted acompañó a doce niñas en un autobús de alquiler desde un almacén de Dublín hasta Malahide.

Malone guardó silencio durante varios minutos. —Está bien, me habéis pillado. Recibía órdenes de su sargento Éamon O'Brien. Es todo lo que sé. Si por encima de él había alguien, nunca lo conocí.

Aubrey se levantó, dando a entender que la entrevista había terminado. Tras una pausa, Malone volvió a hablar: —En la Brigada de Dublín teníamos rangos militares. O'Brien se refirió una vez a su jefe como el Mayor. No sé qué significa. Ahora traedme a ese abogado y ya veré lo que tiene que decir.

La entrevista concluyó ahí. Cuando un agente devolvió al preso esposado a su celda, James dijo: —Supongo que no hemos avanzado gran cosa.

Aunque Aubrey había llevado la entrevista, Lochlan fue el primero en hablar. —Esto podría ser serio. Mi segundo al mando aquí en la Garda es el subcomisario Declan Murphy. En Phoenix Park le gusta que le llamen el Mayor. Lo más probable es que sea una pista falsa. Es posible que Malone esté confundiendo los rangos del viejo IRA con algo que ha inventado o malentendido. No hagamos caso de esta posible distracción y centrémonos en lo que sabemos con certeza.

Esa tarde se organizó la segunda entrevista. Gerhard Schechter entró en la sala con su abogado, el señor Seán Ryan. Lochlan procedió como antes, informando a ambos de que la entrevista se grababa para su eventual uso en juicio.

Lochlan comenzó: —Señor Schechter, tengo entendido que nació usted en Alemania y que reside en Irlanda desde hace más de treinta años.

—Así es.

—Tenemos testimonio jurado de que usted, como miembro del NSDAP/AO, ha transmitido mensajes a la Abwehr mediante una radio de onda corta.

—Eso es un disparate. Soy solo un panadero y no tengo contactos con Alemania.

Entonces Hunter entró en la sala de entrevistas y dejó una hoja de papel sobre la mesa. Lochlan la leyó y continuó la entrevista.

—Señor Schechter, mi inspector detective Hunter y sus agentes han obtenido una orden de registro y, hace una hora, han allanado su panadería. En el ático han encontrado una radio de onda corta y notas relativas a numerosas comunicaciones que usted ha mantenido con la Abwehr en Berlín. ¿Desea hacer algún comentario?

Schechter y su abogado pidieron un receso.

Cuando se reanudó la entrevista, Ryan dijo: —Mi cliente desea proponer un acuerdo. Está dispuesto a admitir que mantuvo contacto radiofónico con Alemania, pero temía por su vida si era repatriado a Alemania. Está dispuesto a ayudar a las autoridades irlandesas, pues considera Irlanda su hogar.

Lochlan dijo: —Queda usted detenido por el delito de espionaje. De aquí será conducido a una celda de detención en este mismo edificio. Su juicio probablemente tendrá lugar el próximo año.

Capítulo 35

Jueves, 5 de noviembre, The Grand Hotel

La mañana del miércoles, Bea y Louise intentaron organizar alojamiento para las veinticuatro chicas rescatadas. Louise usó el teléfono de The Chase para llamar a media docena de agentes inmobiliarios. Ninguno conocía un hotel en venta o en alquiler. El último número al que llamaron fue el de O'Hanlon Property Agents, situado en el barrio de Stoneybatter, al norte del Liffey.

Preguntó si tenía en cartera algún hotel en venta. Él dudó. —No, no lo tengo, pero quizá conozca uno. Si pueden pasar por mi oficina mañana por la mañana, se lo explicaré.

Después del desayuno, tomaron prestado el Riley y condujeron hasta la oficina del agente. Allí las recibió un caballero de edad avanzada que se presentó como David O'Hanlon.

Tras exponerle su propósito, el agente dijo: —He contactado con un viejo amigo del colegio, John Flaherty. Es el propietario de The Grand Hotel. Su abuelo lo mandó construir en la década de 1880 y él lo heredó de su padre. Sé de buena tinta que quiere deshacerse del lugar. Tiene mi edad y está más que listo para jubilarse. Técnicamente, ahora mismo no está en el mercado.

Louise dijo: —¿Podríamos conocerlo y visitar la propiedad?

—Ya lo he arreglado para dentro de unos minutos.

The Grand Hotel estaba a solo dos calles. Al franquear las dobles puertas de entrada, Louise advirtió que el vestíbulo era un espacio amplio. Contaba con tres sofás de cuero, cinco mesas con sus sillas de caoba y dos aspidistras de aspecto algo mustio. Observó que, a la izquierda del mostrador de recepción, había aseos de caballeros y de señoras.

Después de que el señor O'Hanlon hiciera las presentaciones, Louise tomó las riendas de la negociación. —Señor Flaherty, mi cuñada y yo deseamos comprar un hotel grande en —perdone la franqueza— una zona de Dublín menos que próspera. Nuestra intención es crear una academia educativa para mujeres que se han quedado sin habilidades ni medios de subsistencia. Somos las patrocinadoras de esta institución benéfica de reciente creación, pero eso no significa que busquemos subsidios gubernamentales como condición para la compra. ¿Tendría la amabilidad de mostrarnos el edificio?

—Desde luego, síganme.

Tras cruzar el vestíbulo, se acercaron al mostrador de recepción, muy en la línea de lo que cabría esperar en un hotel grande. Tenía un largo mostrador de roble y sesenta casilleros para llaves y mensajes. Detrás había una oficina espaciosa con un letrero esmaltado en la puerta: Manager. Contenía un gran escritorio de roble, varias butacas de cuero, dos archivadores de roble y un amplio sofá de cuero. A esa oficina se adosaba un cuarto de baño completo. A continuación les enseñaron dos grandes salones de recepción. Al primero, el señor Flaherty lo llamaba su sala de funciones y al segundo lo describió como el bar salón. Ambos tenían mesas de caoba y sillas "captain's" de tejo. Atravesaron una amplia embocadura hacia el comedor. Era espacioso y podía dar cabida al menos a ochenta comensales. Las mesas y sillas parecían estar en condiciones de uso.

Louise preguntó por el negocio del restaurante. Él dijo: —En estos tiempos difíciles rara vez tenemos más de media docena de clientes por la noche, y eso solo los fines de semana.

Dos puertas batientes dobles daban a la cocina. Louise se sorprendió por el tamaño y la calidad de los equipamientos. Preguntó al señor Flaherty por esa aparente incongruencia, dada la mala situación del hotel.

—Cuando heredé el hotel tras la muerte de mi padre, yo rondaba los cuarenta y tenía planes grandilocuentes. Invertí una buena parte del capital heredado en renovar la cocina y contratar a un chef francés con experiencia. Mi objetivo era convertir mi restaurante en un lugar de referencia en Dublín. Cuando llegó la Depresión, ya imaginará cómo acabó aquello. Permítanme presentarles a mi amigo y chef, Jules Le Pont.

Monsieur Le Pont vestía chaqueta, pantalón, gorro, pañuelo al cuello, delantal y zapatos antideslizantes, todo blanco.

Louise inició la entrevista. —¿Puede contarme algo de usted?

—Soy Chef de Cuisine titulado; hice el aprendizaje en la École Cuisine Paris. Después fui sous-chef en el Hôtel de Sèze, en Burdeos. Tras la devastación de la guerra, los restaurantes franceses no contrataban. En 1921, cuando Irlanda se independizó del Reino Unido, mi esposa y yo decidimos que aceptara un puesto aquí. Todo fue bien durante la década de 1920. El negocio floreció y teníamos clientela habitual de turistas estadounidenses e ingleses, así como irlandeses acomodados y angloirlandeses de Dublín. Todo cambió a partir de octubre de 1929.

—Tengo las dotes para ofrecer platos de Le Cordon Bleu, pero ahora solo sirvo salchichas con patatas fritas o pescado con patatas fritas a la escasa clientela que cruza nuestras puertas. No es como imaginé que sería mi vida después de las ambiciones de juventud.

—¿Qué equipamiento adicional necesitaría para proporcionar comidas diarias a ciento veinte residentes, además del personal del hotel?

El chef reflexionó mientras recorría con la vista su cocina. —Necesitaría más frío industrial, quizá uno de esos nuevos refrigeradores de gas o eléctricos. También me gustaría disponer de más encimeras de preparación, ya sean de acero inoxidable, roble o granito. Algunas ollas y sartenes hay que sustituirlas, pero, en realidad, la cocina es más que suficiente. Por supuesto, precisaría más personal: un sous-chef y quizá media docena de ayudantes para preparar alimentos bajo mi dirección. Tras cada servicio, necesitaría que el personal lavara vajilla, ollas y sartenes y después limpiara toda la cocina.

Louise dijo: —Todas nuestras residentes serán mujeres. Parte de su labor consistiría en formar a algunas en técnicas de preparación de alimentos, puesta de mesa y servicio. Al principio, las comidas serán sencillas, con abundancia de proteínas y verduras. Los postres serán un lujo; me atrevería a decir que no han disfrutado de tal cosa en años. A medida que crezcamos, ¿podría usted proporcionar esas comidas básicas y, además, un menú à la carte para clientes externos?

—Bien sûr, madame. He echado de menos el lado creativo de mi oficio y me encantaría demostrar mis habilidades a todo Dublín. También estaré encantado de transmitir mis conocimientos a algunas de sus residentes.

Louise se volvió hacia Bea. —Podríamos ofrecer servicio de restaurante a clientes de fuera y quizá obtener beneficios para financiar nuestro instituto. Para eso necesitaríamos una carta de vinos y servir otras bebidas alcohólicas, pero eso vendrá más adelante.

A continuación entrevistaron a la recepcionista, la señorita Eileen Cafferty. Pasaba de los cuarenta y parecía conocer bien sus deberes y responsabilidades. El resto del personal incluía dos limpiadoras y dos doncellas que se situaron detrás del mostrador de recepción.

Louise se presentó, junto con Bea, como posibles nuevas propietarias. —¿Estarían dispuestas a seguir trabajando aquí con una nueva dirección? Abriremos para el primer grupo de veinticuatro chicas adolescentes a principios de la próxima semana. Después de eso, esperamos llegar a un máximo de ciento veinte huéspedes femeninas, pero no será hasta dentro de unos meses. Nuestro plan es contar, a la larga, con un pequeño restaurante íntimo para clientes externos.

Todas sonrieron, conscientes de que el trabajo escaseaba y de que no existían planes gubernamentales para salir de la Depresión. También sabían que el futuro del hotel era sombrío, dado que, con el nivel actual de negocio, era evidente que estaba perdiendo dinero.

Después pidieron al propietario que les mostrara los dormitorios y los cuartos de baño. En total, había sesenta habitaciones repartidas en tres plantas. En cada planta había cuatro cuartos de baño completos y ocho retretes independientes. Las estancias de las dos plantas superiores parecían no haberse ocupado en años, aunque cada una estaba equipada con dos camas individuales o con una cama de latón matrimonial. Las habitaciones eran amplias y todas contaban con mesillas, un armario ropero, una cómoda, una mesa de escritura de roble y dos sillas de olmo de respaldos de varillas.

Louise dijo al señor Flaherty: —Las habitaciones de las dos plantas superiores necesitarán redecoración, pero, aparte de eso, todas parecen habitables.

El propietario añadió: —En un cuarto de almacenamiento de cada planta tengo mantas, ropa de cama, toallas y almohadas suficientes para las sesenta habitaciones.

Bea preguntó: —Vi una puerta acristalada que salía del bar salón. ¿Es una zona ajardinada?

—Síganme.

Pasando junto a lo que debía de ser una barra de caoba de unos nueve metros, llegaron a un gran patio descuidado. Había un roble albar adulto y bancos y mesas de teca que podían usarse cuando el tiempo lo permitiera.

Bea dijo a Louise: —Con algo de protección superior, podríamos convertir esto en un restaurante-jardín. ¿Qué te parece?

—Creo que hemos encontrado nuestro instituto. Ahora habrá que acordar un precio, transferir fondos a un banco de Dublín y contratar a un abogado que lleve la escritura y la transmisión de la propiedad. También deberemos localizar a un constructor para que le eche un vistazo y nos asegure que el edificio está en buen estado.

El señor Flaherty oyó sus cavilaciones. —Yo trabajo con el Bank of Ireland. Mi sucursal está a quince minutos. También puedo recomendarles a un buen constructor. Ha hecho trabajos excelentes para mí y para amigos del gremio. Si quieren, les doy su nombre y su teléfono.

Louise usó el teléfono del hotel para llamar al constructor. El señor Stephen O'Henry dijo que no estaba ocupado en ese momento y que podía reunirse con ellas en el hotel en el plazo de una hora. De hecho, llegó veinte minutos después. No iba con ropa de trabajo, sino que vestía traje, chaleco, pajarita y bombín.

Louise dijo: —Señor O'Henry, mi cuñada y yo estamos considerando comprar este hotel para destinarlo a un instituto educativo para mujeres. Querríamos que hiciera una inspección rápida de la propiedad. Busque problemas como goteras en el tejado, defectos de fontanería y electricidad, moho, humedad ascendente, podredumbre seca, podredumbre húmeda, termitas, carcoma de los relojes o presencia de roedores. También querríamos que nos diera un presupuesto para redecorar las habitaciones de las dos plantas superiores.

—Muy bien, empezaré de inmediato. Les tendré un informe estructural y un presupuesto a media tarde.

Louise se volvió hacia el propietario. —Señor Flaherty, ha llegado el momento de hablar de su precio de salida.

—Sé que a este viejo lugar le hace falta un buen lavado de cara para ponerlo a punto. Hice retejar el tejado justo antes de la Gran Guerra, así que debería estar bien. Miren, todos sabemos que el mercado de inmuebles comerciales en Dublín está por los suelos. Ustedes son las primeras posibles compradoras desde finales de los años veinte. De verdad quiero quitarme el hotel de encima. Estoy más que dispuesto a jubilarme y, a diferencia de mi padre y de mi abuelo, a mí el negocio hotelero no me interesa en absoluto. Con eso en mente, pido 3.000 Saorstát Pounds. Es lo que llamamos el Punt. Está vinculado a la libra esterlina en una proporción de uno a uno.

Louise preguntó: —¿Ese precio incluye instalaciones y mobiliario?

—Ese precio es, como dicen, con todo, de cabo a rabo. Lo único que quiero retirar es el retrato de mi abuelo que cuelga sobre el mostrador de recepción.

Aunque a Louise le gustaba regatear y sabía que debía esperar al informe del constructor, el precio le pareció más que razonable dada la amplitud del alojamiento. Además, deseaba cerrar la compra cuanto antes para que las veinticuatro chicas tuvieran un lugar donde quedarse. Ella y Bea estrecharon la mano del señor Flaherty para sellar el acuerdo.

Flaherty añadió: —Si vienen conmigo, puedo presentarlas a mi director del banco.

Quince minutos después llegaron al Bank of Ireland de Lower O'Connell Street. Era un edificio imponente, con columnatas de piedra y una entrada abovedada.

Flaherty habló con el caballero sentado en el mostrador de recepción. Este se levantó de inmediato y pasó a una oficina trasera. Salió un hombre distinguido que estrechó la mano de Flaherty. —John, me alegra verte de nuevo. ¿Qué puedo hacer por ti hoy?

—Permíteme presentarte a la señora Louise Harcourt-Heath y a la señora Beatrice Hutchinson. Acaban de acordar la compra de mi hotel.

El director del banco se presentó como Peter Carmody.

Louise comenzó: —Mi cuñada y yo deseamos comprar, conjunta y solidariamente, The Grand Hotel. Para ello necesitaremos abrir cuentas bancarias y transferir fondos desde Londres. Espero que pueda hacerse hoy mismo, ya que nos gustaría abrir al público a principios de la próxima semana.

—Pasen a mi despacho y nos ocupamos del papeleo.

Una vez sentados, el señor Carmody pidió sus pasaportes. Bea y Louise se los entregaron. Él completó los formularios de apertura de cuentas y se los pasó por encima de la mesa para que ambas firmaran. Les entregó a cada una una tarjeta con su nuevo número de cuenta, junto con el código bancario de doce dígitos para transferencias telegráficas.

Louise dijo: —¿Podría usar su teléfono para contactar con mi agente financiero?

Él le tendió el auricular. Louise consultó su agenda y llamó a un número de Londres. La pasaron con el banco Coutts, junto a Cavendish Square Gardens, en Marylebone. Tras identificarse, pidió hablar con Simon Bingham.

Un momento después dijo: —Simon, buenas tardes. En este momento estoy en Irlanda con mi cuñada, Beatrice Hutchinson. Creo que ella también es clienta suya. Estamos a punto de comprar un hotel en Dublín.

Tras una breve pausa, Louise añadió: —Por favor, liquide una parte de mis valores del Tesoro del Reino Unido, vendiendo suficiente War Loan al 3½ % para reunir 5.000 libras. Quisiera que enviaran el producto mediante transferencia telegráfica a mi cuenta en el Bank of Ireland de Dublín.

Leyó en voz alta el nuevo número de cuenta y preguntó: —¿Cuándo puedo esperar que se liquiden los fondos?

Tras una pausa dijo: —Por supuesto. Hoy es jueves, pero ¿puede asegurarme que estará en mi cuenta para el lunes por la mañana?

Luego pasó el teléfono a Bea.

—Aquí Beatrice Hutchinson. Al igual que Louise, me gustaría reunir 5.000 libras. ¿Podría liquidar parte de mis Consols al 2½ %? Envíe el producto a mi cuenta aquí, en el Bank of Ireland.

Leyó su nuevo número de cuenta bancaria, como ya había hecho Louise.

—¿Puedo esperar también que estos fondos se abonen en mi cuenta el lunes por la mañana?

Asintió y añadió: —Simon, muchísimas gracias. Dé recuerdos a su esposa y a los niños.

Con eso colgó y dio las gracias al director por su ayuda.

Volviéndose hacia el señor Flaherty, Bea dijo: —Si nos vemos aquí el lunes al mediodía, transferiremos 3.000 libras a su cuenta. Ahora lo que necesitamos es encontrar un solicitor que pueda inscribir las escrituras a nombre conjunto de Louise y mío.

El director carraspeó. —El Bank of Ireland es el banco más grande e importante de Dublín. Esos servicios están disponibles en esta sucursal.

Cogió el teléfono y, a los pocos minutos, entró en el despacho un hombre bien vestido, con pajarita, traje de raya diplomática y chaleco rojo. Se presentó como Jeremy Clarke y ofreció su tarjeta de visita a Louise y otra a Bea. En ella constaba que era abogado colegiado especializado en transmisiones de propiedad.

Informado de la compra del hotel, el señor Clarke dijo: —Cuando nos veamos el lunes, el señor Flaherty firmará la transmisión de las escrituras, que se encuentran en su caja de seguridad. La compraventa puede quedar cerrada en el plazo de una hora. En ese momento, ustedes dos serán las propietarias de The Grand Hotel. Aun así, tendré que registrar el cambio de propiedad en el Land Registry. Normalmente, eso podría llevar varios meses, pero hoy por hoy el mercado inmobiliario está prácticamente paralizado. Esperaría que la documentación les llegara en el plazo de una quincena. ¿A qué dirección debo enviarla?

Louise facilitó la dirección postal de The Chase. Se levantó, dando por concluidos los asuntos.

Louise y Bea tomaron un taxi y regresaron a The Grand Hotel para reunirse con su constructor. El señor O'Henry dijo: —Este viejo edificio no tiene gran cosa mal. Se construyó en ladrillo macizo en la década de 1880. El rejuntado exterior y las cinco chimeneas están en buen estado. He encontrado algunos problemas en el cableado y las cajas de fusibles y también hay tuberías de plomo que requieren atención, pues ha habido fugas en las dos plantas superiores. Por fortuna, no ha habido daños por agua. Mi impresión es que el sistema se desconectó hace años. Esas habitaciones necesitan redecoración. El tejado está sólido, al igual que la estructura interior de madera. Tendré que pintar y volver a cordelar algunas de las ventanas de guillotina, pero no he encontrado podredumbre ni infestación de escarabajo. En aquel entonces sabían hacer las cosas y usaban materiales de verdad, no las porquerías que nos venden hoy.

Entregó a Louise un presupuesto desglosado por trabajos. Ascendía a 600,00 libras.

—Miren, sé que es mucho dinero. He incluido la rehabilitación del jardín exterior y la instalación de una cubierta de vidrio con ventanas y puertas acristaladas. Esto es Irlanda y, si piensan usar esa zona, tendrán que contar con la posibilidad de lluvia cualquier día. Les prometo que esta cifra es un máximo. Espero quedar por debajo y solo les cobraré por lo que haga. Dadas las circunstancias, necesitaré un depósito de 100,00 libras para materiales y también una provisión semanal para pagar a mis hombres. Puedo empezar el lunes a primera hora si les parecen bien estas condiciones.

Bea y Louise se miraron y asintieron. Como se habían saltado el almuerzo, decidieron ir al Merrion Hotel.

Entraron en el restaurante y el portero, que las reconoció como las dos señoras secuestradas la semana anterior, las recibió. Pidieron una botella de Moët & Chandon y brindaron por el éxito de su nueva empresa.

Pasadas las cuatro de la tarde regresaron a The Chase. Solo Helen estaba en casa, así que se unieron a ella para el té de la tarde frente a un fuego de turba. Le contaron su compra y los planes para el refugio de mujeres en The Grand Hotel.

—Me impresiona de veras su visión para ayudar a estas pobres criaturas. Nicholas y yo estaremos encantados de apoyar sus esfuerzos. No puedo imaginar qué habría sido de mi vida o de la de mis hijas si nos hubieran esclavizado a los catorce años. Mis dos hijas son muy inteligentes; se licenciaron con honores en química y biología en Trinity. Cursaron tres años más con la vista puesta en hacerse médicas. Sin embargo, al casarse, sus maridos echaron por tierra la idea de que continuaran su formación. Ahora no son más que dos mujeres tontas, acercándose a la mediana edad, con demasiado tiempo libre. Consideran que una jornada de trabajo consiste en ir de compras en busca de las últimas modas.

Bea dijo: —Por nuestra situación en Woburn, siempre me ha atraído la idea de un negocio familiar. Me pregunto si estarían dispuestas a echarnos una mano con el proyecto. ¿Cuándo podríamos verlas para averiguarlo?

—¿Qué les parece el sábado? Es nuestra velada habitual para recibir. Le diré a Roake que haga los preparativos. Sé que vamos algo justos de personal, pero nos las apañaremos.

Mientras tanto, en la Jefatura de la Garda se celebraba otra entrevista en la sala 23. Donald y James se unieron a Aubrey y a Lochlan, que asumió el papel de interrogador principal.

Un agente entró escoltando, esposado, al ex sargento O'Brien.

Lochlan dijo: —Éamon O'Brien, le imputo formalmente múltiples secuestros. Esto incluye complicidad en el rapto de veinticuatro menores, así como organizar y participar en el secuestro y rapto de la señora Louise Harcourt-Heath y de la señora Beatrice Hutchinson. Se le ha despojado de su rango en la Garda y su pensión ha sido anulada. Tiene derecho a que se le asigne un solicitor. Debo advertirle que tengo la facultad de recomendar clemencia en su juicio si hoy está dispuesto a cooperar con nosotros. Mañana será demasiado tarde. En cuanto concluya esta entrevista, remitiré estos y otros cargos pendientes contra usted al Director of Public Prosecutions.

Lochlan bajó la voz. —Mire, Éamon, nos conocemos desde hace más de dos décadas. Cuando juró su cargo, prometió apoyar y defender la República de Irlanda. A título personal, me gustaría entender cómo llegó a violar su juramento.

Éamon bajó la cabeza. —Mi padre fue agente en Dublín. Yo llevo veinte años en el cuerpo; ingresé justo después del Alzamiento de Pascua de 1916. Estoy orgulloso de mi historial de servicio al público y de haber sacado delincuentes de las calles. En el Colegio de la Garda nos inculcaron que existe una cadena de mando inmutable y que los superiores siempre saben más que nosotros sobre cualquier investigación. Mi oficial superior me dio órdenes directas de organizar los secuestros.

Lochlan dijo: —Ha llegado el momento de hacer borrón y cuenta nueva. Como amigo, haré cuanto esté en mi mano para ayudarle en el juicio y en la sentencia. Para poder hacerlo, debe ayudarme. Necesito de veras que me dé el nombre del oficial que le ordenó quebrantar su juramento y cometer delitos contra el Estado y el pueblo de Irlanda.

—Usted es el comisario de la Garda Síochána para toda Irlanda. Fue su segundo al mando, el mayor Declan Murphy. Me tomó bajo su protección y me prometió un ascenso rápido si seguía lo que, según dijo, eran sus instrucciones oficiales relativas a una investigación en curso.

Lochlan dijo: —Le agradezco esa información. ¿Está dispuesto a jurarlo ante un tribunal?

—Por supuesto, pero ayúdeme en el juicio, por favor. Me he deshonrado a mí y a mi familia. Ahora que he dicho la verdad, me he quitado un peso enorme de encima.

Lochlan se puso en pie y abrazó a su antiguo sargento. —De momento tendrá que permanecer en su celda. Autorizaré las visitas familiares en una de nuestras salas de entrevista. También recomendaré que la fianza se fije en una cuantía moderada para que pueda reunirse con su familia hasta que los tribunales señalen la fecha del juicio.

Al salir, dijo al agente de servicio: —Puede quitarle las esposas.

Esa noche, durante la cena, todos pusieron en común lo logrado.

Louise habló primero: —Bea y yo hemos acordado comprar conjuntamente el, por cierto, algo incongruentemente llamado, Grand Hotel, en Halliday Road. Hemos contratado a un constructor local para algunas reformas necesarias. Empezará el lunes por la mañana. Hemos contratado personal para poner el lugar en marcha. También el lunes nos reuniremos con el propietario y firmaremos la escritura de transmisión. Hemos abierto cuentas y transferido fondos a la sucursal principal del Bank of Ireland en O'Connell Street. The Grand Hotel tiene sesenta habitaciones, así que, con el tiempo, podremos alojar hasta ciento veinte chicas y mujeres. No solo vendrían de las lavanderías, sino también de otros lugares de Irlanda. Será un instituto de educación y formación en el que las chicas y mujeres puedan adquirir habilidades y aprender a salir adelante en estos tiempos inciertos. Esto será especialmente importante para las muchachas forzadas a servir antes incluso de dejar la escuela. Espero que, ya el martes por la tarde, podamos organizar el traslado del primer grupo de veinticuatro chicas al hotel.

Nicholas preguntó: —¿Cómo obtendréis el dinero para comprar el hotel, pagar al personal, proporcionar comidas y financiar la mejora?

Bea respondió primero: —Cuando los alemanes torpedearon el Lusitania, James y yo teníamos cinco años y Margie siete. Según el testamento de nuestros padres, he sido beneficiaria, en un tercio, de las rentas de Woburn y de las propiedades familiares en el centro de Londres. Antes de conocer a Donald llevaba una vida tranquila y pude ahorrar. Esta mañana he pedido a mi agente que liquide parte de mis bonos. Louise me lo presentó el año pasado.

Louise añadió: —Soy la única beneficiaria de los testamentos de mis difuntos padres. Murieron en abril de 1912 cuando el Titanic chocó con aquel iceberg. El pasado junio, al cumplir veinticinco años, se extinguió mi trust y el control de la herencia volvió a mí. El capital inicial no es el problema. En el futuro, sin duda necesitaremos valedores para sufragar los gastos operativos.

Nicholas dijo: —Helen y yo nos apuntaremos como vuestros primeros benefactores. Tenemos amigos y contactos políticos que podrían ayudar si necesitarais financiación adicional, o mover algunos hilos para obtener permiso urbanístico para el cambio de uso del hotel.

—Esperamos que no sea necesaria una petición de cambio de uso. Seguiremos explotándolo como hotel y planeamos un restaurante para clientes externos. Cuando lleguemos a plena ocupación, los clientes que deseen hospedarse verán que no tenemos habitaciones libres.

James añadió: —Volviendo a la financiación, contad conmigo. Estoy seguro de que Humphrey y Dorothy estarán encantados de donar. También creo que a mi amigo Norman Paine la idea le resultará atractiva. Ahora está prometido con la gran amiga de Bea, Rose Gregory. Les conocéis de las cenas en Woburn y de nuestras dos bodas. Norman es director en una naviera londinense. Está en buena posición y sé de buena tinta que apoya varias causas benéficas.

Donald añadió: —Hablaré con mi padre. Estoy seguro de que respaldará vuestros esfuerzos para proporcionar refugio a mujeres de todas las clases, orígenes y circunstancias. Tiene amigos y colegas en la Cámara de los Lores con los que puede contar para donar. Le sugeriré que tal vez pronuncie un discurso en la Cámara ofreciendo su apoyo a vuestra institución y proponiendo que el gobierno del Reino Unido siga vuestro inspirador ejemplo y provea para las mujeres británicas sin hogar.

Louise recordó a James: —En cuanto volvamos a Inglaterra, tendrás que concertar una reunión con el rector de Magdalene College, Cambridge; y tú, Donald, prometiste recurrir a tus contactos con el presidente de Magdalen College, Oxford. Queremos su visto bueno para prestar su apoyo nominal a nuestro Instituto de Dublín.

Donald dijo: —Louise, antes de poder hacerlo, tendrás que ponerte a escribir esa propuesta de la que hablaste, para que James y yo tengamos algo concreto que presentar a ambos responsables.

—Hecho y listo. Te la enseño por la mañana.

Volviéndose hacia Nicholas, continuó: —Supongo que la noche del sábado será una fiesta de despedida, ya que nuestro trabajo aquí está casi terminado. ¿Puedo preguntar quién figura en tu lista de invitados?

Helen respondió: —Los de siempre. Nuestras hijas y sus maridos, los Cavanaugh, los Wishart, los Scott-Piper y Edward Gwynn, el rector de Trinity. Vamos algo cortos de personal desde que arrestaron a Conlan.

Justo antes de que la familia se retirara a sus habitaciones, Roake entró en el salón y dijo: —General, tiene una llamada del comisario Cavanaugh.

Cuando Nicholas regresó, comentó: —En realidad, Lochlan también quiere hablar con usted o con Donald.

Donald se levantó y salió al vestíbulo. Cuando volvió, dijo a James: —El comisario nos ha pedido que lo recojamos en su casa mañana a las nueve. Ha concertado otra entrevista con Adolf Mahr, pero esta vez en el museo. Le gustaría que ambos estuviéramos presentes. Este tercer interrogatorio se celebrará fuera de la comisaría, ya que ahora está claro que la Garda ha sido comprometida al más alto nivel. El sargento Éamon O'Brien ha confesado que recibía órdenes directas del adjunto de Lochlan, el mayor Declan Murphy. Es perfectamente posible que haya otros agentes implicados. Lochlan quiere hablar con nosotros dos del alcance y del posible daño de las filtraciones desde el Consulado Británico, así como de los preparativos para trasladar a Smythe con seguridad de vuelta al Reino Unido.

James preguntó: —¿Han detenido ya a ese mayor?

—Se ha esfumado. Ni la esposa de Murphy ni su personal subalterno tienen idea de dónde puede estar. Todos los recursos disponibles, incluidos los equipos de Stalker y Hunter, están intentando localizarlo.

James dijo: —No podemos hacer nada más esta noche, así que vayamos a dormir.

Capítulo 36

Viernes, 6 de noviembre, Hospital St. James

James y Donald tomaron prestado el Riley y condujeron hasta la casa de Lochlan, en Drumalee Road. Ambos habían conocido a su esposa, Francis, en cenas anteriores en The Chase. Ella estaba en la puerta ayudando a su marido con el abrigo y sosteniendo su maletín.

Fueron directamente al Museo Arqueológico para interrogar a Mahr. Como el museo aún no había abierto, había muchas plazas libres en Fitzwilliam Lane. En cuanto se detuvieron, un Austin 10 negro de cuatro puertas se emparejó junto a ellos, bloqueando la calzada de dos carriles. La puerta delantera del acompañante y ambas traseras del Austin se abrieron de golpe. Tres hombres salieron y abrieron fuego. Como aún estaban en el Riley, James, Donald y Lochlan se agacharon y respondieron a los disparos. Entre los tres, lograron abatir a los tres atacantes. Después, el Austin se dio a la fuga.

—¿Qué demonios ha sido eso? —preguntó James.

En lugar de contestar, Donald dijo: —Han alcanzado a Lochlan. No podemos esperar a la ambulancia. Lo llevaré directamente al St James's Hospital.

James indicó el camino. Una vez allí, corrió a Urgencias para traer enfermeros con una camilla. A Lochlan lo llevaron de inmediato al quirófano mientras ellos esperaban en recepción. En el mostrador, Donald mostró sus credenciales del MI6 y pidió usar el teléfono para hacer una llamada local. La enfermera se lo acercó por encima del mostrador.

Cuando Nicholas se puso al aparato, Donald dijo: —Nos han tendido una emboscada frente al Museo Nacional. Han alcanzado a Lochlan. Lo hemos llevado al St James's Hospital. Hubo muchos testigos y conseguimos abatir a tres de los agresores. Imagino que ya habrán avisado a la Garda y que se ha facilitado a la policía la matrícula del Austin 10. ¿Puede avisar a su esposa, Francis?

—Por supuesto. ¿Qué gravedad tiene la herida de Lochlan?

—Aún no lo sabemos. Tenía mucha sangre en el pecho. Lo han llevado directamente al quirófano. Volveré a llamar cuando tengamos más noticias.

—Conduciré el Rolls hasta el hospital para ver cómo está mi viejo amigo.

Nicholas llegó una hora más tarde, justo cuando un médico, con el pijama quirúrgico blanco salpicado de sangre, entraba en la sala de espera.

—¿Cómo va su paciente? —preguntó Nicholas.

—Me complace informarles de que la herida de bala en el hombro es leve. La bala entró en el supraespinoso, que es el músculo del manguito del hombro, y salió sin alcanzar ningún hueso. Tiene dolor y tendrá que llevar cabestrillo unas semanas. Su vida no corre peligro y debería recuperarse por completo.

—¿Podríamos verlo?

—La matrona impone una disciplina estricta. Solo dos a la vez.

Nicholas tomó el mando: —Donald, ven conmigo. James, llama a The Chase y ponlos al corriente.

Una enfermera los condujo a la habitación de Lochlan. Sonreía, sentado en la cama. Tenía vendajes en el hombro y llevaba un cabestrillo blanco.

Nicholas dijo: —Por lo visto, son buenas noticias. Es solo una herida leve en el hombro. James y Donald salieron ilesos porque se protegieron tras la recia carrocería del Riley. Como todos iban armados, según me cuenta Donald, tumbaron a tres de los atacantes. Cuando el conductor vio que se quedaba solo, emprendió una retirada apresurada.

—Antes de salir de casa llamé a su sargento detective, Conor O'Malley, que me puso al tanto del ataque. Los tres hombres a los que dispararon han sido declarados muertos a su llegada aquí, al St James's Hospital. Hubo numerosos testigos, incluido el portero del Merrion Hotel. La Garda está rastreando la matrícula del Austin a través de la Oficina de Matriculación de Vehículos de Dublín. A los tres fallecidos se les tomarán fotografías y huellas dactilares. Para mañana, la Garda debería haber determinado su identidad.

En ese momento, Louise y James entraron en la habitación.

—Tomamos un taxi y tuvimos que abrirnos paso ante la matrona enseñando nuestras tarjetas de identidad del SIS —dijo James.

Louise añadió: —Lochlan, tal y como lo veo, hay dos posibilidades. O el objetivo del asalto armado eras solo tú, o lo eran los tres. Recuerda que los nazis conocen a James y a Donald como agentes del Servicio Secreto británico. A través del chófer de Nicholas, Conlan, las facciones pronazis dentro del viejo IRA sin duda están al tanto de sus vínculos con el MI5 y el MI6. Dicho esto, creo que es razonable suponer que el objetivo eras tú y que el ataque lo orquestó tu traidor segundo al mando, el mayor Declan Murphy. Lochlan, tu vida sigue en peligro. Si murieras, quedaras incapacitado, renunciaras por motivos médicos o te jubilaras anticipadamente, Murphy sería ascendido automáticamente al cargo de comisario de la Garda, al menos con carácter pro tempore.

—Eso sería un desastre sin paliativos —prosiguió Louise—. Podría revertir todo lo que hemos logrado aquí en Dublín. Para empezar, podría restituir al sargento O'Brien y a aquel agente que nos secuestró. Podría indicar al abogado de O'Brien que diga al juez que obtuvo la confesión bajo coacción. Le dijiste a Donald que no te molestaste en usar la grabadora de hilo durante su entrevista y, como O'Brien no tenía abogado presente, sería tu palabra contra la suya. Además, alegando que Smythe es un testigo material en una investigación en curso, el Mayor podría bloquear su extradición y dejarlo en libertad bajo palabra. Podría desestimar los cargos de espionaje contra Gerhard Schechter. También podría impedir que Bea y yo regresáramos al Reino Unido, alegando que somos testigos materiales de nuestro propio secuestro y que debemos permanecer para declarar en el juicio. Por añadidura, podría demorar la apertura de nuestro hotel, usando sus facultades para alegar que habría problemas de tráfico en la zona de Stoneybatter. Eso también podría comprometer nuestra solicitud de cambio de uso. Peor aún, hasta podría intentar conseguir una orden judicial para devolver a las veinticuatro chicas secuestradas a la lavandería de Gloucester Street.

—Louise, tienes razón —dijo Lochlan—. Tendría facultades para hacer todo lo que propones. Como comisario de la Garda, dispongo de amplios poderes discrecionales. En mis diez años como comisario, me enorgullece haberlos usado con moderación y solo en beneficio del pueblo irlandés.

Nicholas preguntó: —¿Cómo es que ese tal mayor Murphy llegó a ser tu segundo al mando?

—Desde luego, no fue elección mía. Cuando se constituyó el Dáil Éireann, que es la cámara baja de la legislatura irlandesa, en 1922, buena parte de sus miembros procedía del viejo IRA. No solo apoyaban la independencia de Gran Bretaña, sino que también buscaban el control político de todos los aspectos de la vida irlandesa. Ese sector sigue siendo poderoso y ha usado su influencia para aprobar nombramientos de candidatos pro reunificación, muchos de ellos antiguos miembros destacados del IRA. Murphy formaba parte del viejo IRA. Antes de eso, había sido oficial superior en las Fuerzas de Defensa de Irlanda. Estaba orgulloso de su título e insistía en que todos los oficiales subordinados lo llamaran mayor Murphy o, simplemente, el Mayor.

—Lo he pensado de camino —dijo Louise—. Al saber del atentado contra tu vida, creo que lo mejor para todos es que no sobrevivas a este ataque armado.

Todos se quedaron visiblemente conmocionados.

—Perdón, no me refiero en sentido literal. Debemos hacer creer a la prensa, al mayor Murphy y a los restos del IRA que su emboscada tuvo éxito. Ahora mismo solo lo sabemos los seis que estamos aquí, un cirujano y unas pocas enfermeras.

—Soy amigo del responsable administrativo de este hospital —dijo Nicholas—. Es socio de mi club de golf de Silloge Park. Si me disculpáis, intentaré hablar con él.

Nicholas salió de la habitación y una enfermera lo condujo al despacho del administrador del hospital. Al entrar, una secretaria le preguntó a qué venía.

—Busco al doctor Nathan Hoffman.

—No tiene cita y es un hombre muy ocupado. Si me dice su nombre y el motivo, puedo tentativamente apuntarlo para la semana que viene.

—Mire, mi nombre es mayor general sir Nicholas Gavin-Wheeler. Aquí tiene mi tarjeta, con mi dirección y mis datos de contacto. Le agradecería que se la pasara.

La secretaria se levantó y entró en un despacho detrás de su mesa.

Un hombre bien vestido, con pajarita y bata blanca, salió a la zona de recepción.

—Nicholas, ha pasado una eternidad desde que nos quedamos los dos atascados en aquel enorme búnker del 17. ¿En qué puedo ayudarte?

—Quisiera hablar un momento, si puede dedicarme un rato.

—Para ti, viejo amigo, siempre estoy libre. Pasa a mi sancta sanctorum.

Nathan se sentó a su escritorio e invitó a Nicholas a tomar la butaca cómoda de enfrente.

—Lo que voy a contarle es altamente confidencial —dijo Nicholas—. Además, lo que voy a pedirle sin duda vulnera los protocolos de su hospital.

—Explíquese.

—Puede que ya haya oído que el comisario Aubrey Lochlan es paciente aquí.

—Permítame interrumpirle. Es amigo íntimo y, cuando supe que lo habían ingresado, fui a su habitación a los pocos minutos de salir del quirófano. Me alegra saber que sus lesiones son leves y que podrá volver a casa esta misma tarde.

—Somos varios los que creemos que este atentado lo organizaron facciones dentro de la Garda. Y cuando digo "nosotros" me refiero a mi ahijado y su esposa, Louise, que pertenecen al MI5, y a su hermana, Beatrice, y su marido, que están en el MI6. Creen que los intentos contra la vida de Lochlan continuarán hasta que acaben por tener éxito. Louise ha ideado un plan para sacar a Lochlan de este hospital y llevarlo a un lugar seguro. Ha propuesto que usted expida un certificado de defunción confirmando que sus lesiones fueron mortales. Soy consciente de que esto vulnera sus obligaciones legales, pero creemos que le salvará la vida. Una vez declarado muerto, organizaremos su traslado a la morgue y, desde allí, lo llevaremos a un lugar seguro. No podrá volver hasta que todos los conspiradores hayan sido identificados, detenidos y arrestados.

—Esto es sumamente irregular —dijo Nathan—. Además, lo que propone infringe la ley irlandesa. Si saliera a la luz, podría perder mi empleo y mi pensión, y acabar ante un tribunal médico donde quizá me retiraran la licencia para ejercer la medicina.

—Nathan, también firmaste el juramento hipocrático. Emitir y firmar un certificado de defunción falso, casi con toda seguridad, salvaría la vida de Lochlan.

—Nicholas, jamás me plantearía algo así si no fueras tú quien lo pidiera.

Se quedó unos instantes en silencio, luego fue a su archivador y sacó un impreso.

—Este es un certificado de defunción oficial. Lo firmaré y pediré a mi secretaria que lo legalice ante notario de inmediato. Dado este ardid, informaré al médico responsable y a las enfermeras de que Lochlan ha fallecido. También dictaré una orden para que su habitación quede en aislamiento. Diré que se le ha diagnosticado una infección altamente contagiosa, semejante a una nueva cepa de la gripe española. Aparte de su equipo, solo el personal de la morgue podrá acceder para retirar el cuerpo. Ordenaré que todos los visitantes lleven mascarillas y ropa de protección.

Nicholas regresó a la habitación de Lochlan y confirmó que se estaba preparando un certificado de defunción.

—El siguiente paso es trasladar a Lochlan a un depósito local —dijo Louise.

Nicholas lo pensó un momento. —En el internado de Blackrock College coincidí con un chico de sexto curso llamado Jacob Corrigan. Su abuelo montó una funeraria hace unos ochenta años. Se llama Corrigan & Sons Funeral Directors y está en Camden Street Lower, en el distrito de Saint Kevin. Lo llamaré.

Nicholas salió de la habitación ya con mascarilla quirúrgica y ropa blanca de protección. Fue al mostrador de recepción del hospital y pidió usar el teléfono. Veinte minutos después volvió a la habitación de Lochlan. —Todo en orden. Los dos hijos de Jacob llegarán en menos de una hora para llevar a Lochlan al depósito en su coche fúnebre de servicio. Además, he recogido en recepción el certificado de defunción notarizado.

Una hora más tarde, dos hombres de mediana edad, vestidos con pijama blanco, entraron en la habitación. Lochlan salió de la cama y se subió a la camilla.

—Lochlan, durante el traslado tendrás que hacerte el muerto —dijo Louise—. Mantén los ojos cerrados y la respiración superficial.

Lo llevaron hasta el ascensor de la segunda planta, que los bajaría a nivel de calle para cargarlo en el coche fúnebre. Cuando ya habían entrado, otro hombre se coló justo al cerrarse las puertas. Pidió la primera planta y pulsó el botón. Donald se dio cuenta de que, al bajarse en la primera, no estaría presente cuando cargaran el cuerpo en el coche fúnebre en la planta baja. El hombre se colocó junto a la camilla y, aparentando mirar la aguja del indicador, levantó de golpe la sábana que cubría la cara de Lochlan.

—¿Pero qué demonios cree que está haciendo? —preguntó Donald.

—Nunca he visto a un muerto y pensé echar un vistazo.

—Era amigo nuestro.

El hombre se encogió de hombros y salió en la primera planta. Donald lo siguió fuera del ascensor.

De camino a la funeraria, James viajó con Lochlan en la parte trasera del coche fúnebre. Nicholas y los demás siguieron a distancia respetuosa en el Rolls. Otro coche los adelantó y luego redujo, dejando un gran hueco entre el Rolls y el coche fúnebre. En el siguiente cruce, Nicholas adelantó a ese coche y se pegó a la trasera del coche fúnebre. Cuando este retrocedió por las dobles puertas verdes, a la derecha de la entrada principal de Corrigan's, Louise advirtió que el coche entrometido se había detenido en mitad de Camden Street. El conductor se bajó e intentó observar cómo descargaban el cuerpo. Los coches y camiones de aquella calle concurrida tocaron el claxon, y al final el coche siguió su camino.

Una vez en el sótano de la funeraria, Jacob Corrigan bajó las escaleras. Iba de etiqueta, con pajarita negra y frac.

—Jacob, me alegra verte después de tantos años —dijo Nicholas—. Tengo una petición poco habitual. El hombre sentado en la camilla es el comisario de la Garda, Lochlan Cavanaugh. Ha sufrido una herida leve de bala en el hombro.

Pensamos llevarlo a un escondite, bien fuera de Dublín, porque su vida sigue en peligro. Para que tu papeleo esté en regla, aquí tienes un certificado de defunción notarizado, firmado por el responsable administrativo del St James's Hospital. Lo que me gustaría es que eligieras tu ataúd más caro y elaborado y organizaras su funeral. Esta farsa continuará hasta el entierro o hasta que hayamos detenido a quienes intentan matar al comisario. Puedo conseguir unos hombres que traigan sacos de arena que pesen unas trece stone, para que los portadores crean que hay un cuerpo dentro.

—Tengo una idea mejor. En mi cámara frigorífica está el cuerpo de un vagabundo. La Garda lo trajo ayer. Al parecer era un solitario, sin amigos ni familia. En la calle solo lo conocían como Dirty Paddy. El Ayuntamiento de Dublín nos ordenó enterrarlo en una fosa de pobres, a cargo del Glasnevin Trust. Íbamos a hacerlo en un día o dos, cuando sacáramos tiempo para los trámites. Podríamos usar ese cuerpo para dar al ataúd el peso necesario.

Nicholas asintió. —Llamaré más tarde hoy, en cuanto decidamos la hora del funeral.

—Cuando Donald llegue con el Riley, llevaré a Lochlan a O'Donnaghue's —dijo James—. Es un pub de campo pequeño en Edenderry, una aldea a una hora al oeste de Dublín. Ya he reservado sus cuatro habitaciones de huéspedes.

—¿Y cómo sabes de un pub en Edenderry? —preguntó Louise.

—Donald y yo lo encontramos cuando matábamos el tiempo antes de vuestra llegada a Irlanda. Comimos allí para hablar de estrategia.

—James, creo que te olvidas de algo —continuó Louise.

—¿Eh?

—Si piensas volver a Dublín, Lochlan necesitará seguridad mientras esté en esa aldea.

—Ah, cierto.

En ese momento llegó Donald. Tras informarse de los arreglos, se ocupó de inmediato de la necesidad urgente de seguridad para Lochlan en Edenderry.

Usando el teléfono de la funeraria, llamó al sargento detective O'Malley. —Sé que tienes a los dos equipos de Hunter y Stalker interrogando a los miembros de la banda de Malahide. ¿Puedes prescindir de dos hombres para ir a un pub del condado de Offaly? Se llama O'Donnaghue's, en la pequeña aldea de Edenderry, a una hora al oeste de Dublín.

Donald permaneció en silencio un minuto o dos. —Estarán allí para proteger al comisario Cavanaugh hasta que pueda volver a sus funciones. Asegúrate de que no los sigan. James Harcourt-Heath estará allí y explicará a tus hombres lo necesario.

Al colgar, dijo: —Le di a O'Malley la matrícula del coche del tipo que se asomó a mirar a Lochlan cuando iba en el ascensor. Es 90-CE-60.

—Esa es la matrícula del coche que jugó al gato y al ratón con nosotros de camino aquí —dijo Louise.

Donald entregó a James las llaves de contacto del Riley. Él y Lochlan estuvieron en la carretera casi dos horas. Varias veces, James decidió dar la vuelta y enfilar hacia Dublín. Tomó también carreteras secundarias e hizo maniobras de tres puntos usando accesos de granja. Cuando estuvo seguro de que no lo habían seguido, condujo hasta O'Donnaghue's y aparcó en el estacionamiento de grava detrás del pub. Eran casi las cinco, una hora antes de la apertura. James tocó el timbre y llamó a la puerta maciza que daba a la taberna. Los recibieron el señor y la señora O'Donnaghue. James presentó a Lochlan como sir William Carter.

James adoptó su acento más estirado: —Sir William es un viejo amigo del Dulwich College, en Londres. Ha sufrido un accidente de equitación, se ha agrietado el hombro y se ha fastidiado la rodilla. Lideraba una cacería en su finca de Warwickshire y, cuando el caballo se negó a saltar una valla, salió dando la voltereta, ¿me entiende?

Por sus caras era evidente que el tabernero no había entendido ni el acento ni el argot de James. Vieron el cabestrillo y comprendieron que su huésped principal convalecía de alguna lesión.

—¿Puede Willy descansar aquí un rato mientras me enseña las habitaciones? —preguntó James.

—Como usted diga. Sir William, tome asiento aquí en nuestra sala pública y subiré a su amigo.

El dueño condujo a James al comedor donde él y Donald habían comido tres semanas antes. Había una puerta de roble al fondo. Subieron por allí a un pasillo del que salían cuatro habitaciones bastante espaciosas y un baño compartido al fondo.

James eligió una de las habitaciones centrales. —Esto irá de perlas. A sir William lo atenderán su chófer y su mayordomo. Llegarán esta tarde en otro coche. Comería aquí, porque no podrá con esas escaleras dos o tres veces al día.

—¿Cuánto tiempo piensa quedarse?

—No lo sé. He reservado las habitaciones para una semana y pagaré por ello. Si se encuentra con fuerzas, su personal lo llevará de vacaciones de recuperación por su hermoso país.

James entregó a O'Donnaghue un billete nuevo de 10 libras irlandesas para cubrir habitación y comida de una semana.

Cuando regresaron de Corrigan's, Louise convocó una reunión familiar en el cuarto de la mañana.

Nicholas habló primero: —Hemos cancelado la cena del sábado en señal de respeto por Lochlan.

—Justo de eso quería hablar —dijo Louise—. Estamos representando esta farsa para protegerlo de nuevos ataques. Tendremos que ir un paso por delante de lo que creemos que es el plan del mayor Murphy para hacerse con la Garda, en esencia mediante un golpe palaciego. A raíz de esa emboscada, ahora sabemos que él y sus co-conspiradores de la Guarda están dispuestos a usar fuerza letal para lograr sus fines.

—Resumiré nuestras posiciones. James llevó a Lochlan a ese pub de campo aislado al oeste de Dublín. Miembros del equipo de Stalker llegarán en breve para cuidarlo, de modo que James pueda volver a The Chase. Nicholas ha organizado el velatorio en casa de Lochlan, pero creo vital que su esposa no sepa que ha sobrevivido. Sé que suena cruel, pero, por lo que vimos aquí, es de lágrima fácil. Nuestro objetivo es hacer salir al mayor Murphy de su escondite para poder arrestarlo. Si el dolor de Francis no fuese genuino, es probable que, como policía experimentado, oliera algo raro. Es esencial que Murphy crea que Lochlan ha sido asesinado y que él es el heredero aparente. Para que esto funcione, el velatorio y el funeral deben resultar auténticos.

Louise consultó su cuaderno. —El velatorio está fijado para el domingo a las 10:30. El entierro en el cementerio de Glasnevin será a las 14:00. La noticia de su muerte pronto saldrá en la prensa de Irlanda, Inglaterra e incluso del extranjero. Es probable que haya gran número de dolientes, así como cámaras de Pathé. Debemos estar preparados, por eso he convocado esta reunión. Estaremos en el velatorio, junto con varias decenas de los amigos y familiares más cercanos de Lochlan. Es posible que Murphy aparezca allí. Si no, estoy segura de que, como comisario presunto de la Guarda, asistirá al funeral.

Pasó la página de su agenda. —Nicholas, ¿puedes usar tus contactos en el ejército o quizá en G2 para organizar los portadores del féretro? Recuerda que, de cara a la Garda, se trata de un funeral de Estado, así que deben ir con uniforme de gala. Llevarán el féretro desde el carro fúnebre tirado por caballos hasta la fosa.

Nicholas asintió. —Aubrey ya ha dispuesto que los colegas de Lochlan en la Guarda lleven el féretro. He informado a Jacob Corrigan de la ubicación de la casa de Lochlan y de la tumba familiar.

—Excelente. Aubrey debe organizar también una Guardia de Honor, igualmente con uniforme de gala y luciendo todas sus condecoraciones.

Nicholas pidió disculpas y fue al teléfono del vestíbulo. Volvió diez minutos más tarde.

—Aubrey propone que un grupo de diez altos oficiales de G2 actúe como Guardia de Honor ceremonial de Lochlan. Además de sus impresionantes uniformes de gala, dijo que irán armados con los últimos subfusiles Sten de 9 mm recién entregados a G2. Como solo salieron en julio de este año, aún no se han puesto a disposición de la Garda de Dublín. Le pareció que una exhibición de potencia de fuego añadiría pompa y boato a la ocasión e impresionaría a las autoridades, a la prensa y a los noticiarios.

En ese momento, James entró en la sala. —Todo bien en Edenderry. Lochlan está instalado con seguridad en O'Donnaghue's. Dos Guardas de paisano se han alojado en las otras habitaciones.

La familia pasó el sábado en The Chase. Las llamadas periódicas del sargento detective O'Malley los mantuvieron al corriente de las novedades. Se ha identificado al propietario del coche que jugó al gato y al ratón con el Rolls de camino a Corrigan's: es un sargento de la Guarda destinado en Cork. Ha sido detenido para ser interrogado por la Guarda de Cork.

Esa noche, Louise habló con los administradores del Consejo de Rosslare y con el personal del St James's Hospital. Hizo los arreglos para que el martes se trasladara a las chicas en autobús a The Grand Hotel. El lunes por la mañana, Louise tenía previstas entrevistas en The Chase con las posibles profesoras que respondieron a su anuncio en la Bolsa de Trabajo de Dublín.

Capítulo 37

Domingo, 8 de noviembre, Cementerio de Glasnevin

La familia se levantó a las 7:30. En el desayuno, todos iban vestidos de etiqueta. Las señoras llevaban vestidos negros y sostenían sombreros negros de ala ancha. Los caballeros más jóvenes vestían trajes oscuros y fedoras. Nicholas iba de etiqueta, con pajarita negra y frac, y llevaba el sombrero de copa en la mano.

Roake condujo el Rolls hasta la casa de Aubrey, en Drumalee Road. Un agente uniformado de la Garda le indicó un espacio justo detrás del coche fúnebre tirado por caballos. La familia esperó fuera mientras Jacob Corrigan supervisaba el traslado del féretro al salón delantero.

Nicholas y Helen fueron recibidos por la esposa de Lochlan. Se abrazaron y el resto de la familia la saludó con cordiales apretones de manos.

—Francis, sé que hemos llegado temprano —dijo Nicholas—. Con tu permiso, me gustaría decir unas palabras antes de salir hacia el cementerio.

—Por supuesto. Tú y Helen siempre habéis sido como de la familia para nosotros, nuestras hijas y nuestros nietos.

Empezaron a llegar otros invitados. Saludaban a Francis y le ofrecían pésames y palabras de aliento.

A las 11:00, el salón y el comedor estaban llenos con al menos cincuenta amigos y familiares. Las hijas adultas de Lochlan y sus maridos servían Jameson, y los nietos, que no tendrían más de diez años, ofrecían bandejas de sándwiches de pepino.

Un caballero anciano preguntó a Nicholas por el ataúd cerrado.

—Las heridas fueron en la cabeza y el hombro. Francis y yo decidimos que era lo mejor.

Al mediodía, el mayor Murphy entró en la sala. Le acompañaban tres oficiales de la Garda con uniforme de gala y sus armas cortas en fundas ceremoniales de cuero blanco.

Nicholas se acercó a Declan Murphy y le estrechó la mano.

—Es, sin duda, un día triste para Irlanda. Un funcionario honrado y entregado ha muerto al servicio de nuestro país.

Murphy sonrió con suficiencia.

—Lochlan y yo teníamos nuestras diferencias sobre cómo debía dirigirse la Policía Nacional irlandesa. Yo creo en una mano firme, mientras que él excusaba rutinariamente a los delincuentes, concediéndoles el beneficio de la duda. Ahora estoy al mando, y eso va a cambiar. Con la muerte de Lochlan, he pasado a ser comisario interino de la Garda Síochána. En julio, el Dáil Éireann se reúne para confirmar mi nombramiento permanente. Lochlan me dejó varios casos abiertos. Los cerraré para restablecer la disciplina y el orden en el protocolo de la Garda. Pero, siendo este un velatorio, no hay que hablar mal de los muertos.

Francis pasó su brazo por el de Nicholas y dijo que era momento de que se dirigiera a los dolientes.

Nicholas tomó un tenedor y tocó su vaso de Jameson. Cuando la sala quedó en silencio, empezó:

—He tenido la fortuna de conocer a Lochlan casi cuarenta años. Lo conocí por primera vez cuando yo estaba de permiso del Ejército británico visitando a mi esposa, Helen. Lochlan era un agente recién titulado de la Garda. Me impresionó de inmediato su dedicación a preservar la esencia de los valores de la sociedad irlandesa. A principios de la década de 1920, Irlanda estaba en guerra con los británicos y consigo misma. Londres nos impidió buscar una solución pacífica que hubiera permitido a nuestro país elegir democráticamente su propio camino. Lochlan lo entendía y siempre eligió el término medio, teniendo presente lo que era mejor para el conjunto del pueblo irlandés. Cuando mis dos hijos pequeños murieron en el Somme, aquel mismo día de 1916, quedé destrozado. Me alejé de mi familia y, francamente, estaba listo para morir. Lochlan tenía el raro don de la empatía. Aunque yo le sacaba unos veinte años, me tomó bajo su ala y me animó a encontrar esperanza en el futuro. Al final,

Lochlan me persuadió para que me centrara en la familia que me quedaba y, a través de ella, dedicara mi vida al servicio público. Desde entonces, he utilizado mi experiencia militar para asesorar a los gobiernos irlandés y británico sobre la creciente amenaza de los regímenes fascistas en Alemania, Italia y ahora España. Gracias a él, retomé el contacto con el Ministerio de Defensa y el Foreign Office británicos, así como con nuestro G2 irlandés y la Garda. Con toda humildad, espero haber podido hacer una contribución positiva a la paz en Europa.

Nicholas hizo una pausa.

—Ahora, alzad vuestras copas por el porvenir de Lochlan en un mundo mejor.

Francis se acercó a Nicholas y lo abrazó.

—Tú y Helen nos habéis brindado un apoyo de por vida. Gracias por tu homenaje a mi difunto marido.

Se acercaban las 13:30 cuando Jacob Corrigan y sus dos hijos entraron en la sala. Nicholas captó la indirecta, se puso de nuevo en pie y dijo:

—Es hora de encaminarnos al cementerio de Glasnevin. Una vez que carguen el féretro en el coche fúnebre, lo seguiremos a pie o, a una distancia respetuosa, en coche. Está a apenas media milla, así que deberíamos llegar para las 14:00, cuando comenzará el funeral.

Los dolientes salieron de la casa de los Cavanaugh y caminaron hasta el cementerio. El coche fúnebre se detuvo en el aparcamiento inferior, junto a numerosos coches y varias furgonetas de prensa. Seis oficiales superiores de la Garda hicieron de portadores y sacaron el féretro del coche fúnebre. Lo llevaron lentamente por la suave pendiente hasta la tumba. Había al menos trescientos dolientes, entre ellos políticos locales y nacionales, y oficiales uniformados de la Garda y del G2. Pathé News tenía un equipo de cámara para cubrir el acto.

El obispo de la Pro-Catedral de St Mary's ofreció una oración mientras los hermanos Corrigan supervisaban el descenso del ataúd a la fosa preparada. Se formó una fila: los asistentes cogían pequeños puñados de tierra del montón a la izquierda de la tumba y los arrojaban sobre el ataúd. El mayor Murphy, seguido de sus guardias armados, hizo lo propio.

El obispo pronunció otra oración, tras la cual toda la asamblea dijo:

—Amén.

El sargento detective Conor O'Malley se acercó al mayor Murphy, sonrió y pareció felicitarlo por su ascenso. Mientras le estrechaba la mano derecha, con la izquierda le colocó un grillete en la muñeca derecha; el otro ya estaba sujeto a la muñeca izquierda de O'Malley. Al mismo tiempo, la Guardia de Honor rodeó a Murphy y a sus tres subordinados, con las Sten ahora apuntando en su dirección. Después, Donald y James coincidirían en que nunca habían visto un movimiento más limpio en una detención.

Murphy se vio obligado a inclinarse ante lo inevitable. Aun así, se le oyó decir a O'Malley:

—Te quitaré el carné profesional y te prometo una larga pena de prisión por este acto delictivo de insubordinación traidora.

El sargento detective O'Malley se limitó a sonreír. Agentes armados condujeron a Murphy y a sus guardias hasta una furgoneta negra sin ventanas que los llevaría a los calabozos de la Garda al norte de Dublín.

Toda la familia regresó a The Chase. Lo primero que hizo James fue telefonear a O'Donnaghue's. Le dijo al agente de la Garda:

—El mayor Murphy ha sido detenido e imputado. Ya es seguro devolver a Lochlan con su familia.

Lo sacaron de la casa de huéspedes de inmediato y lo llevaron de vuelta a Dublín.

Capítulo 38

Lunes, 9 de noviembre, Directora

Ahora que su labor oficial había concluido, las dos parejas del SIS hicieron planes para regresar a Inglaterra.

Louise recordó a la familia que ella y Bea usarían el salón para entrevistar a los posibles profesores.

—Si recordáis, lo preparé el sábado pasado. Los candidatos deberían llegar a las nueve y media.

Nicholas preguntó:

—Louise, ¿quieres que el personal de cocina ponga té y galletas?

—Por favor.

Roake recogió los currículos de las seis personas que aguardaban en el vestíbulo. Louise les echó un vistazo y eligió a la señorita Adele Connors como primera candidata.

—Señorita Connors, ¿puede contarme algo más sobre su experiencia docente anterior? —preguntó Louise.

—Fui subdirectora en St Mary's College, aquí en Dublín. Obtuve la titulación docente en Trinity después de mi licenciatura en matemáticas. Durante mis treinta y dos años en St Mary's impartí inglés y matemáticas.

—Me intriga: ¿por qué ya no sigue allí? Seguramente no ha alcanzado la edad de jubilación.

—Tengo cincuenta y seis años, pero me pasaron por alto cuando se retiró la anterior directora. El nombramiento se concedió a un hombre con solo dos años de experiencia enseñando a niños de seis años. No tenía idea de cómo dirigir un centro grande, pero estaba bien relacionado con Sinn Féin. Era evidente que el proceso de nombramiento se había politizado. Presenté mi dimisión al final del curso y ahora mismo vivo de mis ahorros.

—Dígame, ¿por qué respondió al aviso que coloqué en la Bolsa de Trabajo de Dublín?

—A pesar de aquello, me encanta enseñar. Mi madre también fue maestra aquí en Dublín. El deseo de guiar a los jóvenes está en mi corazón y en mi alma. No me gustaba demasiado la parte administrativa, pero la acepté como necesaria para emprender reformas del currículo. Desde que se diseñó justo después del Alzamiento de Pascua han cambiado muchas circunstancias. Hoy debemos preparar a los jóvenes para los retos de la Gran Depresión y la creciente amenaza de otra guerra europea.

Louise expuso entonces los objetivos de su academia femenina:

—El primer grupo de chicas tiene dieciséis años. A todas las obligaron a dejar la escuela a los trece o catorce. En consecuencia, tienen pocos conocimientos de las destrezas básicas necesarias para competir por un empleo en la sociedad actual. Nuestra misión es rescatar a niñas y mujeres a las que se ha forzado a la servidumbre contra su voluntad.

—¿Cómo puede pasar eso en Irlanda?

—Seguro que ha oído hablar de las lavanderías de las Magdalenas.

—Ah, ellas. Claro. Todos conocemos las lavanderías, pero no podemos hacer nada. Me crié en el catolicismo. No puedo creer que el papa Pío XI o el Vaticano aprobaran lo que ocurre aquí. Es perfectamente posible que ni siquiera lo sepan.

—Nuestra intención es ofrecer refugio a chicas y mujeres que han sido forzadas a la esclavitud institucional. Estamos comprando un hotel y planeamos desarrollarlo como centro residencial de formación. Hasta ciento veinte chicas y mujeres podrán unirse a nuestro instituto y adquirir competencias vitales para participar con éxito en la sociedad actual.

—Qué idea tan maravillosa. Me encantaría formar parte de su programa.

Louise miró a Bea, que asintió.

—Nos gustaría ofrecerle el puesto de directora —continuó Louise—. Cuando algunas alumnas se marchen, ocuparemos sus plazas con otras, no solo de las lavanderías, sino de cualquier lugar de Irlanda donde a las mujeres se las trate como ciudadanas de segunda. Estoy segura de que sabe que las mujeres no tienen derecho a voto hasta los treinta años. Incluso entonces, se les exige ser propietarias o residir en alguna de las circunscripciones universitarias. A medida que crezcamos, contrataremos a más docentes. Al principio, aspiramos a un núcleo de cuatro instructores, hombres y mujeres.

—Me gustaría aceptar el reto. ¿Puede decirme el sueldo y las condiciones?

—Estamos dispuestas a ofrecerle un salario anual de 120 libras. ¿Dispone de alojamiento cerca?

—Ahora mismo vivo con la familia de mi hermana, así que no. Su piso es diminuto y siempre estorbo.

—Si aceptara, en cambio, un salario de 75 libras anuales, podríamos ofrecerle habitación y manutención en la academia. Así podría, literalmente, estar al mando las veinticuatro horas.

—¿Cuándo podría empezar?

—Casi de inmediato. A mediodía firmamos las escrituras y pagamos las instalaciones. Se llama The Grand Hotel, aunque cambiaremos el nombre.

—Lo conozco bien. Está un poco dejado, ya sabe.

—El lunes por la mañana viene nuestro constructor. Algunas habitaciones están perfectamente habitables y podría mudarse mañana por la mañana. Hemos dotado el hotel con un chef, personal de limpieza y dos doncellas. También hemos contratado a una recepcionista que podría ejercer de su asistente administrativa. Si todo va bien, el primer grupo de chicas llega el martes por la mañana.

Roake entró con té y galletas e informó de que había cinco personas esperando en el vestíbulo.

—Señorita Connors, ¿querría sentarse de este lado de la mesa y encargarse de entrevistar a los demás candidatos? —dijo Bea.

Roake fue introduciendo a los candidatos por orden de llegada. La señorita Connors condujo las entrevistas mientras Bea y Louise solo formulaban alguna pregunta de apoyo. Al final, la señorita Connors optó por contratar a dos hombres y dos mujeres. A los demás les pidió que dejaran su nombre y currículo, explicándoles que, a medida que la academia creciera, se necesitarían más profesores, en especial quienes pudieran impartir materias prácticas como lo que podríamos llamar economía doméstica, inglés e irlandés básicos, lectura, escritura y aritmética.

A las once y media, Louise dijo que ella y Bea tenían una cita en el banco. Dejaron a la señorita Connors recabando los detalles de las competencias y especialidades docentes de los cuatro profesores recién contratados.

Louise cogió las llaves del Riley, que estaban sobre la mesa del vestíbulo. Tardaron quince minutos en llegar al Bank of Ireland. El señor Flaherty, propietario de The Grand Hotel, las esperaba en el vestíbulo. Tras los saludos de rigor, las condujeron a un despacho para completar la compra.

El señor Clarke se puso en pie y les estrechó la mano.

—Bien, vamos al grano. Ambas cuentas tienen ahora un saldo acreedor de 5.000 libras esterlinas. Han llegado las transferencias telegráficas del jueves. He preparado los contratos para que firmen. Según tengo entendido, cada una de ustedes transferirá 1.500 libras a la cuenta del señor Flaherty y así pasarán a ser copropietarias, en tenencia conjunta, de The Grand Hotel. ¿Es correcto?

Louise y Bea asintieron.

El señor Clarke les pasó un documento por encima de la mesa y marcó con una X dónde debían firmar. Indicó también al señor Flaherty que firmara y fechara al pie, aceptando el precio y las condiciones de la venta.

Concluido el trámite, todos se pusieron en pie y se estrecharon la mano.

—Les deseo todo el éxito del mundo —dijo el señor Flaherty—. Si no les importa, me pasaré de vez en cuando para ver cómo devuelven la vida al hotel de mi abuelo. Cuando abran su restaurante, para mi familia será un honor ser sus primeros clientes.

El señor Clarke volvió a los asuntos:

—Mañana registraré la transmisión de la propiedad en el Ayuntamiento de Dublín. Tengo entendido que pretenden seguir explotándolo como hotel.

—Aceptaremos huéspedes cuando tengamos habitaciones disponibles —respondió Louise—. Con el tiempo, operaremos un restaurante abierto al público. Creo que no habrá cambios significativos que afecten a los permisos del

Ayuntamiento de Dublín. Al principio, haremos obras considerables, así que quizá solo haya unas pocas habitaciones disponibles para huéspedes.

Bea y Louise regresaron a The Chase y encontraron una nota de la señorita Connors: «He ofrecido a los cuatro profesores un salario de 60 libras anuales. Les he dicho que podrán comer en el hotel. Los cuatro han preferido seguir en sus alojamientos actuales. Les he indicado que su jornada lectiva irá de 8:00 a 17:00. Les he pedido que elaboren planes de muestra de las asignaturas que se vean capaces de enseñar a chicas con escaso conocimiento del mundo real. Por lo que entiendo, su constructor necesitará un mes, más o menos, para completar su trabajo, así que les he dicho que me pondré en contacto cuando se les necesite. Yo, en cambio, puedo empezar casi de inmediato. Quiero conocer a las chicas e intentar evaluar sus necesidades educativas. Entrevistaré a cada una y contactaré con sus antiguos institutos. Confío en que puedan proporcionarme un despacho para crear un expediente por alumna».

—Hemos hecho una elección excelente para directora —dijo Louise a Bea—. Redactaré una nota rápida aceptando sus propuestas y le daré las gracias por tomar las riendas mientras estemos en Inglaterra. También le diré que pase mañana por el hotel y podremos enseñarle las instalaciones y ofrecerle ese despacho grande de gerencia. Tenía un escritorio de roble y varios archivadores de roble, de modo que podría ser su oficina administrativa. De hecho, con un tabique, es lo bastante amplio como para servir de estudio y dormitorio.

—Ahora, veamos a nuestro constructor —dijo Bea.

El señor O'Henry aguardaba en la zona de recepción, junto con varios hombres vestidos con petos blancos. Como siempre, llevaba pajarita y chaleco, además de bombín.

Louise le estrechó la mano y dijo:

—Desde hace una hora somos copropietarias de The Grand Hotel. Aceptamos su presupuesto y puede comenzar de inmediato. Nuestras primeras huéspedes llegan mañana. Usted dijo que el tejado estaba en buen estado, así que, de entrada, concéntrese en tener listas las habitaciones y los servicios del primer piso para las recién llegadas. También quisiéramos que sus hombres bajaran los escritorios y sillas que hay en cada dormitorio y los colocaran en el Function Suite. Los sofás y las mesitas de allí estaban bastante ajados, así que puede retirarlos. Si encuentra comprador, lo que obtenga por ellos puede quedárselo. Más adelante necesitaremos que levante tabiques para crear aulas separadas. Queremos que el otro salón grande, antes el lounge bar del hotel, se convierta del mismo modo en aulas. Por el momento usaremos ambas salas como anfiteatros. El restaurante actual es lo bastante amplio para dar de comer a nuestro máximo de huéspedes en dos turnos. Pero queremos que piense en construir una zona de comedor íntima y compartimentada en el vestíbulo grande y más bien superfluo de la entrada. Allí planeamos abrir un restaurante de primera para clientela externa. ¿Puede reflexionar sobre ello y traernos unos dibujos y una estimación de costes?

—Ya lo mencionó antes —dijo O'Henry—. Aquí tiene algunos croquis de cómo podría quedar.

Louise y Bea examinaron sus dibujos, muy profesionales, que ofrecían aforo para unos treinta comensales. Le dieron su aprobación para seguir adelante.

—En el último lugar de prioridades, querríamos que pensara en un restaurante jardín —añadió Louise—. Vimos que el Merrion Hotel tiene uno cuando cenamos allí la semana pasada. Creo que podríamos hacerles una competencia amistosa.

—En realidad, yo diseñé y construí ese espacio para ellos hace unos años —respondió—. Aquí tienen posibilidades adicionales gracias a ese roble albar maduro. Y disponen de más espacio. Les traeré croquis de cómo me lo imagino.

—Si están a la altura de sus planes para nuestro vestíbulo, comedor y salones, seguro que quedaremos encantadas —dijo Bea.

—Empiece lo antes posible y según el orden de prioridades que hemos indicado —concluyó Louise—. Volveremos a Inglaterra en un par de días. Sus libranzas semanales y gastos puede presentarlos al mayor general sir Gavin-Wheeler. Él tendrá nuestras chequeras firmadas y le pagará con el calendario que propuso.

Louise empezó a escribir la dirección y el teléfono de Nicholas en su tarjeta.

—No hace falta —dijo O'Henry—. Hice unos trabajos en The Chase... oh, debe de hacer diez años.

Louise y Bea se habían saltado el almuerzo, así que decidieron volver al Merrion Hotel y comer en su Garden Room. Era una tarde soleada y lo encontraron luminoso y aireado. Tenía un techo acristalado de suave pendiente y unas puertas correderas en vidrio abiertas que lo separaban de un jardín de flores. Con mal tiempo, las puertas exteriores podían cerrarse para añadir asientos al restaurante interior.

—Creo que podemos estar a la altura de esto —dijo Louise—. Gracias a nuestro árbol que da sombra será un placer en los días soleados. Me gustaría pensar que, con nuestro chef francés, podríamos llegar a conseguir una estrella Michelin.

—Con calma; no olvides que nuestra misión es rescatar a muchachas y mujeres irlandesas maltratadas.

—Por supuesto, pero con nuestro chef experimentado, nuestro viñedo en Borgoña y mis contactos vinícolas en Francia, creo que podríamos crear una atmósfera que rivalice con los mejores restaurantes de Dublín. Y no olvides que la restauración es un sector de servicios y a muchas de nuestras chicas quizá les guste formarse en hostelería. Incluso si se declara una guerra europea, Irlanda piensa mantenerse neutral. El turismo y las reuniones internacionales podrían generar demanda de alta cocina.

Louise y Bea estaban agotadas cuando regresaron a The Chase. Aun así, Nicholas insistió en mantener sus planes de ofrecer una cena para celebrar la supervivencia de Lochlan como jefe de la Garda. Sus dos hijas y sus maridos, los Wishart, los Cavanaugh, Edward Gwynn, el Provost de Trinity, y los Scott-Piper habían aceptado la invitación. A Louise no la dejaban en absoluto tranquila las conexiones de lady Maureen con las distintas organizaciones nacionalistas a las que dedicaba su tiempo y su dinero. Para Louise, la situación irlandesa aún no estaba plenamente resuelta.

Durante los cócteles, todos mostraron interés cuando Louise se puso en pie y describió sus planes para la academia femenina de Dublín. Nicholas y Helen prestaron su apoyo inmediato y entusiasta. Sus hijas, May y Alice, se ofrecieron como voluntarias para enseñar. Como ambas se habían formado para ser médicas, dijeron que podían proporcionar a las chicas nociones de enfermería para prepararlas quizá como niñeras, trabajadoras hospitalarias o incluso animarlas a matricularse en la escuela de enfermería.

Sorprendentemente, sus maridos respaldaron la decisión. Harvey, el esposo de Alice, era cirujano en el St Mary's Hospital. Dijo que pasaría de vez en cuando para ofrecer asesoramiento. Añadió que podía recomendar también a una médica especialista en salud de la mujer.

—Tengo en mente a una recién titulada con los habituales ocho años de estudios de medicina después de su primer grado. Su especialidad es obstetricia y ginecología. Estoy seguro de que podría dedicar al menos un día a la semana para asesorar a las chicas y mujeres y realizarles reconocimientos.

Alice sonrió radiante a su marido.

—Cariño, Harvey, sabes que nos hemos distanciado en los últimos diez años. Ahora que estamos en la cuarentena, esto sería algo que podríamos hacer juntos.

William, el esposo de May, respondió con sorna:

—Yo asesoro en inversiones a gestores profesionales. Dudo mucho que a sus jovencitas les interese nada de lo que yo pueda decir.

—Cariño, tu título en Trinity fue en Economía Política —replicó May—. Tus colegas me dicen que eres un orador inspirador. Estas chicas no son estúpidas; simplemente están desinformadas. Las han mantenido en un agujero educativo durante los últimos tres años. Tú sabes de todo tipo de cosas: dinero y banca, sistemas políticos, historia de Irlanda y de Europa. Súmate a esto, por favor.

—Querida mía, dado que mis suegros han ofrecido su apoyo, haré todo lo que pueda.

May le dedicó una enorme sonrisa, se levantó y lo besó delante de todos.

Cuando pasaron al comedor, Louise se aseguró de sentarse junto a Maureen Scott-Piper.

Tras la marcha de la mayoría de los invitados, los Cavanaugh y los Wishart se quedaron para una última copa antes de que sus chóferes los llevaran a casa.

—Tenemos pensado reservar el pasaje del ferry para mañana o el miércoles —dijo James.

—Me aseguraré de que el inspector detective Hunter esté disponible cualquiera de los dos días para escoltar a Smythe hasta Holyhead, Gales —dijo Lochlan—. Allí quedará bajo custodia de agentes del SIS.

—Esta mañana he recibido los papeles de extradición de Smythe —añadió Aubrey.

Louise se dirigió a Lochlan:

—No me corresponde decidir, pero creo que deberías investigar esas organizaciones que apoya Maureen Scott-Piper, en especial The Workers' Party of Ireland. Si recuerdas, algunos de sus miembros participaron en la detención armada en Rosslare de las doce chicas que habían sido secuestradas. Esta noche ha confirmado que su objetivo principal es proporcionar empleo a ex soldados del IRA. Está fomentando la emigración, sobre todo a la Alemania nazi, donde dice que hay mejores perspectivas laborales que en Irlanda. La verdad es que no me cabe duda, puesto que Alemania está aplicando políticas keynesianas para ampliar el empleo y la infraestructura como parte de sus preparativos para la guerra. Además, fueron los Scott-Piper quienes animaron a Nicholas a contratar a Conlan.

Lochlan seguía con el cabestrillo.

—Tengo un equipo haciendo precisamente eso, pero gracias por recordármelo. Veré qué averiguan ahora que he vuelto a la acción, por así decirlo.

—¿Vosotros y Bea podéis iros del proyecto de la academia antes de ultimar los detalles? —preguntó Nicholas a Louise.

—Hemos contratado a una directora, a cuatro profesores y el hotel tiene personal. Confiamos en poder ausentarnos unas semanas o quizá un mes. En cualquier caso, las obras tardarán ese tiempo en completarse. El primer grupo de veinticuatro chicas llega mañana.

—¿Cómo se llama el constructor que habéis contratado? —preguntó Nicholas.

—Stephen O'Henry.

—Ah, sí, un tipo de fiar. Ha trabajado aquí y lo he recomendado a varios amigos. Siempre ha quedado por debajo del presupuesto inicial y su trabajo es de primera.

Cambiando de tema, dijo James:

—Estoy seguro de que todos estamos deseando ver a nuestros bebés.

—Bea y yo nos hemos ido menos de tres semanas, así que dudo que nos hayan echado de menos —dijo Louise—. He llamado a casa todos los días. La enfermera O'Sullivan confirma que están ganando peso e incluso les está saliendo algo de pelo. Si recordáis, cuando nacieron, nuestros gemelos estaban tan calvos como ese político tory, Winston Churchill.

—La señorita O'Sullivan me dice que Genie también está prosperando —añadió Bea—. De momento conserva los ojos azules y sonríe cada vez que Evans pone caras graciosas.

Decidieron fijar la partida para el miércoles.

—Helen y yo os echaremos de menos —dijo Nicholas—. Ambos pasamos de los ochenta y nuestras vidas se han vuelto bastante monótonas. Solo nuestras cenas semanales rompen el tedio de la vejez. Nos habéis hecho comprender que aún tenemos un papel en la sociedad irlandesa. Mi familia y yo prestaremos todo nuestro apoyo a vuestra academia. Por cierto, mencionaste en una ocasión que pensabais producir un volante para repartir entre hombres y mujeres desempleados. Dijiste que vuestro objetivo era exponer las condiciones en las lavanderías y en otras instituciones católicas sostenidas por el Estado. Creo recordar que también pretendíais informar al pueblo irlandés sobre la corrupción política e institucional presente en nuestro pequeño país. Tengo contactos en algunas editoriales dublinesas. Hay facciones progresistas que estarían encantadas de contar con un vehículo para expresar sus quejas. Ahora mismo, simplemente no existe. La prensa nacional apoya de forma sistemática al nacionalismo irlandés y a la Iglesia católica. Si os parece, dejadme esto a mí. Puedo conseguir aportaciones editoriales e imprimir los volantes. Maureen Scott-Piper podría contratar a gente fiable de la calle para distribuir vuestra hoja.

Louise iba a responder, pero Nicholas la interrumpió:

—Lo sé, piensas que trabaja contra los intereses británicos. En efecto, tras nuestra relación fracturada —y, a decir verdad, tan llena de fricciones— con

Inglaterra durante los últimos cien años, no sería de extrañar. Tiene buen corazón y, además, excelentes contactos. He olvidado, ¿cómo pensabais titular vuestro impreso?

—Algo como Irish News Today o The Irish Issue —dijo Louise—. Hemos estado tan ocupados que no lo hemos pensado mucho.

—¿Qué tal The Big Picture? —propuso Helen—. Los magnates de la prensa de derechas en Irlanda controlan la opinión pública mediante titulares y editoriales, aunque la mayoría de los lectores solo se interesen por los resultados de fútbol gaélico o las viñetas. Como será gratuito, espero que se lea mucho. Pagar a desempleados para repartirlo en estaciones de tren y autobús y en los centros urbanos animados debería dar un gran alcance.

Louise dio las gracias a Helen por la sugerencia. Se volvió hacia Nicholas y le preguntó:

—Bea y yo queremos dejarte nuestras chequeras firmadas. Habrá facturas regulares de nuestro constructor y del personal del hotel para cubrir salarios, comida y, lo más importante, ropa para el primer grupo de chicas, que llega más tarde hoy. Si estás dispuesto, informaré a nuestra directora, la señorita Adele Connors, y la pondré en contacto contigo. Sé que es un abuso de confianza, pero no hay nadie más en quien pueda confiar. Con el dinero tan escaso, dudo que las empresas concedan crédito. Cuando Bea y yo volvamos el mes que viene, cerraremos acuerdos más permanentes con tiendas y proveedores mayoristas de alimentos.

—Será un privilegio ejercer como vuestro agente gestor.

—Nicholas, ¿puedes recomendarnos un buen bufete? Queremos iniciar investigaciones sobre el alcance del sistema de lavanderías de las Magdalenas. Creemos que un camino a seguir será entrevistar a las veinticuatro chicas para que aporten datos de sus respectivas lavanderías, nombres de otras chicas que conocieron e incluso información sobre las monjas de las siete lavanderías que hemos identificado hasta ahora.

—Yo trabajo con Thomas Kane Solicitors. Deberíais contactar con Ian Joyce, es socio sénior.

—Lo haré. Aparte de unos cabos sueltos que resolver mañana por la mañana, el día está libre. ¿Qué tal una salida en familia? Me encantaría ir al Trinity College a ver el Libro de Kells. He leído que es una Biblia iluminada única y que se considera el mayor tesoro de la Europa medieval.

—Hecho —tomó las riendas Nicholas—. En nuestra última cena conocisteis a Edward Gwynn, el Provost de Trinity. A primera hora le pediré que nos haga una visita a lo grande. Después reservaré mesa en uno de mis restaurantes preferidos. Invito yo, así que nada de protestas.

—Dame una pista para buscarlo en el Fodor's —pidió Louise.

—El Fitzwilliam Hotel. El dueño es buen amigo. Acaban de contratar a un chef francés cuyo marisco es de otro mundo.

Capítulo 39

Martes, 10 de noviembre, El Libro de Kells

El sueño de la familia no sufrió interrupciones ahora que sus encargos para el SIS habían concluido con éxito. Se levantaron tarde y tomaron un desayuno ligero, sabiendo que en unas horas disfrutarían de una comida magnífica en el Fitzwilliam.

Al terminar de comer, Louise se disculpó para usar el teléfono del vestíbulo. Primero llamó a las oficinas del Consejo de Distrito de Rosslare y confirmó que habían alquilado un autobús para transportar a las doce muchachas hasta The Grand Hotel en Dublín. —Nuestra directora, la señorita Adele Connors, las estará esperando. Envíen la factura a mi nombre, a la atención del mayor general sir Nicholas Gavin-Wheeler—. Dio la dirección y el número de teléfono de The Chase y le aseguraron que las chicas llegarían a primera hora de la tarde.

También llamó al St James's Hospital e hizo arreglos similares para las otras doce, facilitando la dirección y el teléfono de The Grand Hotel y el nombre de la directora de la academia.

Añadió: —La señorita Connors estará allí para recibir a las muchachas, darles una comida abundante y llevarlas a sus habitaciones.

Con eso resuelto, pidió a la operadora que la pusiera con The Grand Hotel. Cuando la recepcionista, la señorita Eileen Cafferty, contestó, Louise le pidió que llamara a la señorita Connors.

—Señorita Connors —dijo Louise—, mañana regresamos a Inglaterra. Hay algunas cosas que me gustaría que considerase durante nuestra ausencia. Esta tarde llegarán veinticuatro chicas. Solo traerán la ropa puesta, así que por favor gestione con tiendas locales el suministro de prendas variadas, incluidos ropa interior y zapatos. Deje que las chicas elijan lo que quieran ponerse. Como se acerca el invierno, anímelas a escoger prendas de lana y gabardinas. A cada una se le deberá proporcionar un paraguas. Puede asegurar a los comerciantes que el pago se efectuará cuando remitan las facturas a sir Nicholas Gavin-Wheeler. Él tiene talonarios firmados tanto por mí como por Beatrice Hutchinson.

—En segundo lugar, me gustaría que pensara en diseñar un uniforme escolar. Un blazer de lana verde oscuro, faldas plisadas a juego, calcetines blancos hasta la rodilla y camisas blancas de cuello podrían quedar bien, pero se lo dejo a usted. Tal vez también pueda pensar en una corbata y un emblema para las chaquetas, para que los lleven cuando salgan a la ciudad.

Le dio a la señorita Connors la dirección y el teléfono de The Chase.

Por último, Louise llamó a Thomas Kane Solicitors. La pasaron con Ian Joyce, socio sénior.

—Me llamo señora Louise Harcourt-Heath. Mi cuñada, Beatrice Hutchinson, y yo somos inglesas. Estamos poniendo en marcha una academia educativa en The Grand Hotel, en Halliday Road. Nuestro proyecto está plenamente financiado, al menos, para los próximos cinco años. Su objetivo principal es rescatar a chicas y mujeres que han sido esclavizadas dentro del sistema de lavanderías de las Magdalenas. Al parecer, estas instituciones existen por toda Irlanda. Confiamos en que la introducción de lavadoras automáticas ponga fin a su sistema cruel e inhumano de explotación. Hemos entrevistado a veinticuatro adolescentes rescatadas de la Orden Católica de Nuestra Señora de la Caridad y Refugio, en Gloucester Street, Dublín. Gracias a ellas, hemos conocido la ubicación de cuatro lavanderías en el sur de Irlanda, otra aquí en Dublín y otra en Belfast. Estamos convencidas de que hay más. La Iglesia católica también dirige hogares para madres y bebés, orfanatos, manicomios y asilos, todos con subvenciones estatales, licencias de los ayuntamientos y exentos de impuestos locales y estatales.

Ian Joyce preguntó:

—Dicho con respeto, no acabo de ver cómo puede ayudarles mi despacho.

—Nos ha recomendado el padrino de mi marido, el mayor general sir Nicholas Gavin-Wheeler. Nuestro propósito es proporcionar un entorno educativo sereno, seguro y protector para las chicas y mujeres que la sociedad irlandesa ha abandonado y la Iglesia católica ha explotado.

Joyce volvió a apremiarla para que fuera al grano.

—Con el mayor respeto, dígame, por favor, cómo podría encajar mi despacho en sus planes.

—Mis disculpas. Quería darle el contexto de nuestras necesidades. Quisiéramos contratar sus servicios para que, con sus capacidades de investigación y, llegado el caso, de acusación, identifiquen el número y la ubicación de las lavanderías de las Magdalenas existentes. Supongo que necesitarán contratar detectives privados. Estamos dispuestas a pagar sus honorarios habituales para compilar una lista completa de todas las instituciones de las Magdalenas y, si es posible, averiguar el número e incluso los nombres de algunas internas en cada una. Soy consciente de que será difícil, ya que son comunidades enclaustradas sin supervisión gubernamental ni de la Garda. Como inicio, querríamos que un representante de su bufete entrevistara a las veinticuatro antiguas internas cuando se hayan instalado en The Grand Hotel. Además, su despacho debería intentar recabar detalles sobre el alcance y las actividades de las otras instituciones católicas que mencioné.

—Por favor, deme un momento —dijo Joyce.

Louise oyó un clic y la línea quedó en silencio durante varios minutos.

Cuando regresó, dijo:

—Acabo de comentarlo con mis colegas. Estamos dispuestos a aceptarlas como clientas. ¿Les vendría bien pasarse la semana que viene para tratar las condiciones y el alcance de sus solicitudes?

—Por desgracia, mañana regresamos a Inglaterra. Volveremos el mes que viene, seguro antes de las vacaciones de Navidad. Mientras tanto, me gustaría que inicien sus pesquisas y vayan informando a sir Nicholas de sus avances. Él les girará cheques como anticipo de nuestros honorarios.

Louise empezó a darle al abogado la dirección y el teléfono de Nicholas. Él respondió que ya constaban en su archivo, pues los Gavin-Wheeler eran clientes desde hacía años.

Louise sintió que sus gestiones estaban cerradas y que podía marcharse de Irlanda con todos los flecos cubiertos.

Nicholas se plantó en el umbral y carraspeó.

—La familia está lista para salir.

Su primera parada fue el despacho del Provost de Trinity.

Edward Gwynn los recibió.

—He concertado una visita privada al Libro de Kells. Nuestra conservadora de Antigüedades cerrará las puertas al público durante la próxima hora para que puedan contemplar nuestro tesoro sin distracciones. Les ofrecerá una charla particular para explicar la procedencia del manuscrito iluminado y por qué es tan importante en la historia medieval.

Entraron en la Long Room, reconocida universalmente como una de las bibliotecas más hermosas del mundo. En un extremo estaba el Libro de Kells, el Evangelio iluminado escrito en latín. Estaba protegido en una urna de cristal, con solo una página abierta a la vista del público. La luz era tenue para que las iluminaciones no se desvanecieran.

Su guía dijo:

—Este libro también se conoce como Codex Cenannensis. Se cree que los cuatro Evangelios fueron escritos y decorados hacia el año 800. No se ha establecido de forma definitiva si se creó en Irlanda, Escocia o Inglaterra.

—¿Por qué se llama el Libro de Kells? —preguntó James.

—Porque durante siglos se custodiaba en la abadía de Kells, en el condado de Meath —respondió ella.

Terminada la visita, dieron las gracias a su guía y pasaron a la Long Room. Estaba llena, del suelo al techo, de libros encuadernados en piel. Los volúmenes por encima de la altura de la cabeza solo eran accesibles mediante escaleras correderas de seis metros situadas a ambos lados de las dobles hileras de estanterías que partían de un corredor central.

Nicholas dio las gracias al Provost.

—Tenemos reserva en el Fitzwilliam Hotel. Únase si no anda demasiado atareado.

—Tendré que pasar. Tengo montones de papeleo, todo urgente y atrasado.

—Debe venir a nuestra próxima cena.

—Avísenme con tiempo e intentaré encajarlo en la agenda.

Volviéndose hacia los cuatro visitantes ingleses, añadió el Provost:

—Ha sido un gran placer conocerles. Quizá en su próxima visita podamos seguir hablando del cisma irlandés/inglés y de los progresos de su instituto femenino.

Partieron hacia el Fitzwilliam para llegar a tiempo a su reserva de la una. Como estaba en el lado norte de St Stephen's Green, solo eran unos minutos desde Trinity College. Aparcaron en la zona reservada a clientes y entraron en el restaurante.

—Invito yo —dijo Nicholas—. No admitiré objeciones.

La comida fue magnífica. Con el postre, una tarte aux pommes, Nicholas pidió para la mesa una botella de Calvados Chateau de Breuil de veinticinco años.

Con ella brindó por Bea y Louise.

—Por el éxito de vuestra academia. A propósito, Bea, ¿habéis pensado un nombre para vuestro volante?

—Louise y yo lo hemos hablado. Nos gusta llamarlo The Big Picture.

—Podríais llamarlo An Pictiúr Mór, que es la traducción al gaélico —dijo Helen—. Más de dos tercios de nosotros hablamos irlandés y, puesto que os dirigís sobre todo a cuestiones relativas a mujeres sin hogar y maltratadas en Irlanda, quizá convenga que ese sea el título principal. ¿Por qué no ponerlo en negrita y, debajo, The Big Picture? Otra idea: llamad a vuestro pliego The Shamrock y, en letra más pequeña, An Pictiúr Mór y luego The Big Picture.

—Excelente idea —dijo Louise—. Nicholas, ¿puedes ponernos en contacto con tu impresor y tus amigos escritores?

—Haré más que eso. Haré que mis contactos del Partido Liberal propongan ideas para abordar otras quejas y escándalos de corrupción política en nuestro pequeño país. Os enviarán borradores de sus artículos para vuestra aprobación.

Era última hora de la tarde cuando regresaron a The Chase.

Louise fue al teléfono del vestíbulo y llamó a The Grand Hotel. Contestó la señorita Cafferty y Louise pidió hablar con la señorita Connors.

Al cabo de un par de minutos, la directora dijo:

—Me alegro de que llamara. Me complace informarle de que han llegado las veinticuatro chicas. Las dejé elegir sus habitaciones y compañeras. Estaban en los huesos. Monsieur Le Pont preparó una comida magnífica con abundantes proteínas y verduras, y tarta de manzana con helado de postre. No quedó ni una miga en los platos y muchas pidieron tímidamente repetir. Su ropa era una vergüenza. Llevaban diversos uniformes de algodón deslucidos que, a todas luces, no se habían lavado en semanas. Esta tarde varias tiendas de ropa locales trajeron variedad suficiente para vestir a veinticuatro adolescentes. Insistí en que trajeran también zapatos, calcetines y ropa interior y dejé que las chicas eligieran lo que querían. Logré convencer a las tiendas para que nos diesen crédito. Remitirán las facturas a The Chase para su pago. Las bañeras de la primera planta no han dejado de usarse. He tirado su ropa vieja a los cubos de la basura.

—¿Ha podido entrevistar a las chicas?

—Empezaré mañana. Quiero que me conozcan y confíen en mí. Tomaré notas de las entrevistas y las pasaré a máquina para que usted y la señora Hutchinson puedan conocer los antecedentes de cada una.

—No sé cómo agradecerle su enfoque tan profesional del acompañamiento —dijo Louise—. No creo que ninguna haya recibido nunca este nivel de cuidado y atención. Hemos sabido que en algunas lavanderías les habían robado la identidad. Les daban nombres religiosos y, en algunos casos, solo se las identificaba con un número.

—Una cosa más —prosiguió—: hemos contratado al bufete Thomas Kane Solicitors. En las próximas dos semanas llamarán para concertar entrevistas con cada chica y conocer todo lo posible sobre las circunstancias de su estancia en las lavanderías. Le agradecería que estuviera presente y tomara notas para que Bea y yo podamos conocer los antecedentes de las chicas cuando regresemos el mes que viene. El abogado indagará sobre cada uno de los siete lugares donde estuvieron cautivas. También les preguntará por los nombres de otras muchachas que conocieron y cómo acabaron bajo la custodia de la Iglesia. Nuestro objetivo es descubrir la profundidad y la extensión del sistema de lavanderías de las Magdalenas en Irlanda.

—Volveré a llamar el viernes por la mañana para saber cómo van. Y, en ese momento, infórmeme también de los avances de las obras.

Con esto, Louise colgó.

De vuelta en el salón, dijo Donald:

—Deberíamos hacer las maletas y prepararnos para la salida de las ocho de mañana.

Subieron a sus habitaciones y, al cabo de un par de horas, bajaron a tomar una cena ligera en el comedor. Nicholas descorchó un champán bastante raro para brindar por su partida.

Añadió:

—Creo que el cruce a Holyhead lleva cerca de cinco horas. En los periódicos vespertinos dicen que el mar estará en calma.

—Tengo que daros las gracias a ambos por aguantarnos —dijo James—. Donald y yo llevamos aquí más de un mes y espero que no hayamos abusado de vuestra hospitalidad. En vuestra próxima visita a Inglaterra, será un placer recibiros en Woburn.

—De hecho, tengo previsto reunirme con el FO y el MOD la primera semana de diciembre —dijo Nicholas—. Llamaré a Humphrey para confirmar fechas. Seguro que sabéis que Humphrey cumple 80 el 13 de diciembre. Helen y yo pensamos estar allí para celebrarlo.

—Si tomáis el tren de Holyhead a la estación de Euston, os recogeré y os llevaré en coche a Woburn —dijo Donald.

—Aceptamos, y ahora dejad que os llene las copas para un último brindis. Por la mañana pediré a Roake que os lleve al puerto del ferry. Saldrá de aquí sobre las siete para asegurar que llegáis a vuestras cabinas con tiempo.

Capítulo 40

Miércoles, 11 de noviembre, Holyhead, Gales

Llegaron a Holyhead tras un viaje tranquilo. Louise decidió quedarse en el camarote durante toda la travesía. Antes de salir de The Chase, James había telefoneado al Ferry Lodge Hotel, donde habían guardado su Railton. Pidió al conserje que buscara un mecánico para asegurarse de que la batería estuviera completamente cargada. También le solicitó que el hombre entregara el Railton en el muelle del ferry de B&I.

Al bajar de la pasarela, James avistó el Railton en el aparcamiento. Pagó al mecánico, que se marchó en autobús de regreso a su taller. Al mismo tiempo, el detective inspector Hunter puso a Cameron Smythe bajo la custodia de agentes del MI6.

Mientras cargaban las maletas en el maletero del Railton, Donald dijo:

—¿Por qué no nos llevas a Bea y a mí directamente a Chelsea? Luego te seguimos hasta Addlestone.

—Hecho.

Todos habían olvidado que era el Día del Armisticio, que ahora solo se celebra de forma esporádica en Irlanda. En cuanto se aproximaron al Támesis, las calles estaban llenas de gente que agitaba Union Jacks y lucía amapolas rojas. En Whitehall se había congregado una multitud enorme.

Dejaron a Donald y a Bea en su casa del mews de Chelsea y bajaron en coche hasta Woburn. El Packard de Donald llegó unos minutos después y todos entraron en el familiar ámbito de la biblioteca de Woburn.

Humphrey vestía de negro, con sus medallas militares prendidas en la chaqueta.

—Acabo de regresar del Cenotafio. A las 11:00 de cada 11 de noviembre me reúno con mis camaradas de la Guerra de los Bóeres y con nuestro oficial al mando, el teniente general Robert Baden-Powell. Nicholas se lo ha perdido este año. Por cierto, he hablado con el general Edmond Ironside. Lo conocí durante la Segunda Guerra de los Bóeres. Llegó como subteniente y ascendió enseguida a teniente. Que yo recuerde, fue herido tres veces y mencionado en despachos. Había perdido el contacto con él con los años, pero supe que había tenido una carrera ilustre en el estado mayor de la 6.ª División de Infantería. En 1918 le dieron el mando de una brigada en el Frente Occidental. Me contó que el año pasado, tras servir en el extranjero, volvió a Londres y fue ascendido a general de pleno empleo para dirigir el Eastern Command. Por lo visto, suena para gobernador de Gibraltar.

Humphrey cambió de tema:

—La cena de esta noche también es una ocasión especial. Smalbridge y su hijo han cobrado tres pares de codornices. La cocinera las ha preparado, semideshuesadas, con un aderezo de mostaza de Dijon.

Jarvis entró en la sala y llevó a James aparte.

—Señor, mientras estuvo fuera recibió varias llamadas del señor Archibald Ramsay, diputado. Se lo digo ahora porque deseaba ponerse en contacto con usted con cierta urgencia.

James le dio las gracias y salió al vestíbulo. Llamó a Jock Ramsay y se disculpó por haber estado ilocalizable.

—Mi familia ha estado de vacaciones en Irlanda. Nos quedamos con mis padrinos y la estancia se alargó más de lo previsto.

—En el Comité Ejecutivo de la Nordic League no hemos hecho otra cosa que hablar del desastroso mitin de Mosley del 4 de octubre. Como usted estuvo allí, nos gustaría oír su valoración de lo que salió mal. He de decir que Oswald sigue optimista; lo considera solo un tropiezo menor en la campaña de captación. ¿Podría venir a mi casa a cenar este sábado? He convocado al Comité en pleno para discutir cómo puede afectar ese infortunado mitin a nuestras decisiones internas y estrategias. ¿Siete y media para cenar a las ocho?

—Por supuesto; acepto su amable invitación.

Antes de los aperitivos, James telefoneó a Richard.

—He vuelto a Inglaterra y a Donald y a mí nos gustaría tener una palabra en privado.

—¿Les parece a nuestra hora habitual, las 11:00 de mañana? Pediré que se sumen los dos jefes del SIS. Entiendo perfectamente que Louise querrá pasar tiempo con los gemelos, pero nos gustaría mucho que asistiera. Después pueden unirse a nosotros para almorzar en la mesa principal del King's.

Al colgar, encontró a Louise en la nursery jugando con los bebés.

—¿Crees que podrías acompañar mañana a Donald y a mí a Cambridge? Richard quiere especialmente tu opinión sobre lo que logramos en Irlanda.

—Preferiría que no. Quiero pasar tiempo con nuestros gemelos. James, mira, ya empiezan a poner caritas y a sonreír cuando la enfermera O'Sullivan o Evans agitan uno de sus sonajeros. Tienen seis meses y medio y tanto Moira como Evans los animan a empezar a hablar. No me reconocen, pero eso cambiará ahora que he vuelto. En cuanto a tu reunión, pasé buena parte del tiempo en el ferry preparando un resumen de nuestro viaje, de lo conseguido y del estado de los asuntos potencialmente pendientes en Irlanda.

Esa noche, le entregó a James cinco hojas de papel oficio.

Capítulo 41

Jueves, 12 de noviembre, Edificio Gibbs

James y Donald salieron puntuales a las nueve y media. Como de costumbre, James aparcó su Railton frente al pub The Mitre.

Al llegar a las habitaciones del segundo piso de Richard, llamó a la puerta y oyó que Richard gritaba:

—Adelante.

A James le sorprendió ligeramente ver el despacho de Richard lleno. Estaban reunidos Sybil Fergusson, la reclutadora de Louise en el MI5; el Mayor General Vernon Kell, jefe del MI5; Sir Hugh Sinclair, jefe del MI6; John Tresidder Sheppard, vicerrector de King's College, y el tesorero de King's, John Maynard Keynes.

Richard comenzó:

—Perdón por la concurrencia. Consideré que todos los implicados debían ser informados en persona de los acontecimientos en Irlanda. Evidentemente, hemos mantenido contacto regular con Lochlan Cavanaugh y Aubrey Wishart. Ambos me han pedido que os felicite por vuestros éxitos. En particular, han subrayado la forma en que habéis logrado exponer el grado de infiltración nazi en la República de Irlanda, así como la relación de las lavanderías de las Magdalenas con el programa Lebensborn. También fuisteis centrales en la captura de Cameron Smythe y el arresto del mayor Declan Murphy. Ahora está claro que la intención de Murphy era tomar el control directo de la Garda para sus fines políticos. Resulta que mantuvo contactos con el viejo IRA y también con la Alemania nazi. Lo hizo a través de Gerhard Schechter, ese residente germano-irlandés que transmitía información de la Garda y del FO directamente a Berlín. Con vuestra ayuda, el G2 ha logrado desmantelar toda la red nazi en Irlanda, y aquí incluyo la interrupción del tráfico de muchachas rubias hacia Alemania.

—Adolf Mahr sigue en libertad, ya que ha proporcionado explicaciones verificables de sus actos. No obstante, G2 y la Garda lo mantendrán bajo estrecha vigilancia por si intenta desarrollar nuevos contactos con alemanes residentes en Irlanda. Hemos reemplazado a nuestro agente del MI6 asesinado y concedido a su familia una pensión vitalicia. Es una compensación menor por su muerte en acto de servicio. Su cuerpo ha sido repatriado a Inglaterra y enterrado con plenos honores civiles y militares. En total, y aquí incluyo a ese antiguo chófer, Conlan, cuarenta exsoldados del IRA han sido detenidos por cargos que van desde secuestro y conspiración para secuestrar hasta asesinato. Los juicios están fijados para comienzos del año nuevo. Mientras tanto, permanecerán bajo custodia en la prisión de Kilmainham.

James pasó entonces el resumen de Louise al lado del escritorio de Richard. Todos lo leyeron en silencio. Keynes fue el primero en hablar:

—Apoyo plenamente los esfuerzos de Louise y Bea para rectificar los agravios cometidos por la Iglesia católica irlandesa, así como para identificar el grado sustancial de complicidad de los gobiernos irlandeses. En cuanto a su instituto residencial, infórmales de que, como tesorero de King's, estoy encantado de comprometer apoyo financiero. Dispongo de fondos discrecionales, separados de nuestras becas y ayudas de mantenimiento para estudiantes. Louise y Bea deberían informarme de sus necesidades futuras, y estaré encantado de conseguir que King's contribuya y, por supuesto, publicite nuestra implicación. Ahora mismo solo hay dos colleges femeninos en Cambridge. Con el tiempo, espero que la mayoría de los colleges se vuelvan mixtos. Esto podría ser el primer paso para poner fin a nuestra política institucionalizada de limitar oportunidades para las mujeres.

—Además, tengo contactos en los periódicos Manchester Guardian y Observer. Su editor, Charles Scott, es amigo íntimo y ambos somos miembros activos del Partido Liberal. Está dispuesto a ofrecer apoyo editorial al proyecto de Louise y Bea en Dublín. Incluso ha sugerido que vuestros esfuerzos podrían servir de impulso para establecer un instituto similar de apoyo a mujeres sin hogar en Gran Bretaña.

James les pasó a continuación la propuesta mecanografiada que Louise y Bea pensaban presentar a los colleges hermanos de Magdalene College, Cambridge, y Magdalen College, Oxford.

Tras leerla, Keynes dijo:

—Hablaré discretamente con Allen Beville Ramsay, el rector de Magdalene, Cambridge. También conozco a George Stuart Gordon, presidente de Magdalen College, Oxford. Si Louise y Bea están de acuerdo, me complacerá añadir mi aval a este documento antes de que se entregue a ambos. Si la reescribís, os permitiré incluir mi nombre. James, tráemela para firmarla antes de enviarla a Gordon y Ramsay.

Sheppard añadió:

—Estoy dispuesto a sumar mi aval y mi firma a la propuesta. Como vicerrector de King's, también tengo acceso a fondos discrecionales siempre que se destinen a buenas causas. Estaré más que dispuesto a ayudar si Louise y Bea me proporcionan documentación de respaldo sobre cómo se gastaría el dinero.

Tanto el Mayor General Vernon Kell como Sir Hugh Sinclair dijeron que podrían encontrar fondos departamentales para contribuir y aceptaron que se añadieran sus firmas a la propuesta.

Sheppard añadió:

—No veo razón terrenal para que ambos colleges no ofrezcan su respaldo. Les da una publicidad excelente que debería aumentar sus fondos de dotación procedentes de antiguos alumnos.

Keynes agregó:

—Sé que Charles Scott tiene contactos en Irlanda que podrían ayudar a difundir en la prensa local y nacional los abusos de las lavanderías. La idea del panfleto y fliers de Louise es un excelente punto de partida. Dará trabajo y propósito a los desempleados irlandeses. Sería un caso perfecto de estímulo fiscal, pues encarnaría efectos multiplicadores plenos. Dado que la propensión marginal al ahorro de los desempleados es nula o casi nula, el impacto multiplicador sobre la renta nacional se aproximaría al infinito.

Por las miradas de los presentes, parecía que solo James comprendía el análisis de Keynes. James había leído La teoría general del empleo, el interés y el dinero en cuanto se publicó el pasado febrero.

Al finalizar la reunión, Donald dijo a Sir Hugh:

—Llevamos un mes fuera de casa. ¿Podemos esperar algo de descanso por, digamos, buen comportamiento?

—No veo gran cosa en el horizonte. Comprobad con vuestro personal de departamento cómo van vuestros dos reclutas alemanes. Aparte de eso, tomad unos días para familiarizaros con el bebé.

Kell se hizo eco de las palabras de Sir Hugh:

—James, puedes tomarte el tiempo que necesites. No veo nada urgente que no puedan manejar otros agentes del MI5. Podrías seguir trabajando con Beatrice en su creación de cifrados y códigos. Además, tras el desafortunado mitin de la BUF del mes pasado, me gustaría que contactaras con Jock Ramsay e intentaras reunirte con los miembros del Comité Ejecutivo de la Nordic League.

—De hecho, Ramsay llamó varias veces mientras estaba fuera. He quedado en verlos el sábado por la noche.

Después del almuerzo en la mesa principal de King's, James y Donald regresaron a Woburn. Ambos fueron directamente a la nursery para ver a sus esposas y a los bebés. Tras jugar un rato con ellos, la enfermera O'Sullivan dijo que era hora de la siesta y acostó a cada niño, incluida la hija del señor y la señora Peets, Lena, en sus cunas. Apagó las luces y dejó la puerta entornada para oír cualquier quejido o llanto.

Abajo, James dijo a Louise y Bea:

—Tengo buenas noticias. La propuesta de vuestro instituto residencial recibirá avales por escrito de Keynes, Sheppard, el Mayor General Vernon Kell, Sir Hugh Sinclair y Charles Scott, editor del Manchester Guardian. Todos han dicho que están dispuestos a firmar y apoyar económicamente vuestro proyecto. Antes de enviar la carta a los rectores de Oxford y Cambridge, la señora Peets tendrá que mecanografiar de nuevo la propuesta dejando espacio para añadir sus firmas.

Capítulo 42

Viernes, 13 de noviembre, Woburn y Oxford

Después del desayuno, Louise dijo:

—Mientras nuestros bebés echan la siesta, Bea y yo pensamos dedicar la mañana a asuntos relacionados con nuestra academia de Dublín.

Primero llamó al Grand Hotel. La señorita Cafferty reconoció su voz.

—Buenos días, señora Harcourt-Heath. Confío en que el regreso a Inglaterra haya sido tranquilo.

—Así ha sido. ¿Podría hablar con la señorita Connors?

—Está con las chicas en nuestro salón de conferencias. ¿Quiere que la llame?

—Por favor.

Al cabo de un par de minutos, la directora atendió al teléfono. Louise preguntó:

—¿Podría ponerme al día de cómo van las chicas?

—Ya disponen de varios cambios de ropa, además de zapatos y gabardinas. En cuanto a las prendas más íntimas, las dejé elegir lo que les resultara más cómodo para estar en público. Esto incluye sujetadores, que ninguna había usado nunca. Algunas eligieron camisolas, y he proporcionado a cada una cinco pares de ropa interior. Aunque el hotel tiene una lavandería con un viejo rodillo, me gustaría que compráramos varias lavadoras Bendix. Como mujeres, estoy segura de que comprende que todas están teniendo su menstruación. Todas me han contado que, con las monjas, debían sobrellevar esa vergüenza sin ayuda. He encargado compresas higiénicas para cada habitación.

—Haga lo que considere mejor. Recuerde que aspiramos a una capacidad de ciento veinte chicas y mujeres, así que las lavadoras se usarán a diario. También habrá que lavar sábanas, toallas y la lencería del restaurante. Le pido una cosa:

contrate criadas para la colada. Las chicas ya han tenido bastante de eso en los últimos dos años. ¿Necesita algo más?

—Por ahora no. Los albañiles han bajado los sesenta pupitres y sillas de los dormitorios a lo que el señor Flaherty llamaba el salón de actos. Supongo que lo concibió para bodas y aniversarios. He decidido que sea nuestro primer salón de conferencias. Cuando estemos al completo, las alumnas podrán compartir los pupitres.

—¿Ha terminado sus entrevistas preliminares?

—Anoche las concluí. Hay similitudes notables. Prácticamente todas destacaban en la escuela antes de ser enviadas con las monjas. En mi opinión, por eso mismo la Iglesia las vio como una amenaza para el statu quo. Todas soñaban con salir de la pobreza y de la ignorancia de sus familias. Ahora tienen ambiciones prácticas y alcanzables: quieren ser maestras, enfermeras, niñeras, secretarias e incluso camareras o personal de cocina para aprender el negocio de la restauración. He seleccionado a este último grupo para que observe y aprenda de monsieur Le Pont. Resulta ser un maestro nato. Lo he visto explicar con cuidado sus razones en cada paso: la planificación de menús, la redacción de la carta, los pedidos al por mayor, la preparación de verduras y carnes, y la importancia de la limpieza y la higiene. Les enseña a montar correctamente las mesas, a plegar servilletas de hilo y a colocar la cubertería en su sitio. También les habla en francés, que describe como la lengua más bella del mundo.

—¿Y las demás chicas?

—He empezado con dos sesiones de orientación diarias. He dado a cada una cuadernos, plumas y lápices y les he mostrado cómo tomar apuntes para retener y recordar el contenido. Todas están deseosas de aprender. Reconocen que no saben prácticamente nada del mundo exterior. He tenido que empezar por algo tan simple como explicar el dinero, los salarios y los impuestos. A ninguna le pagaron jamás por su trabajo, pero sabían que el dinero es necesario para vivir. Les he explicado el papel del Gobierno y de la Garda. La semana que viene, el sargento detective O'Malley ha prometido venir a dar una serie de charlas sobre la función de la policía y el sistema penal irlandés. Planeo iniciar lecciones de historia universal, con foco en la experiencia irlandesa. Todas nacieron hacia la época del Acuerdo de Paz de 1921, de modo que saben poco de la Gran Guerra, la Guerra Civil irlandesa, el Levantamiento de Pascua y no digamos la Gran Hambruna de la década de 1850.

Louise le habló de las hijas de Nicholas, May y Alice.

—Se han ofrecido a compartir sus conocimientos médicos. Sus maridos, William O'Raferty y Harvey Owens, también han ofrecido impartir charlas cuando se necesiten. Puede contactar con ellos a través de Sir Nicholas Gavin-Wheeler.

La señorita Connors prosiguió:

—Aunque son listas, también son increíblemente ignorantes. Han estado atrapadas en un silo antiintelectual donde la lectura y la escritura se les han ido atrofiando. Muchas tienen dificultades con el cálculo y con habilidades tan elementales como la división y la multiplicación. Todas necesitan nuestras lecciones básicas si van a poder trabajar, por ejemplo, de dependientas. Nunca han manejado dinero, así que la idea de dar el cambio de un billete de diez chelines o incluso de media corona les resulta completamente ajena.

—Señorita Connors, tiene toda la razón. El dinero es algo natural para todos nosotros hoy en día. Debo decir que estamos muy satisfechas con su planificación y sus progresos. Si encuentra tiempo, ¿podría hacerme una evaluación rápida del nivel y el potencial de cada chica?

—Es una prioridad. Cuando lleguen nuestros cuatro profesores la semana que viene, tendré que ubicarlas en el itinerario correcto del sistema educativo.

Louise añadió:

—Volveré a llamar el próximo viernes para otra actualización. Entretanto, permítame decirle que Bea y yo estamos convencidas de haber acertado con su nombramiento como directora.

—Gracias por su apoyo. Por cierto, ¿han decidido un nombre? Me gustaría retirar ese letrero desvencijado sobre la entrada del hotel. Debemos hacer saber a Dublín quiénes somos.

—Estamos en ello. Confiamos en tener el nuevo nombre la semana próxima.

Cuando Louise volvió a la biblioteca, dijo a Bea:

—La señorita Connors me ha recordado que debemos ponernos en serio con el nombre de la academia. ¿Ha preparado la señora Peets la propuesta enmendada para enviar a los rectores de ambos colleges?

—Mira.

Louise leyó el documento, que ahora tenía dos secciones adicionales. La primera reunía a los firmantes que habían indicado estar dispuestos a apoyar la academia política y financieramente; la segunda listaba a los donantes que se habían comprometido a aportar respaldo económico adicional. Se habían añadido los nombres de Lord Hutchinson, el padre de Donald, así como los jefes del MI5 y del MI6.

—Es importante que ambos colleges comprendan que buscamos acreditación, no subsidio. Una vez firmado, podremos cerrar el nombre de nuestro instituto residencial.

Bea dijo:

—Suponiendo que ambos colleges acepten, decidamos ya un nombre. Habrá que registrarlo en el Ayuntamiento de Dublín, contratar a un rotulista y encargar la papelería.

Louise dijo:

—He estado dándole vueltas. Me gusta llamarlo THE IRELAND ACADEMY FOR WOMEN. Debajo, suponiendo que consigamos el acuerdo de los dos colleges de Oxford y Cambridge, podríamos añadir: Supported and Accredited by Magdalene College, Cambridge and Magdalen College, Oxford. ¿Qué te parece?

Bea contestó:

—Me gusta, pero esperemos a tener el visto bueno de ambos rectores. James me dijo que mañana por la tarde irá a Londres para reunirse con la Nordic League. Pídele que pase antes por Cambridge para conseguir las firmas de Keynes, Sheppard y Allen Beville Ramsay, rector de Magdalene College. Keynes comentó que el editor del Manchester Guardian, Charles Scott, también está dispuesto a apoyar nuestra academia. James debería preguntarle a Keynes cómo obtener su firma.

—Lo haré. Tú, por tu parte, pide primero a Donald que consiga las firmas de Sir Hugh Sinclair y del mayor general Vernon Kell mientras esté en Londres. También debería intentar ver a su padre para lograr la suya. Por último, tendrá que viajar a Oxford para conseguir el apoyo y la firma del profesor George Stuart Gordon, presidente de Magdalen College.

A continuación, Louise llamó a sus abogados en Dublín. La pasaron de inmediato con Ian Joyce, el socio con el que ya había tratado. Él dijo:

—He contratado a media docena de detectives privados para recorrer toda Irlanda, incluida Irlanda del Norte, tras los rumores sobre otras lavanderías y fosas. Intentarán obtener direcciones de lo que creen que podrían ser varias instituciones más. Siguiendo sus instrucciones, también buscan información sobre los hogares de madres y bebés, orfanatos, asilos de locos y casas de trabajo dirigidos por católicos. Harán indagaciones y tomarán fotografías de todas esas instituciones subvencionadas por el Estado para su posterior difusión pública. En cuanto a la lista de lavanderías que nos proporcionó, mis investigadores las vigilarán todas. También se acercarán a escuelas y ayuntamientos con preguntas sobre las chicas y mujeres enviadas con las monjas. La semana que viene iré personalmente a su academia para entrevistar a cada residente. Mi objetivo es recabar cualquier información que puedan tener sobre sus respectivas lavanderías y los nombres de otras chicas y mujeres que conocieran. También les preguntaré si conocen la identidad de las monjas responsables.

Después del desayuno, James y Humphrey quedaron con Smalbridge, el encargado de la granja. Les puso al día sobre el negocio de ganado de Woburn. Todo parecía en orden. El forraje de invierno y el ensilado estaban almacenados en los graneros para alimentar al rebaño hasta que la hierba y la alfalfa brotaran en primavera. Las subastas de ganado no empezarían hasta mayo, de modo que en esta época del año había poco que hacer. James también habló con el administrador de las propiedades familiares en Londres, todas alquiladas a clientes adinerados y embajadas. Pese a la Depresión, generaban excelentes flujos de ingresos. A James no le sorprendía. Sabía que los ricos rara vez soportan la peor parte de la contracción económica y del descenso de la actividad.

Mientras tanto, Donald se reunió con su padre en la Cámara de los Lores y obtuvo su firma en apoyo de la creación de su academia irlandesa para mujeres. Después condujo hasta Oxford y se vio con el presidente de Magdalen College. Tenían confianza, y el profesor Gordon firmó sin reparos el documento que Bea le había insistido en que llevara. El presidente del college prometió apoyar la propuesta tanto con el patrocinio de la institución como con su disposición a aportar una asignación anual destinada a la academia.

De regreso, Donald hizo una parada en Broadway Buildings, en Londres. Allí logró que tanto el mayor general Vernon Kell como Sir Hugh Sinclair firmaran y fecharan la propuesta. Aprovechó para ponerse al día con Harry Pearce, su adjunto de la sección Alemania. Cada mes, los dos oficiales de las SS que había reclutado durante los Juegos Olímpicos de Berlín del verano pasado seguían aportando información valiosa. Recientemente habían proporcionado detalles sobre numerosas deserciones de la Waffen-SS. Lo curioso era que algunos de los que habían dimitido habían solicitado visados de inmigración al Reino Unido. Debido al desempleo masivo en el país, era requisito legal que todos los inmigrantes presentaran contratos de trabajo notariados. Al parecer, varios exmiembros de la Waffen-SS habían sido aceptados tras presentar la documentación exigida. Donald no sabía qué pensar, pero comprendía que el número parecía reducido y, probablemente, irrelevante en el conjunto de la situación.

Capítulo 43

Sábado, 14 de noviembre, Cambridge y Chelsea

Después de un desayuno temprano, James condujo a Cambridge para reunirse con Keynes, Sheppard y Allen Beville Ramsay, el maestro de Magdalene College. Su intención era conseguir sus firmas en la propuesta reescrita de la academia que Donald ya había hecho circular. Sheppard y Ramsay firmaron, comprometiéndose a aportar apoyo financiero si se les presentaban necesidades concretas y objetivos educativos alcanzables.

En la oficina del tesorero, Keynes dijo:

—Deje esto conmigo; se lo enviaré esta noche por mensajero a Charles Scott, editor del Manchester Guardian y del Observer. Ya he hablado con él sobre la propuesta de Bea y Louise. Está dispuesto tanto a firmar como a poner el peso editorial de sus dos publicaciones al servicio de vuestro empeño. Cuando me lo devuelva firmado, se lo remitiré por mensajero a Woburn. Deberíais tenerlo a mitad de semana.

Era última hora de la tarde cuando James volvió a casa. Tras cambiarse a esmoquin, fue en coche a la estación de Addlestone y tomó el tren de las 6:37 a Waterloo. Un taxi negro lo llevó hasta la casa en Chelsea de Jock Ramsay. Cuando el mayordomo lo condujo al salón, todo el Comité Ejecutivo de la Nordic League ya estaba sentado. También estaban presentes Anthony Blunt y su compañero Leo Long, ambos antiguos Cambridge Apostles.

Tras rellenar las copas de champán, Ramsay pidió a su personal que dejara la sala para comenzar la reunión confidencial.

Jock se puso en pie.

—Primero, un anuncio importante. William Joyce acaba de ser nombrado lugarteniente de Mosley en la BUF.

Los miembros de la Nordic League se levantaron y aplaudieron el ascenso de Joyce.

Joyce se puso en pie y alzó la mano derecha para agradecer los elogios.

—Permítanme empezar diciendo que todos estamos desconcertados por cómo veinte mil miembros de la BUF, apoyados por una cifra similar de agentes de la Policía Metropolitana, se vieron frustrados en su intento de ejercer nuestro derecho constitucional a entrar pacíficamente en un barrio de nuestra capital.

James observó que muchos miembros de la Nordic League asentían a la afirmación de Joyce.

—Judíos y comunistas estaban organizados y preparados con barricadas improvisadas, ladrillos y botellas de cerveza. Debió de haber al menos cien mil hombres y mujeres que pelearon como demonios. Aparte del Manchester Guardian, el resto de la prensa está de nuestro lado. Incluyo, por supuesto, el Daily Mail y el Daily Express de Lord Rothermere. Estoy seguro de que todos hemos leído sus editoriales: elogiaron nuestros esfuerzos y criticaron a la Policía Metropolitana por su ineficacia, alegando que no cumplió con su deber legal de mantener el orden. Por desgracia, también coincidían en que nuestra marcha fue caótica.

Ramsay carraspeó.

—Debo apresurarme a señalar que nuestra Nordic League no es la BUF. Nunca hemos buscado notoriedad y creímos que los intentos de Mosley por tomar las calles con su pseudo-ejército de camisas negras era buscarse problemas. Nosotros hemos cosechado éxitos de forma constante utilizando nuestro poder económico y político, así como nuestras posiciones en la sociedad, para inducir, presionar y, si es necesario, persuadir económicamente a los miembros del Parlamento a alinearse con Alemania y las políticas nacionalsocialistas. El fiasco de Mosley ha dañado nuestra causa, sobre todo de cara a la opinión pública.

William Joyce se levantó.

—He hablado de esto con Oswald y con nuestra cúpula. Ha vuelto de Alemania, donde se casó con Diana Mitford el 6 de octubre. Por cierto, quizá les interese saber que los invitados de honor en su pequeña boda berlinesa fueron el Führer y Joseph Goebbels. De hecho, su padrino fue Robert Gordon-Canning, que nos acompaña esta noche.

Gordon-Canning se puso en pie e inclinó la cabeza para agradecer los aplausos.

Joyce continuó:

—Oswald ha sugerido que esta noche tratemos dos cuestiones: qué falló en la planificación de la BUF y hacia dónde vamos a partir de ahora.

James se levantó.

—He estado en Irlanda las últimas cinco semanas visitando a la familia. Eso no me ha impedido pensar en cómo y por qué la marcha fue un fracaso político y estratégico. Todos sabemos que la BUF pretendía ejercer y validar los derechos inalienables del pueblo británico a la libre circulación, expresión y reunión. Lamentablemente, no puedo evitar la conclusión de que debió de haber una filtración temprana que permitió a judíos y comunistas anticipar y preparar la marcha de Mosley.

Ramsay dijo:

—Con calma, James. Somos caballeros y ninguno traicionaría confidencias. Por supuesto que hemos hablado de esto entre nosotros en las últimas dos semanas, pero hemos sido extremadamente cuidadosos, plenamente conscientes de que el MI5 podría haber obtenido una orden judicial para pinchar nuestros teléfonos o interceptar nuestro correo.

—No pretendo insinuar tal cosa, ni deseo mancillar el honor de nuestro equipo. Sin embargo, es razonable suponer que la planificación de la marcha de la BUF fue amplia y meticulosa. Primero, es posible que hubiera filtraciones dentro de la propia BUF.

Joyce interrumpió:

—Los judíos debieron necesitar semanas para organizar y circular esa petición. Tengo entendido que reunió más de cien mil firmas. Debo decirle que sólo los altos cargos de la BUF conocían nuestros planes para esta marcha.

—Sea como fuere. Segundo, supongo que la dirección de la BUF se dirigió al alcalde de Londres y a la Policía Metropolitana para solicitar los permisos.

En consecuencia, cientos de agentes debieron de ser informados, se les canceló el permiso y se instruyó a la división montada para que estuviera preparada. Recuerden: había veinte mil policías para proteger a los Camisas Negras de Mosley.

James advirtió que varios presentes asentían.

—Tercero, el Partido Laborista patrocinó la Public Order Act de 1936, que tendrá su última lectura en el Parlamento este mes. Se espera que se apruebe con un abrumador apoyo multipartidista y entre en vigor el 1 de enero. Como todos sabrán, prohíbe el uso de uniformes en mítines políticos. Me parece evidente que nuestros enemigos políticos de izquierdas pudieron recibir conocimiento directo, o quizá indirecto, de la marcha de la BUF.

—Por último, no hace falta una tabla ouija ni una bola de cristal para reconocer que el cuarto aniversario de la fundación de la BUF es una fecha importante en su calendario.

Joyce se mostró escéptico, pero pidió al Comité Ejecutivo que enfocara sus comentarios en su segundo punto. Repitió:

—¿Hacia dónde vamos a partir de aquí?

En lugar de esperar respuestas, respuestas, Joyce prosiguió:

—En mi opinión, debemos redoblar esfuerzos para promover nuestra agenda política. Podemos hacerlo siguiendo la visión de Joseph Goebbels y del Führer sobre cómo persuadir al público de la corrección de nuestra posición: repetirla hasta que la opinión general la tome por hecho. No se trata propiamente de su “gran mentira”, porque en este caso nosotros sí conocemos la verdad. Es el público desinformado y sin educación el que ha sido mantenido en la ignorancia sobre los peligros que los agitadores de izquierdas suponen para nuestro gran país. Ayer por la mañana me reuní con Harold Harmsworth, primer vizconde Rothermere. Es propietario del Daily Mail y del Daily Mirror y dicta sus líneas editoriales. Ha prometido a la BUF una tribuna diaria para presentar nuestras ideas y subrayar los peligros que afronta Gran Bretaña por los judíos y los bolcheviques. Ambos han reiterado su intención de apoderarse de nuestro país y, de hecho, del mundo entero.

Los miembros presentes se levantaron y aplaudieron la visión de Joyce sobre el camino a seguir.

Pasaron al comedor y Joyce se sentó a propósito junto a James.

—Entonces, ¿qué te pasó a ti el día 4?

—Unos peones irlandeses me separaron de la marcha principal cuando fue desviada hacia Cable Street. No sabía adónde ir ni qué hacer. Cuando anunciaron que la marcha se cancelaba, comprendí que ya no podía ser de utilidad, pues no conocía bien Hackney. Tomé el metro hasta Temple, crucé a pie el puente de Waterloo y subí al tren de vuelta a casa.

Joyce siguió:

—Cuando te reuniste con el Sturmbannführer Rudolf Bamler el pasado agosto en Berlín, te animó a ver a John Sheppard, el provost de King's. Sabes que nos ha ayudado durante décadas. La idea de Bamler era que Sheppard te reclutara para el MI5. Así que, James, viejo amigo, ¿estás en el MI5 o no?

—No. Tengo demasiado en el plato para hacerme espía. Ahora soy padre de gemelos, tengo responsabilidades financieras en la explotación agrícola de mi familia en Addlestone y, desde el verano pasado, soy copropietario y coprador de una bodega en Borgoña. Entre mis exámenes de Tripos, los Juegos Olímpicos y mis vacaciones en Irlanda, la verdad es que no he encontrado tiempo.

—Nunca es tarde, ya lo sabes. Creo que deberías sumarte a nuestra causa y convertirte en nuestro hombre dentro del MI5. ¿Qué me dices?

—Si crees que es importante, lo intentaré. Pero recuerda que sería un completo novato y, por consiguiente, probablemente tendría poco acceso a información sensible.

—James, esto va para largo. Intenta entrar en el MI5 y ve adónde te lleva.

James fue el primero en marcharse para alcanzar el último tren a Addlestone. Mientras se ponía el abrigo y el fieltro, Anthony Blunt lo acompañó hasta la puerta, le estrechó la mano y le entregó un pequeño saquito de seda.

—Considéralo un regalo.

James le dio las gracias y lo guardó en el bolsillo del abrigo.

Pasada la una de la madrugada, por fin llegó a Woburn. Al meterse en la cama, Louise preguntó perezosamente:

—¿Qué tal fue tu reunión con la Nordic League?

—Saben que les tendieron una trampa. Intenté convencerlos de que la filtración debió de venir de la Metropolitana o del Partido Laborista. Y ahora, querida mía, estoy cansado, pero me vendría bien un abrazo de mi esposa para viajar dichoso al país de los sueños.

Louise se volvió hacia su derecha y ambos se durmieron con una sonrisa en los labios.

Capítulo 44

Domingo, 15 de noviembre, Asalto

En el desayuno, Louise le preguntó a Donald si había averiguado algo más sobre esas curiosas deserciones de la Waffen-SS.

—Como necesitaban patrocinadores para obtener permisos de trabajo en el Reino Unido, mi equipo entrevistó a los doce solicitantes. El verano pasado supimos que, para ingresar en las SS, rastrean la ascendencia del recluta al menos hasta 1750 para garantizar que no tenga sangre judía "manchada". También se exige ser solteros, tener entre diecisiete y veintitrés años, carecer de antecedentes penales y medir como mínimo 1,78 metros, que son aproximadamente 5 pies 10 pulgadas. La Waffen-SS se escindió de la Schutzstaffel cuando Hitler asumió el poder en enero de 1933. Antes de eso, las SS eran simplemente la guardia personal de Hitler. En los últimos tres años, la Waffen-SS se ha ampliado con rapidez hasta superar los ciento cincuenta mil efectivos. Mi departamento supone que muchos de los que se alistaron sabían poco de su herencia genética o, si la conocían, se dieron cuenta de que no superarían las rigurosas pruebas para demostrar la pureza de su sangre. Cuando por fin se rastreó su historia genealógica, muchos no pudieron obtener su Sippenbuch personal. Sabiendo que entonces los expulsarían de las SS e incluso podrían ir a la cárcel por intentar engañar al Partido, presentaron la renuncia.

Louise reflexionó unos instantes.

—Supongo que conoces la reputación de la Waffen-SS. He leído en la prensa alemana que, como unidad de combate, los consideran la élite del Ejército alemán, que ahora supera los trece millones. Su entrega infunde miedo a todos los que se los han encontrado dentro del país. Por lo visto, sencillamente no se rinden nunca, por desesperada que sea la situación o por muchas bajas que sufran.

Donald fue al aparador para rellenar su taza de la cafetera victoriana de plata. Cuando volvió a la mesa, Louise continuó:

—Entonces dime, ¿cómo consiguieron permisos de trabajo británicos notarizados? Antes eran simples soldados alemanes y ahora, presumiblemente, están desempleados. Necesitarían algún contacto británico siquiera para iniciar el trámite.

—Sabes, no creo que mi equipo haya investigado eso. He estado seis semanas fuera de mi mesa y no estoy al tanto de todos los detalles. Dame un minuto y llamaré a la oficina para hacer esa pregunta exacta.

Cuando regresó a la mesa del desayuno, tenía un gesto de desconcierto.

—Harry Pearce dijo que doce exsoldados de la Waffen-SS recibieron permisos de inmigración notarizados para trabajar en una gran finca agrícola en Sandwich, Kent. Su patrocinador fue Robert Gordon-Canning.

James dijo:

—Un momento, hablé con él anoche. Es miembro de la BUF y del Comité Ejecutivo de la Nordic League.

Louise se levantó y fue a la ventana del salón. Parecía contemplar el enorme castaño frente a la casa. Tras unos minutos, volvió al sofá.

—James, me dijiste que recibiste un regalo de Anthony Blunt en la reunión de la Nordic League de anoche.

—Me había olvidado. Sigue en el bolsillo de mi abrigo.

Volvió del vestíbulo y le entregó a Louise el saquito de seda. Ella aflojó los cordones y vació el contenido sobre la mesa de la biblioteca. Estaba lleno de monedas de seis peniques.

James preguntó:

—¿Es alguna clase de broma?

Tras contar las monedas, James dijo:

—Aquí hay quince chelines. ¿En qué estaría pensando Blunt al darme una bolsa llena de monedas de seis peniques?

Louise dijo:

—James, te han calado. Son monedas de plata de seis peniques.

—¿Y?

—Querido, seguro que has leído la Biblia.

—Eh... claro. ¿Qué tiene que ver?

—Judas Iscariote traicionó a Jesús por treinta monedas de plata. Eso está en Mateo 26:15. Creo que Blunt te ha dado un aviso amistoso. Dada la información, aunque algo tardía, de Donald sobre que Gordon-Canning emplea a antiguos soldados alemanes en su finca de Kent, tenemos que hacer planes inmediatos para proteger a nuestra familia.

Donald dijo:

—Tranquila, Louise. Estás exagerando.

—Maldita sea, Donald, estoy siendo práctica. Woburn está lleno de mujeres y bebés inocentes. Si nosotros corremos riesgo, ellos también.

Humphrey asumió el mando de lo que decidió que sería una operación militar.

—Jarvis, si vamos a prepararnos para un asedio, dile a Cook que encargue víveres para dos semanas. Peets, pide a Smalbridge y a su hijo que suban a la casa.

Quince minutos después, Smalbridge y su muchacho llegaron a la puerta principal y Jarvis los condujo a la biblioteca.

Humphrey expuso la situación:

—Existe la posibilidad de que en el plazo de una semana, soldados nazis ataquen Woburn Hall. ¿Puedo contar con vuestra ayuda para apuntalar nuestras defensas?

—Por supuesto, coronel. Volveremos en menos de una hora con nuestras escopetas y munición. ¿Puedo traer a Hattie? No quiero que mi esposa se quede aislada en el cottage si va a haber problemas.

Humphrey asintió y Smalbridge y su hijo se marcharon. Regresaron una hora más tarde con la esposa de Smalbridge, cuatro escopetas de calibre 12 y doce cajas de cartuchos de perdigón 00 de nueve postas en una bolsa de hombro de lona.

Donald dijo:

—Humphrey, con todo respeto, estás loco. Aunque tus corazonadas fueran correctas, lo sensato sería avisar a la policía o al ejército.

—No se tomarían esta amenaza en serio, exactamente igual que tú estás desestimando mis preocupaciones. Tienen otras obligaciones apremiantes antes que atender lo que tú y ellos considerarían las elucubraciones paranoicas de un oficial geriátrico retirado. Mi experiencia militar me lleva a tomar estas precauciones. Hace treinta y seis años, me vi atrapado en el asedio de Mafeking durante siete meses. Llegamos a tener cinco balas por hombre y un puñado de arroz al día. Si se produce un ataque, avisaremos a las autoridades y pediremos refuerzos. Recuerden que hay una base del Ejército a solo quince minutos, en el aeródromo de Brooklands. Por ahora, tenemos conjeturas vagas, ningún calendario y apenas un cálculo del mínimo de ex-Waffen-SS que podrían atacar.

Esa noche, Humphrey convocó a su milicia. Estaban en la biblioteca James, Louise, Donald, Bea, Jarvis, Peets, Smalbridge y su hijo. Cook y Hattie Smalbridge entraron en el comedor con dos grandes bandejas de sándwiches de rosbif, dos botellas de Clos des Chênes y una botella de un cuarto de galón de Worthington Mild Burton Ale.

Humphrey se situó a la cabecera de la mesa.

—Quisiera exponer mi pensamiento sobre un posible ataque. Hemos recibido información de que un asalto a Woburn Hall podría producirse en las próximas dos semanas. En junio pasado, estábamos totalmente desprevenidos para frustrar un ataque similar cuando Seamus Mahoney y su banda intentaron asesinar a toda nuestra familia. Eso no volverá a ocurrir si puedo evitarlo.

—Donald, antes de que objete, recuerde que miembros de nuestra familia han sido y siguen siendo objetivos de los nazis. Cuando os retuvieron en aquella casa de Bourne Way, Wilhelm Joseph os dijo a ti y a James que sus órdenes desde Berlín eran sacaros a ambos y a vuestras esposas de las filas de los operativos del SIS. También sabemos que el Abwehr os identificó como miembros del SIS mientras estabais en Berlín por los Juegos Olímpicos de agosto. Aquellos panfletos que me enseñaste indicaban que las SS tenían instrucciones de mataros si intentabais salir de Alemania. De hecho, casi lo consiguen, según vuestros informes. A estas alturas, Berlín seguramente sabe que vosotros y vuestras esposas echasteis por tierra su programa Lebensborn en Irlanda. Y dado que mantengo reuniones periódicas con el Ministerio de Defensa en Whitehall, es perfectamente posible que yo también sea un objetivo.

—Nuestras fuerzas están adiestradas en el uso de armas de fuego. Además de los cinco miembros de mi familia, el ex sargento mayor de regimiento Jarvis conoce bien las armas. En junio pasado instruyó al señor Peets cuando fuimos atacados por la banda de Mahoney. Mi administrador de la finca y su hijo están armados y familiarizados con el uso de armas de corto alcance. Por desgracia, ni Jarvis ni Peets están armados.

Peets se levantó y, con amplia sonrisa, sacó una pistola Luger de la cinturilla y se la entregó a Jarvis.

—Se la quité a esos bastardos nazis que le pegaron un tiro en el estómago al señor Harcourt-Heath. De hecho, recogí un par más junto con una buena provisión de munición de los cadáveres. No le vi sentido a que se las llevaran los polis locales.

Humphrey sonrió a Peets y continuó:

—Nuestras fuerzas son escasas, pero ahora estamos plenamente armados. Si no me equivoco, contamos con un total de nueve defensores. Ahora debemos esperar y hacer que la casa parezca que todo sigue con normalidad. La cocina está bien abastecida con los suministros que llegaron esta tarde. Debo añadir que Cook y el personal de cocina se negaron a marcharse, incluso cuando les sugerí que podían correr peligro. Todos fueron tajantes: esta también es su casa. Quieren apoyar su defensa de la mejor manera posible, continuando con sus tareas domésticas. Por las noches, Dorothy y el personal femenino se reunirán con los bebés y sus cuidadoras en la última planta.

Humphrey se irguió.

—Ahora todos necesitamos descansar. James, toma el primer turno de guardia y, Donald, tú el segundo. Yo haré el de 3:00 a 6:00. Si veis algo que no os guste, haced sonar mi silbato de servicio.

Se lo llevó a la boca y emitió un pitido estridente.

—En África austral, los bóers atacaban a menudo de madrugada, cuando el cuerpo estaba menos preparado. Tenedlo en cuenta: es posible que en cualquier momento se os llame a despertar, vestiros y estar listos para defender a nuestra familia. Mantendremos esta rutina hasta la semana que viene y quizá más tiempo.

Jarvis dijo:

—Quisiera ofrecerme para la guardia de primera hora. Las 6:00 es mi hora habitual para levantarme y preparar la casa para el desayuno. Informaré a Cook de cuántos somos. El desayuno se servirá en el comedor a las 8:00 como de costumbre.

James pensó para sus adentros que la organización de su abuelo era minuciosa, pero dudaba mucho de que fuera a producirse un ataque organizado contra Woburn. Donald tenía razón: estaba siendo excesivamente cauto, quizá intentando revivir la emoción de su pasado servicio militar. Esto es Inglaterra, y vivimos en una sociedad ordenada y civilizada.

La casa no tuvo que esperar mucho. A las 4:30 de la madrugada sonó el agudo pitido. En menos de tres minutos, los defensores estaban abajo, vestidos, armados y listos para luchar.

Humphrey había oído algo que sonó a accidente de coche frente a la casa. Hubo un chirrido de metal contra metal. Unos instantes después, oyó llamar a la puerta principal. Encendió la luz del porche y abrió. La rotonda de la entrada de Woburn estaba llena con al menos ocho coches y un enorme camión. Le dijo al hombre de los escalones:

—Se da cuenta de que es de madrugada y que los de la casa están dormidos.

El hombre, alto y rubio, parecía fuerte, en forma y acostumbrado a mandar. Con fuerte acento alemán, dijo:

—Están rodeados. Ríndanse ahora y permitan nuestra entrada o destruiremos esta casa y mataremos a todos los que estén dentro, hombres, mujeres y niños.

Humphrey le cerró la recia puerta en las narices.

Humphrey empezó a dirigir a sus tropas.

—Cubran la puerta trasera que da al jardín de hierbas y también las ventanas de la biblioteca y del comedor. Ambas son posibles puntos de entrada. Jarvis, llama a la policía de Addlestone y a Brooklands.

Jarvis fue al teléfono del vestíbulo y regresó de inmediato.

—La línea no funciona. Supongo que ya han cortado los cables.

Peets dijo:

—Denme una linterna. Me arrastraré por ese túnel y avisaré a los polis.

Humphrey asintió.

—Supongo que hemos llegado a eso.

Antes de que Peets pudiera moverse, James le hizo una pregunta a Humphrey.

—Cuando tenía como cuatro años, ¿no me dijo la abuela que aquí en Woburn teníamos una radio de onda corta?

Humphrey pareció momentáneamente desconcertado.

—¡Caracoles, creo que tienes razón! Yo era el coronel en funciones al mando de Brooklands y tomaron esa precaución por si necesitaban establecer contacto urgente. En aquellos tiempos los teléfonos no eran muy fiables y desde luego no eran seguros para comunicaciones militares clasificadas.

—Abuelo, ¿sabes dónde podría estar?

—Ni idea. Quizá en uno de esos dormitorios del último piso. Nadie se ha alojado allí desde antes de la guerra. En realidad, nunca llegamos a usar la radio, así que Dios sabrá si funciona.

Peets intervino:

—Yo sé dónde está.

Jarvis dijo:

—Enséñamela. Tuve algo de experiencia con radios durante la Gran Guerra.

Juntos subieron a un dormitorio del último piso y encontraron el aparato cubierto con una sábana polvorienta. Una vez retirada, Jarvis lo enchufó y empezó a trastear con los mandos.

—En realidad no tengo ni idea de lo que hago —murmuró en voz alta.

Acercó el micrófono a la boca.

—Hola. Hola. ¿Hay alguien ahí?

Del altavoz no salió nada. Jarvis giró otro dial, accionó un interruptor y se encendió una luz. Probó de nuevo.

A los pocos segundos oyeron una voz crepitante por el altavoz:

—Aquí VK3UX. Soy Bertram Bassett llamando desde Sídney, Australia. ¿Cuál es su indicativo? Cambio.

Peets anotó su nombre y el indicativo de la emisora, mientras Jarvis seguía manejando los interruptores.

—Me llamo Leonard Jarvis. Le hablo desde Addlestone, Inglaterra. Cambio.

—Bueno, Lennie, debe de ser plena madrugada. Yo soy de Coventry, pero me hice australiano hace unos veinticinco años. ¿Qué pasa por la Pérfida Albión? Cambio.

—La verdad, estamos en apuros. Cambio.

—¿Algo en lo que pueda ayudar? Cambio.

—Muy amable. Soy el mayordomo jefe de una gran casa en Surrey y estamos bajo asedio de una banda de nazis. Cambio.

—Lennie, ¿me estás tomando el pelo? Estas ondas son para emergencias y conversaciones serias. Cambio.

—Señor, lo que le digo es la pura verdad. Dada la hora aquí en Inglaterra, usted es el único que ha respondido a mi llamada. Cambio.

—De acuerdo, amigo, deme su dirección e intentaré lo que pueda. Pero primero tendrá que convencerme de que esto no es una broma. Cambio.

—Vivo con mi patrón en Woburn Hall, Addlestone, Surrey. Luché en la Gran Guerra y llegué a sargento mayor de regimiento. En el Somme me gasearon en las trincheras y tuve que asumir tareas menos exigentes hasta que acabó la guerra. Cambio.

—Vaya, Lennie, yo también fui sargento. Combatí en Gallípoli en 1916. Dejé mi pierna derecha en aquellas playas. Cambio.

—En el Somme, entre julio y noviembre de 1916, no se imagina la carnicería. Participaron tres millones de soldados y más de un millón resultaron heridos o muertos. Conozco los horrores de la guerra. Ahora mismo Gran Bretaña está a punto de librar otra contra los alemanes, y aquí es donde entra usted. Cambio.

—Muy bien, compañero: como hermanos de armas, dígame cómo puedo ayudar. Cambio.

—Nos han cortado las líneas telefónicas y estamos a punto de ser atacados por, como mínimo, una veintena de soldados alemanes de la Waffen-SS. Necesito pedirle un favor serio. ¿Podría hacer una llamada internacional y marcar el siguiente número: Addlestone 459? Es el del cercano aeródromo de Brooklands. Tienen dos escuadrones de soldados acantonados de forma permanente. Dígales que estamos en peligro. Cambio.

—Un momento, amigo. Eso me va a costar un dineral. Aun así, creo que, siendo ambos sargentos, puedo fiarme de usted. Cambio.

—Deme su nombre completo y dirección, y mi patrón podrá girarle fondos para cubrir su llamada. Cambio.

Un hilillo de humo salió de la parte trasera de la radio. Jarvis no volvió a oír nada.

Regresaron a la biblioteca e informaron a Humphrey.

—Así que no están seguros de que venga un equipo de rescate.

—Me temo que no, coronel. Logré contactar con un compañero sargento, pero la radio se estropeó antes de que pudiera confirmarnos si llamaría a Brooklands. Ahora nos toca a nosotros defender la posición.

Humphrey dijo:

—Peets, trae una linterna. Si la situación empeora, tendrás que ir al sótano y usar el escondite del cura para avisar a la policía y al ejército.

Y, volviéndose al resto, añadió:

—No tienen idea de nuestra potencia de fuego. Dejad que se descubran dando ellos el primer paso.

No sucedió nada durante las dos horas siguientes. Aún era noche cerrada cuando se oyeron las primeras ráfagas de ametralladora. Se hicieron añicos las dos ventanas de vidrieras emplomadas de la biblioteca. Los defensores se pusieron a cubierto tras los muebles. A la señal de Humphrey, Smalbridge y su hijo se colocaron a los lados de las ventanas de la biblioteca. Usaron sus escopetas para inutilizar los coches de los atacantes, reventando radiadores y frontales.

Humphrey ordenó que James y Louise pasaran al vestíbulo para defender la puerta principal. No correrían peligro inmediato, pues sobre las puertas dobles de roble solo había una luneta. Unos escalones poco profundos descendían desde la entrada delantera, de modo que no podían empotrar un coche contra el acceso principal. La puerta trasera al jardín no tenía acceso para vehículos.

Humphrey gritó:

—Nuestros puntos débiles son las ventanas de la biblioteca.

Asignó a Jarvis y a Peets cubrir cada una y esperó el siguiente movimiento del enemigo.

Humphrey acertó. Los soldados de las SS intentaron asaltar por las dos ventanas de la biblioteca. Debido a los parteluces de piedra, incluso rompiendo los cristales emplomados solo podían entrar de uno en uno. Lo intentaron y, en cada ocasión, Jarvis y Peets rechazaron el ataque, abatiendo a quienes intentaban trepar por la abertura. Peets estaba en primera línea, con una Luger en cada mano, disfrutando ostensiblemente de defender su casa.

Hubo unos minutos de calma, cuando se oyó arrancar un motor ronco. Humphrey hizo sonar su silbato.

—¡Atentos a la puerta principal! Van a embestirla con ese camión.

Cuando las puertas de roble cedieron, Louise, James y Humphrey entraron en el vestíbulo y dispararon a los hombres que intentaban irrumpir. Cayeron media docena de atacantes, aparentemente muertos.

Al mismo tiempo, al menos ocho asaltantes utilizaron un tronco derribado para destrozar la puerta trasera de pino. Donald y Bea estaban allí y, de nuevo, dispararon y rechazaron el intento.

Humphrey dijo:

—Ahora que es de día, seguro que alguien habrá oído los disparos y habrá llamado a la policía de Addlestone.

James respondió:

—No contaría con ello. Los vecinos saben que en nuestra finca se caza mucho urogallo, paloma y codorniz.

A los pocos minutos, quedó claro que las tropas de la Waffen-SS no estaban dispuestas a aceptar la derrota. Lanzaron una carga coordinada contra la casa dirigida a la puerta principal, a las dos ventanas delanteras con parteluces y a la puerta trasera, logrando entrar en la planta baja.

Humphrey hizo sonar el silbato y gritó:

—¡Retirada al primer piso!

Los nueve defensores subieron la escalera y tomaron posiciones a ambos lados del tramo. Smalbridge y su muchacho llevaban sus cuatro escopetas y la bandolera de cartuchos.

Humphrey dijo:

—Este es el único acceso a la última planta, donde se esconden las mujeres y los bebés.

Los atacantes intentaron dos veces asaltar la escalera, pero fueron rechazados en ambas, sufriendo grandes bajas. Los defensores tenían la altura y la protección de las paredes del pasillo superior. Las escopetas marcaron la diferencia táctica: Humphrey, James, Smalbridge y su hijo las usaron para rociar a los atacantes con cargas de posta 00 de nueve perdigones de sus escopetas de calibre 12. Los que cometían la imprudencia de intentar subir apenas alcanzaban los primeros peldaños, y luego debían trepar sobre los cuerpos inertes de sus camaradas.

Los asaltantes restantes comprendieron que no podrían acceder a las plantas superiores y se replegaron a la entrada. Entonces se oyeron sirenas. El Ejército británico había llegado en vehículos blindados. Hubo algunos tiroteos esporádicos, pero finalmente dos escuadrones del Ejército tomaron el control, arrestando a siete hombres que aún podían moverse. Los oficiales del Ejército radiaron para pedir ambulancias que atendieran a los supervivientes heridos.

Jarvis dijo:

—Le debemos una deuda de gratitud a ese australiano, Bertram Bassett. Parece que consiguió contactar con Brooklands.

Humphrey asintió.

—Le debemos más que eso. Jarvis, intenta localizarlo de nuevo y hazle saber que nos salvó la vida. Quiero darle las gracias personalmente y compensarle la llamada internacional.

—Lo haré cuando reconecten las líneas telefónicas o reparen la radio. En realidad, ya sabemos algo del señor Bassett. Emigró de Coventry a Sídney antes de la Gran Guerra. Estoy seguro de que el Home Office y el MI6 tienen medios para encontrar su dirección y teléfono. Además, contamos con su indicativo de onda corta.

Humphrey dijo:

—Jarvis, ha llegado el momento de intentar devolver la casa a la normalidad. Cuando el Ejército y la policía terminen de arreglar esto, llama a nuestro constructor, William Gosden, para que empiece a reparar ventanas y puertas.

Capítulo 45

Lunes, 16 de noviembre, Regreso a la normalidad

Devolver Woburn a la normalidad llevó la mayor parte de los dos días siguientes. Se cargaron dieciocho cadáveres en la parte trasera de la furgoneta del depósito de cadáveres de Weybridge. Cinco soldados alemanes heridos fueron llevados al Hospital de Weybridge bajo custodia del Ejército. Otros siete fueron conducidos al calabozo de Addlestone. Los dos escuadrones del Ejército de Brooklands ayudaban al taller local a retirar los ocho coches y el camión de dos toneladas que los atacantes habían utilizado para derribar las verjas y la puerta principal.

A mediodía llegó Sir Hugh Sinclair. Donald lo recibió y lo condujo a la biblioteca. Los cuerpos al pie de la escalera ya habían sido retirados, pero el personal y los soldados seguían ocupados limpiando los cristales de las ventanas emplomadas hechas añicos.

—Entonces, Hutchinson, ¿qué provocó este ataque tan insólito en suelo británico?

Donald explicó cómo a James lo había alertado Anthony Blunt de forma bastante indirecta en la reciente reunión de la Liga Nórdica. «Eso nos dio tiempo para prepararnos y reunir refuerzos. La policía de Addlestone está rastreando las matrículas de los ocho coches y del camión que quedaron inutilizados en la entrada. Deberíamos saber más en unos días. Hemos contactado con la Oficina Postal General para reconectar nuestra línea telefónica y ya vuelve a funcionar. Lo que realmente nos salvó la vida fue la presencia de aquella radio de onda corta que el Ministerio de Defensa instaló antes de la Gran Guerra. Por fortuna, esa vieja caja de válvulas y cables funcionó lo suficiente para pedir ayuda y conseguir que dos escuadrones de Brooklands vinieran a rescatarnos. Quedó claro que los soldados alemanes no pensaban rendirse sin pelear.»

Donald prosiguió:

—Mi departamento había interrogado previamente a una docena de antiguos miembros de las Waffen-SS que desertaron al Reino Unido y solicitaron residencia. En su momento creímos que era porque probablemente no lograrían el estatus de su Sippenbuch por tener sangre judía en su genealogía. Esa suposición parece no estar justificada. Se trató de un ataque coordinado, no solo con esos doce supuestos inmigrantes, sino con otra veintena larga que se les sumó desde no sabemos dónde. Supongo que el MI6 y los servicios de Inmigración y Aduanas investigarán durante las próximas semanas mientras intentan identificar a los atacantes. Presentaré un informe completo cuando sepamos más.

Donald añadió:

—Tengo que decirle que el capitán retirado Robert Gordon-Canning está implicado directamente. Tramitó permisos de trabajo notariales para una docena de antiguos soldados de las SS y los empleó en su finca de Kent. James lo conoce por su pertenencia a la Liga Nórdica y a la BUF.

—Bien, me ocuparé de eso. Me alegra que todo esté bajo control y que no hayan sufrido bajas. Voy de vuelta a Londres, pero manténganme informado con regularidad.

—Antes de que se vaya, déjeme añadir que nos salvaron la vida los escuadrones del Ejército acantonados en Brooklands. Solo fueron avisados porque encontramos un viejo equipo de radio en el desván. Pudimos contactar con un ciudadano australiano llamado Bertram Bassett. Me gustaría que usara sus contactos del SIS para localizar su dirección y teléfono en Sídney. Su indicativo de radio es VK3UX. Quizá podría proponerlo para algo como una OBE en la Lista de Honores de Año Nuevo del Rey.

—Déjelo en mis manos. Prepararé la documentación y la enviaré al Palacio. Ahora los dejo con lo suyo y, simplemente, enhorabuena por haber derrotado con éxito a las fuerzas enemigas.

Humphrey salió al camino de entrada para inspeccionar los daños en la fachada de la casa. Habían llegado William Gosden y cuatro operarios, que ya habían empezado a asegurar los puntos de acceso.

—Cerraré la casa como prioridad —dijo—. Necesitaré contactar con mi ebanista para diseñar y fabricar nuevas puertas permanentes, la principal y la trasera. Llamaré a un cristalero de Weybridge para que haga nuevas ventanas emplomadas para la biblioteca y el comedor. Mientras tanto, le pediré que instale vidrio liso para que puedan calentar la planta baja. Por ahora, montaré puertas provisionales delante y detrás con material que tengo en el taller. Denme un par de días y dejaré Woburn segura. Más adelante, necesitaré encontrar un cantero para hacer reparaciones estéticas en los parteluces. Están intactos y pueden sostener tanto las ventanas provisionales como las emplomadas cuando lleguen. También habrá que hacer un trabajo serio en sus portones georgianos, que han quedado doblados y arrancados de las bisagras tras el embiste del camión. Contactaré con un herrero local y el viernes les tendré presupuestos para todo.

Humphrey dijo:

—Hay daños de postas en la escalera y la barandilla.

—Eso es estético. Lo arreglaré con un poco de masilla y cera de abejas.

Humphrey observó cómo Gosden medía las jambas de las puertas principal y trasera y los huecos de los marcos de las ventanas, tomando notas en su tablilla.

Smalbridge y su hijo recogieron sus escopetas y la munición. Junto con su esposa, Hattie, se dispusieron a volver a su cottage de la finca.

Humphrey los detuvo en el umbral.

—Nunca olvidaré el servicio que han prestado a nuestra familia. Háganme saber si puedo ayudarles en algo en el futuro.

—Vivir y trabajar en Woburn ya es suficiente agradecimiento. Esta es nuestra vida y no la cambiaríamos por nada.

—Por cierto —añadió Humphrey—, usted siempre se refiere a su hijo como «su muchacho». Me da vergüenza decir que no recuerdo su nombre.

El joven miró al suelo y luego sostuvo la mirada de Humphrey.

—Estoy orgulloso de ser conocido como el hijo de mi padre. Si de verdad quiere saberlo, me bautizaron Titus por Lawrence Titus Oates, el heroico explorador antártico. En la escuela se burlaban mucho de mí. Hasta las chicas me llamaban "tight arse". Desde entonces insistí en que todos, incluidos mis profesores, me llamaran por mi apellido. Me negué a responder a cualquier otra cosa. Así estoy contento. Así que, en adelante, señor, puede seguir refiriéndose a mí como el muchacho de Smalbridge.

Capítulo 46

Sábado, 21 de noviembre, Cena de celebración

Para el fin de semana, la planta baja estaba habitable y podía calentarse con fuegos de carbón. Dorothy planeó una comida especial para conmemorar lo que decidió llamar el fin del asedio de Woburn.

En la mesa del comedor, el personal de cocina sirvió Beef Wellington y Clos des Chênes de 1926.

Louise se puso en pie y tintineó su copa de vino Royal Brierley Crystal con la cucharilla del postre.

—Tengo un anuncio. Esta mañana, por mensajero, recibí el acuerdo firmado por el rector de Magdalene College, Cambridge, y el presidente de Magdalen College, Oxford. Ya tenemos permiso para colocar nuestro rótulo frente a The Grand Hotel, en Dublín. La escuela se llamará **THE IRELAND ACADEMY FOR WOMEN**. Debajo añadiremos las palabras: «**Acreditada por Magdalene College, Cambridge, y Magdalen College, Oxford**».

Toda la mesa se puso en pie y alzó sus copas para brindar por Bea y Louise y desearles éxito en su empresa.

Humphrey permaneció de pie, alzó su copa y pronunció su brindis habitual en estas ocasiones:

—A nuestra familia.

Los demás también se levantaron, alzaron sus copas y repitieron en voz alta el brindis.

Epílogo

Los siguientes hechos ocurrieron en los días posteriores al ataque a Woburn Hall:

La Autoridad de Licencias de Kent confirmó que los ocho coches y el camión de dos toneladas utilizados para atacar Woburn Hall estaban registrados a nombre del capitán Robert Gordon-Canning en su domicilio de Sandwich, Kent.

Cameron Smythe fue procesado por alta traición por un juez del Tribunal Superior y quedó detenido sin posibilidad de fianza en la prisión de Brixton. La fecha del juicio se fijó para el 25 de febrero de 1937. Smythe ya había sido destituido del Ministerio de Asuntos Exteriores y se le anuló la pensión.

Con la ayuda de la policía de Maidstone, el Ministerio del Interior y el departamento de Inmigración y Aduanas, se identificaron los cadáveres y los supervivientes del ataque a Woburn Hall. Además de los doce hombres empleados por Robert Gordon-Canning, otros dieciocho eran alemanes y habían entrado en el Reino Unido por diversos puertos del sur y del este con visados de turista.

Se recomendó a Bertram Bassett para la concesión de la OBE, que le fue otorgada en la Lista de Honores de Año Nuevo de 1937 del rey Jorge VI, la primera de su reinado.

FIN

Apéndice

Para la atención del Director de Magdalene College, Cambridge, y del Presidente de Magdalen College, Oxford.

Estimados Allen Beville Ramsay y profesor George Stuart Gordon:

Este documento contiene nuestra propuesta para la creación de **The Ireland Academy for Women**.

Me llamo Louise Harcourt-Heath. Me gradué en 1935 en Lenguas Modernas por Newnham College, Cambridge. Ese mismo año, a mi marido, James Harcourt-Heath, le concedieron un First en Matemáticas por King's College, Cambridge. Mi cuñada es Beatrice Hutchinson. En 1930, su marido, Donald, obtuvo un First en Lenguas Modernas por Magdalen College, Oxford, además de un Blue en boxeo. Su padre es Lord Hutchinson of Whorlton, par hereditario y destacado miembro de la Cámara de los Lores. Durante los últimos seis años, Beatrice ha trabajado como voluntaria en el Addlestone Village Home for Female Orphans y actualmente forma parte del consejo del Weybridge Mother and Baby Home. Tiene amplia experiencia tanto en la formación de chicas jóvenes como en encontrarles empleo incluso en la incierta economía actual.

Durante una visita reciente a Irlanda, nos encontramos con las lavanderías de las Magdalenas, una organización de ámbito nacional administrada y supervisada por la Orden Católica de Nuestra Señora de la Caridad y del Refugio. Pudimos rescatar a veinticuatro adolescentes que habían quedado atrapadas en ese sistema. Estamos organizando su alojamiento, manutención, vestimenta, formación y educación para que, tras haber sido esclavizadas por la Iglesia Católica, puedan eventualmente integrarse en la sociedad. Además de las lavanderías, hay decenas de otros centros católicos —hogares para madres y bebés, casas de trabajo, manicomios y orfanatos— en todo el Estado Libre Irlandés y en Irlanda del Norte. Todas esas instituciones reciben subvenciones de los gobiernos locales y nacionales.

LA PROPUESTA

El 9 de noviembre de 1936, Beatrice y yo constituimos en Dublín un instituto educativo para alojar y formar al primer grupo de veinticuatro muchachas de las lavanderías de las Magdalenas que fueron rescatadas tras quedar atrapadas en el sistema. Hemos adquirido un hotel, financiamos su reforma y hemos contratado personal de apoyo. Hemos nombrado a una directora con experiencia y a cuatro docentes para impartir diversas asignaturas, entre ellas lengua y literatura inglesas, lengua irlandesa, historia de Irlanda y de Inglaterra, nociones básicas de cálculo y lenguas europeas, incluido el francés. Se impartirán también habilidades de secretaría, como taquigrafía y mecanografía, así como técnicas básicas de cuidado infantil, de modo que nuestras alumnas puedan formarse para convertirse en miembros útiles de la sociedad, empleadas como niñeras, trabajadoras hospitalarias o, con el tiempo, enfermeras.

Nuestro objetivo es rescatar hasta a ciento veinte niñas y mujeres de forma simultánea, que es la capacidad de nuestro hotel. Prevemos abrir nuestra academia a todas las niñas y mujeres irlandesas en la medida en que el tamaño lo permita. Cuando algunas se marchen para incorporarse al mundo real, sus plazas quedarán disponibles para otras. Utilizaremos nuestros contactos en Irlanda para encontrar empleo a quienes finalicen su formación.

Debí haber dejado claro que esta carta no es una solicitud de financiación. De hecho, nuestras familias y amistades han aportado garantías económicas suficientes para establecer esta institución benéfica y sostenerla durante al menos los próximos cinco años. (NB: adjunto una lista de benefactores que han garantizado sus futuras aportaciones).

Tenemos previsto llamar a nuestra institución **The Ireland Academy for Women**. Lo que solicitamos es añadir en nuestro rótulo y en nuestra papelería la leyenda: "**Accredited by Magdalene College, Cambridge and Magdalen College, Oxford**".

Pensamos que el prestigio de sus colleges hermanos otorgaría a nuestras egresadas cualificaciones reconocibles que les ayudarían a conseguir empleo.

Beatrice y yo somos conscientes de que hemos emprendido un proyecto ambicioso. Si consideran posible prestar sus nombres a nuestro Instituto, puedo garantizar que no habrá publicidad adversa. Es más, ambos colleges podrían aprovechar su apoyo a nuestro programa benéfico para recaudar fondos entre sus Alumni.

Atentamente,

Louise Harcourt-Heath, 10 de noviembre de 1936
Woburn Hall,
Addlestone,
Surrey

Beatrice Hutchinson, 10 de noviembre de 1936
19 Danvers Street,
Kensington and Chelsea,
Londres

A continuación figura una lista firmada y fechada de las personas que han ofrecido su apoyo financiero, político y académico a nuestra academia. Después, una lista de quienes han prometido su apoyo económico según se necesite.

John Maynard Keynes, Tesorero de King's College, Cambridge, 14 de noviembre de 1936
John Tresidder Sheppard, Provost de King's College, Cambridge, 14 de noviembre de 1936
Almirante Sir Hugh Paget Sinclair, jefe del MI6, 13 de noviembre de 1936
Mayor general Vernon Kell, jefe del MI5, 13 de noviembre de 1936

Charles Prestwich Scott, editor del Manchester Guardian, 15 de noviembre de 1936

Lord Hutchinson of Whorlton, 13 de noviembre de 1936

Apoyo financiero

Sir Nicholas Gavin-Wheeler, mayor general, y Lady Helen Gavin-Wheeler, de Dublín, Irlanda

Coronel Sir Edward y Lady Maureen Scott-Piper, de Dublín, Irlanda

Edward Gwynn, Provost del Trinity College, Dublín, Irlanda

Coronel Humphrey Harcourt-Heath y Dorothy Harcourt-Heath, de Addlestone, Surrey

Comandante Jonathan y Marjorie Lawrence, de Bristol, Inglaterra

Antecedentes históricos

Como en las dos novelas anteriores de esta serie, esta es una obra de ficción histórica. Mis dos objetivos han sido exponer el mal asociado con el programa nazi llamado Lebensborn, así como familiarizar al lector con los paralelismos históricos entre el auge del fascismo en la década de 1930 y los acontecimientos y discursos políticos contemporáneos. Muchos de los hechos recogidos en las tres novelas muestran similitudes marcadas y aterradoras con circunstancias y retóricas de la América de comienzos del siglo XXI, así como con el ascenso de protodictadores de extrema derecha en el Reino Unido, Francia, Italia, Polonia, Hungría, Eslovaquia, Turquía y la Rusia de Putin.

Quise que la academia de Louise y Bea ofreciera una visión de esperanza para las niñas y mujeres empobrecidas y esclavizadas en Irlanda y, de hecho, en cualquier otro lugar donde los derechos civiles de las mujeres estén siendo socavados, erosionados o eliminados por completo. También pretendía subrayar una oportunidad perdida. Tras la fecha en que termina esta novela, transcurrieron otros sesenta años antes de que se clausurara la última lavandería de las Magdalenas. No creo necesariamente que la filantropía sea el método óptimo para resolver problemas humanitarios nacionales o internacionales. Sin embargo, cuando el Estado es corrupto, cómplice o indiferente, como parece haber sucedido en la Irlanda de los siglos XIX y XX, la solución puede requerir una intervención financiada privadamente combinada con un apoyo popular de base. También es mi intención destacar el problema continuado de la trata de personas en todo el mundo. En Addlestone y Lebensborn, mi descripción de muchachas rubias secuestradas de orfanatos británicos y, en este libro, de las lavanderías de las Magdalenas irlandesas, es totalmente ficticia. No obstante, he intentado utilizar esta novela como vehículo para exponer el abuso endémico y la esclavitud perpetrados por la Alemania nazi y la Iglesia católica irlandesa.

Mis descripciones de las condiciones en las lavanderías de las Magdalenas son históricamente precisas y se basan en entrevistas a mujeres que fueron liberadas cuando finalmente se cerraron. Hubo al menos diez lavanderías en Irlanda, todas con varios cientos de años de existencia. En Irlanda del Norte hubo cuatro lavanderías más junto con otros ocho hogares para madres y bebés. Su otro «negocio» consistía en organizar adopciones para los bebés nacidos de madres solteras.

La última lavandería, Our Lady of Charity of the Refuge, solo cerró el 25 de octubre de 1996. Es la que he elegido destacar en esta novela. Estaba ubicada en Gloucester Street, Dublín (ahora rebautizada como Sean MacDermott Street Lower). Mientras que las demás habían sido derribadas o abandonadas y quedaron en ruinas, la Iglesia católica intentó poner a la venta la lavandería de Gloucester Street. Tras largas gestiones y protestas públicas que duraron más de veinte años, fue adquirida por el gobierno irlandés. Actualmente se prevé que se convierta en un memorial llamado The National Centre for Research and Remembrance. El objetivo del gobierno es que el pueblo irlandés y, de hecho, el resto del mundo, tomen conciencia de los abusos institucionales y gubernamentales contra las mujeres. Vienen a la mente los paralelos con la decisión del gobierno alemán de conservar Auschwitz-Birkenau, Bergen-Belsen, Mauthausen, Sachsenhausen y Dachau como memoriales. El Bundestag consideró que el mundo debía recordar al menos esta consecuencia del fascismo: el Holocausto, o lo que el pueblo judío llama la Shoá y los pueblos romaní y sinti llaman el Porajmos.

Cabe mencionar que en febrero de 1942, dos meses después de que Estados Unidos entrara en la Segunda Guerra Mundial, el presidente Roosevelt emitió la Orden Ejecutiva 9066, que condujo a la detención de más de 125 000 estadounidenses de origen japonés e inmigrantes de primera generación de ascendencia japonesa, quienes fueron llevados a setenta y cinco campos de internamiento. El coronel Karl Bendetsen, arquitecto del programa, que sirvió en la Guardia Nacional del Ejército de Washington, fue citado diciendo: "Anyone with one drop of Japanese blood qualified for incarceration".

En marzo de 2022, tras años de indecisión y numerosas investigaciones del gobierno irlandés, se anunció por fin que la lavandería de Gloucester Street se preservaría como memorial y museo. Hay planes para que este edificio albergue también expedientes locales y nacionales previamente clasificados que detallan los abusos ocurridos en las lavanderías. Estarán a disposición de los investigadores para documentar la complicidad del gobierno irlandés. Se está creando para recordar a los dublineses, a los irlandeses y, en realidad, al resto del mundo, la terrible explotación que terminó hace solo veintisiete años. El memorial ha recibido apoyo financiero del gobierno irlandés y está previsto que abra sus puertas al público en 2026.

Las lavanderías de las Magdalenas funcionaron desde finales del siglo XVIII hasta finales del siglo XX. Se estima que treinta mil mujeres y niñas fueron recluidas en estas instituciones clausuradas desde sus inicios. Además, se calcula que once mil niñas y mujeres fueron esclavizadas en las lavanderías desde la independencia de Irlanda en 1922. La Iglesia católica nunca ha hecho públicos sus nombres, el número de internas ni qué fue de ellas. La Iglesia afirmó a un tiempo que los registros se habían destruido en incendios o que nunca consideraron necesario anotar los nombres de sus internas. El Archivo Nacional de Irlanda está recopilando, preservando y desclasificando cientos de miles de documentos gubernamentales relativos a las lavanderías y a otras instituciones católicas irlandesas que recibieron subvenciones estatales y financiación directa. A lo largo de estas múltiples investigaciones, la Iglesia católica no ha divulgado información alguna de sus archivos, ni ha pedido perdón por los abusos sistémicos perpetrados por sus instituciones, ni ha ofrecido resarcimiento a las aproximadamente seiscientas supervivientes que se vieron obligadas a vivir y trabajar en las últimas lavanderías.

En 1993, la rama dublinesa de las Hermanas de Nuestra Señora de la Caridad, en High Park, Drumcondra, vendió parte de sus terrenos para convertirlos en aparcamiento. Al parecer, el convento había perdido dinero especulando en bolsa. Cuando los compradores comenzaron a urbanizar la propiedad, descubrieron ciento treinta y tres fosas poco profundas y sin señalizar. Los análisis forenses revelaron que muchas de las víctimas presentaban fracturas de brazos y piernas anteriores a la muerte. Las Hermanas de Drumcondra dispusieron que los restos fueran incinerados y enterrados en una fosa común en el cementerio de Glasnevin, en Dublín. A medida que avanzaban las excavaciones, se descubrieron otros veintidós cadáveres. Los registros indican que solo setenta y cinco de los ciento treinta y tres fallecimientos habían sido inscritos. Aunque no registrar una defunción es un delito en Irlanda, las autoridades eclesiásticas nunca fueron imputadas, procesadas ni consideradas penalmente responsables.

En 1998, Channel 4 del Reino Unido emitió un documental histórico, Sex in a Cold Climate. En él se entrevistaba a antiguas internas de las lavanderías de las Magdalenas, también conocidas como Asilos de las Magdalenas. Pese a estas revelaciones públicas sobre las condiciones en las lavanderías, el gobierno irlandés se negó a admitir complicidad o a reconocer que las mujeres habían sido víctimas de abusos sexuales, psicológicos y físicos patrocinados por el Estado.

Otro documental, The Forgotten Maggies, se emitió en 2009. Producido por Steven O'Riordan, abogaba por que se presentara una investigación detallada ante la Convención de las Naciones Unidas contra la Tortura y Otros Tratos o Penas Crueles, Inhumanos o Degradantes. El caso fue presentado por Elizabeth Coppin, nacida fuera del matrimonio y que, a los dos años, fue llevada a una escuela industrial católica. Entre 1964 y 1968 pasó por tres lavanderías de las Magdalenas, trabajando sin salario y sin posibilidad de salir. Su caso fue rechazado por la UNCAT, pero la Comisión Irlandesa de Derechos Humanos (IHRC) reconoció los abusos sistemáticos que se vio obligada a soportar. Se realizaron cinco investigaciones oficiales del gobierno irlandés, todas las cuales exoneraron a los distintos departamentos gubernamentales de cualquier complicidad. Una sexta investigación, en 2013, informó lo contrario. Halló una participación estatal significativa, financiera y legal, en el ingreso y la reclusión de decenas de miles de niñas y mujeres en las lavanderías. También reconoció la ayuda económica prestada a la red eclesiástica de lavanderías, hogares para madres y bebés, orfanatos, manicomios y casas de trabajo.

Como resultado de este informe, el Taoiseach, el primer ministro de la República de Irlanda, presentó una disculpa oficial en nombre del Estado junto con un paquete de indemnizaciones significativo para las aproximadamente seiscientas supervivientes. Cuando los periodistas les preguntaron, los representantes de la Iglesia católica irlandesa no expresaron remordimiento alguno, afirmando que simplemente prestaban un servicio al pueblo irlandés. Lo más parecido a una disculpa fue la siguiente declaración: «...con profundo pesar reconocemos que hubo mujeres que no vivieron nuestro refugio como un lugar de protección y cuidado».

La Iglesia se ha negado a contribuir al programa de indemnizaciones, aunque el valor actual de sus propiedades en Irlanda se ha estimado en más de doce mil millones de euros.

En 2002, Peter Mullan produjo otra película, The Magdalene Sisters. Se centraba en cuatro jóvenes recluidas en la lavandería de Gloucester Street entre 1964 y 1968.

Antes de morir, Sinéad O'Connor habló de su paso por una lavandería de las Magdalenas y de cómo afectó a su vida. Fue encarcelada en la lavandería de las Hermanas de Nuestra Señora de la Caridad de Dublín cuando tenía catorce años. El Estado la había etiquetado como una niña problemática por robar, entre otras cosas, una manzana. Con la aprobación de su padre y la firma de la documentación pertinente, fue «enviada con las monjas». La cantante y compositora, de fama internacional, murió a los 56 años el 26 de julio de 2023 en su casa de Herne Hill, Lambeth, Londres. En su funeral en Bray, condado de Wicklow, Irlanda, asistieron varias antiguas internas de las lavanderías de las Magdalenas para presentar sus condolencias y respetos.

Una serie de seis capítulos de la BBC sobre las lavanderías de las Magdalenas, Women in the Wall, se estrenó el 27 de agosto de 2023. Este drama fue creado por Joe Murtagh. El episodio final se emitió el 24 de septiembre y será seguido por una segunda temporada que comenzará el 3 de octubre de 2023. Tras su fallecimiento, una canción inédita, The Magdalene Song, escrita e interpretada por Sinéad O'Connor, sonó en el episodio final de la primera temporada.

El domingo 25 de junio de 2023 se publicó un artículo en el periódico The Guardian. Describe cómo, en 1975, se descubrieron 796 cuerpos de bebés y lactantes en los terrenos del hogar para madres y bebés de St. Mary's, en Tuam, condado de Galway. Los restos habían sido arrojados a un tanque séptico en desuso. El hogar fue dirigido por monjas de la orden Bon Secours de la Iglesia católica irlandesa hasta su cierre en 1961. En contra de la ley irlandesa, no se presentaron registros de enterramiento ante las autoridades de Galway. Durante gran parte del siglo XX, el centro funcionó como orfanato y agencia de adopciones. En la actualidad, un equipo de forenses planea exhumar los restos mezclados y dar a los bebés un entierro adecuado. También intentarán determinar la identidad de los pequeños mediante muestras de ADN de antiguas internas del hogar. De los aproximadamente 30 000 niños nacidos en los hogares para madres y bebés de la Iglesia católica, se estima que más de 6000 murieron bajo su cuidado.

El actor Liam Neeson ha visitado el lugar de Tuam y tiene planes provisionales de realizar una película dramatizada basada en la investigación dirigida por la historiadora local Catherine Corless. El gobierno irlandés emitió una disculpa de Estado en 2021 tras el informe de su Comisión Judicial. Las autoridades católicas irlandesas han negado alternativamente las pruebas del informe o han intentado minimizar el impacto de los hallazgos. También se han negado a proporcionar registros que pudieran ayudar a identificar los restos.

He mencionado en varias ocasiones la prisión de Kilmainham. Se inauguró en 1796 y cerró por primera vez en 1910. Tras el Levantamiento de Pascua de 1916, se reabrió para albergar presos políticos. Allí fueron ejecutados catorce hombres por pelotones de fusilamiento únicamente por sus actividades políticas. Numerosas personas fueron encarceladas allí, entre ellas Éamon de Valera, que más tarde llegó a ser presidente del Estado Libre Irlandés. La cárcel cerró en 1924 y hoy es un museo. Confieso haberme tomado una licencia poética al sugerir que seguía operativa en 1936. La utilicé como recurso narrativo para subrayar las horrendas condiciones que reinaron en esa prisión durante los dos siglos anteriores.

Objetivos secundarios de esta novela han sido poner de relieve la Batalla de Cable Street y los papeles desempeñados por la British Union of Fascists, la Nordic League, la Anglo-German Fellowship y el National Workers Party, todos ellos descritos en mi segundo libro de esta serie, Lebensborn. La Batalla de Cable Street marcó el fin del fascismo organizado en el Reino Unido, no solo porque su marcha del 4 de octubre de 1936 fue frustrada por la población mayoritariamente judía del East End londinense, sino también porque, pese al respaldo financiero y político de miembros adinerados y bien conectados de las altas esferas británicas, quedó demostrado que el fascismo era contrario a la voluntad del pueblo británico. En 1983 se pintó un enorme mural que conmemora la Batalla de Cable Street en la fachada del St. George's Town Hall, en el corazón de Stepney, East London.

En el capítulo diez hice una breve referencia a la Marcha de Jarrow, hoy conocida como la Cruzada de Jarrow. A lo largo de un mes, doscientos hombres desempleados caminaron desde Jarrow, en South Tyneside, hasta Londres, más de trescientas millas. Su objetivo era entregar una petición al Parlamento. Llegaron el 31 de octubre de 1936. Su petición fue aceptada, pero nunca se trató ni se debatió. A pesar de que los manifestantes pensaron que habían fracasado en su intento de exponer la situación de fábricas, pueblos y ciudades del norte de Inglaterra, la marcha ha sido reconocida desde entonces como un acontecimiento social definitorio de esa década. Preparó el terreno para la reforma social de posguerra, incluida la elaboración de una política regional británica que identificó las zonas primero llamadas Depressed areas y luego Assisted Areas. Más tarde, el gobierno laborista estableció el Servicio Nacional de Salud en 1948. También contribuyó a los programas de concienciación social que condujeron a la expansión de la vivienda pública tras la guerra para sustituir un parque residencial anticuado, en su mayoría de las épocas victoriana y eduardiana anteriores a la Primera Guerra Mundial.

He intentado ofrecer escenarios históricos precisos e introducir algunos personajes reales contemporáneos. Aparte de los enumerados aquí, todas las personas presentadas en Irlanda son ficticias. A continuación figuran breves biografías de las personas reales que tuvieron parlamento, en el orden de su aparición en esta novela.

El reverendo Hugh Patterson: Vicario de la iglesia de St Paul, Addlestone. Ocupó este cargo durante el periodo temporal de esta trilogía.

Mayor general Sir Vernon Kell, KCMG, KBE, CB: Director y fundador del Servicio de Seguridad británico, la división MI5. Fue presentado en el Libro II y aparece a lo largo del Libro III. En diciembre de 1938 alcanzó la edad de jubilación, pero se le persuadió para que permaneciera como jefe del MI5 año a año. Cuando se declaró la guerra el 1 de septiembre de 1939, el MI5 no contaba con los recursos ni el personal para contrarrestar eficazmente las amenazas nazis internas. En consecuencia, Kell fue destituido por orden del primer ministro, Winston Churchill. Tras treinta años en el cargo y poco antes de su muerte, finalmente fue nombrado caballero por sus servicios al Reino Unido. Murió en marzo de 1942 a los 68 años.

Archibald Maule Ramsay, MP: Fundador y líder de la ultraderechista Nordic League, aparece en los tres libros. Por sus actividades traidoras, se convirtió en el único diputado en activo internado en virtud del Reglamento de Defensa 18B. Aprobado justo antes del estallido de la Segunda Guerra Mundial, este reglamento permitía al gobierno internar a personas sospechosas de simpatizar con los nazis y, al mismo tiempo, suspendía su derecho al habeas corpus. Fue detenido en mayo de 1940 y encarcelado en la prisión de Brixton. Todo ello pese a las afirmaciones de sus partidarios derechistas y de diputados conservadores de que tal medida vulneraba el privilegio parlamentario. Tras su excarcelación en septiembre de 1944, siguió apoyando causas fascistas, escribiendo para y promoviendo su recién formado Right Club. En 1952 escribió y publicó The Nameless War, una autobiografía que sostenía toda clase de teorías conspirativas antisemitas imaginables. Entre ellas, que las revoluciones inglesa, francesa, rusa y española formaban parte de una campaña judía de dominación mundial. Intentó dar validez a la desmentida teoría conspirativa de los Protocolos de los Sabios de Sion (mencionados en el Libro II). Afirmó que Juan Calvino, teólogo francés del siglo XVI, era judío y que su verdadero apellido era Cohen; que Cromwell había sido un agente pagado por los judíos; y que la Guerra Civil inglesa y la ejecución de Carlos I se orquestaron para permitir el regreso de los judíos a Inglaterra. Murió de causas naturales en 1955.

William Brooke Joyce: Director de propaganda de la British Union of Fascists, aparece en las tres novelas. Nacido en Estados Unidos, sus padres se trasladaron a Irlanda, donde se crio. Durante el periodo de esta novela fue ascendido a segundo al mando de Sir Oswald Mosley en la BUF. A finales de agosto de 1939, poco antes del estallido de la guerra, él y su esposa huyeron a Alemania, tras ser advertidos de que iba a ser detenido en virtud del Reglamento de Defensa 18B. Ambos se convirtieron en ciudadanos alemanes y él siguió apoyando a los nazis mediante emisiones radiofónicas regulares en las que adoptó el alias de Lord Haw-Haw. Aquellas transmisiones, dirigidas al Reino Unido y a los países de la Commonwealth, buscaban persuadir a las tropas británicas y a la población de abandonar el esfuerzo bélico contra los nazis. Tras la guerra fue detenido y juzgado por traición. En enero de 1946, a los 39 años, fue ahorcado en la prisión de Wandsworth.

Robert Gordon-Canning: Miembro de la Nordic League y antisemita declarado. Cuando la BUF fue disuelta en 1937, se unió a varios grupos afines, incluido el recién formado Right Club de Archibald Ramsay. En julio de 1940 fue internado en virtud del Reglamento de Defensa 18B y salió de prisión en 1943. Murió en 1967.

Almirante Sir Hugh Francis Paget Sinclair, KCB: Conocido como Quex Sinclair, dirigió el MI6 hasta su muerte en 1939. Fundó el GC&CS, donde sitúo a Bea trabajando en cifrados y códigos en Broadway Buildings, Westminster, Londres. Más tarde pasó a llamarse GCHQ (Government Communications Headquarters), nombre que conserva hoy. En 1938 creó la Sección D, dedicada al sabotaje. Con 6000 libras de su propio bolsillo (equivalentes hoy a un cuarto de millón), compró Bletchley Park. Se convirtió en el centro de inteligencia durante la guerra y en el escenario de la película de 2014 The Imitation Game, donde se documenta el papel de Alan Turing en el desciframiento de la Enigma.

Edward John Gwynn: Erudito de irlandés antiguo y literatura celta, y rector (Provost) del Trinity College de Dublín de 1927 a 1937. Padeció tuberculosis y, durante la Gran Guerra, pasó dos periodos en un sanatorio suizo. Un rebrote de la enfermedad le obligó a dimitir del rectorado en 1937, tras lo cual quedó inválido. Murió en febrero de 1941.

Adolf Mahr: Arqueólogo austríaco que vivió y trabajó en Dublín. En marzo de 2015, Gerry Mullins publicó un libro sobre su vida y logros, Dublin Nazi No. 1: The life of Adolf Mahr. Aunque fue vigilado mientras residió en la Irlanda de los años treinta, nunca se le imputaron delitos de traición. En septiembre de 1939, mientras visitaba a familiares en Austria, no pudo regresar a Irlanda por el estallido de la guerra. En 1946 salió de un campo de internamiento, pero no retomó su carrera de arqueólogo. Murió en 1951.

Elizabeth LaTouche: Su papel en esta novela fue menor. Dirigía el orfanato protestante Female Kirwan House.

John Maynard Keynes: Keynes fue, y sigue siendo, uno de los economistas más importantes del mundo junto con Adam Smith, David Ricardo y Alfred Marshall. Aparece en las tres novelas y sus aportaciones a la Economía no pueden subestimarse. Fue el jefe de la delegación británica en la conferencia de Bretton Woods, celebrada en New Hampshire en julio de 1944. Aunque la Segunda Guerra Mundial no había terminado, los Aliados creían tener la victoria al alcance y querían diseñar una estrategia para la reconstrucción de posguerra. Keynes fue el principal arquitecto de los planes para incrementar el comercio mundial. Esto incluyó la creación del Banco Mundial y del Fondo Monetario Internacional. Los objetivos del FMI eran lograr lo que los economistas llaman las «ganancias del comercio», mediante las cuales los países se especializan en productos para los que pueden tener solo una ventaja comparativa, no necesariamente absoluta. El beneficio derivado de este análisis se atribuye a David Ricardo en trabajos publicados en 1817.

Keynes sostenía que el papel del FMI era promover el comercio internacional. El comercio se había estancado durante el periodo de entreguerras, cayendo más del 50 % respecto a sus niveles anteriores a la Primera Guerra Mundial. Los países respondieron a la Gran Depresión subiendo aranceles e introduciendo cupos y embargos, todo ello en un intento fútil y contraproducente de proteger a los productores nacionales. Keynes argumentó que los tipos de cambio internacionales fijos, pero ajustables periódicamente, eran fundamentales para promover el comercio, de modo que compradores y vendedores supieran qué pagarían o recibirían en cada transacción. La Teoría general del empleo, el interés y el dinero, publicada en febrero de 1936, constituye la base de la política fiscal contemporánea, encaminada principalmente a estabilizar los ciclos en las economías occidentales. Las administraciones de Ronald Reagan y, posteriormente, de los Bush rechazaron este análisis en favor de políticas de oferta, también llamadas economía del goteo. Con el respaldo de Milton Friedman y Arthur Laffer, sostuvieron que subir los impuestos a los ricos no aumentaría los ingresos del Estado, sino que los reduciría al frenar el crecimiento económico. Laffer ideó esta idea dibujando una curva en forma de U invertida en una servilleta de restaurante mientras cenaba con políticos republicanos. Las pruebas posteriores han desacreditado por completo sus afirmaciones, que, en cualquier caso, nunca tuvieron base empírica. Aun así, en 2019 el presidente Donald J. Trump otorgó a Laffer la Medalla Presidencial de la Libertad.

Además, presento a Keynes como previsor cuando, en esta novela, sugiere que muchas facultades exclusivamente masculinas de Cambridge acabarían por aceptar mujeres. Treinta y seis años después, en 1972, King's, junto con Clare y Churchill College, admitieron mujeres por primera vez. Keynes murió poco después del final de la guerra, en abril de 1946, a los 62 años.

John Tresidder Sheppard: Fue Provost de King's College, Cambridge, de 1933 a 1954 y aparece en los tres libros. Se educó en Dulwich College, en el sur de Londres, y en King's College, Cambridge, donde estudió Clásicas. Su papel dentro del MI5 fue engañar a las altas esferas británicas proclives al nazismo mediante desinformación. Fue nombrado caballero en 1950 y murió en 1968.

William Gosden: Constructor en Addlestone. Su despacho estaba en la High Street.

Sir Oswald Ernald Mosley, 6º baronet: Fundó la British Union of Fascists. Deliberadamente no le doy parlamento. Como líder de la BUF, incrementó su afiliación hasta superar los 20 000 militantes uniformados que aterrorizaban a minorías en Londres y otros lugares del Reino Unido. En mayo de 1940 la BUF fue prohibida y Mosley, internado sin juicio en virtud del Reglamento de Defensa 18B. Estuvo detenido en la prisión de Holloway y solo fue liberado en diciembre de 1943. Tras la guerra, se convirtió en un pionero clave del negacionismo del Holocausto. Se trasladó al extranjero una vez terminada la contienda, viviendo primero en Irlanda y luego en Francia. En 1959 regresó a Londres e intentó presentarse al Parlamento por el distrito de Kensington North. Solo obtuvo el 8,1 % de los votos. Murió en diciembre de 1980 en Orsay, Francia.

Por último, una curiosidad. En los tres libros he mencionado el papel de la International Criminal Police Commission (ICPC). En 1946 pasó a llamarse INTERPOL, ya que ese era su distintivo telegráfico. Conserva ese nombre hoy en día.

Made in the USA
Coppell, TX
22 February 2026